JN082127

ライアー・ライアー 7
嘘つき転校生は偽りの正義に逆襲します。

久追遥希

MF文庫J

篠原緋呂斗（しのはら・ひろと）　**7ツ星**
学園島最強の7ツ星（偽）となった英明学園の転校生。目的のため嘘を承知で頂点に君臨。

姫路白雪（ひめじ・しらゆき）　**5ツ星**
完全無欠のイカサマチートメイド。カンパニーを率いて緋呂斗を補佐する。

彩園寺更紗（さいおんじ・さらさ）　**6ツ星**
最強の偽お嬢様。本名は朱羽莉奈。《女帝》の異名を持ち緋呂斗とは共犯関係。桜花学園所属。

秋月乃愛（あきづき・のあ）**6ツ星**
英明の《小悪魔》。あざと可愛い見た目に反し戦い方は悪辣。緋呂斗を慕う。

榎本進司（えのもと・しんじ）**6ツ星**
英明学園の生徒会長。《千里眼》と呼ばれる実力者。七瀬とは幼馴染み。

浅宮七瀬（あさみや・ななせ）**6ツ星**
英明6ツ星トリオの一人。運動神経抜群な美人ギャル。進司と張り合う。

水上摩理（みなかみ・まり）**3ツ星**
まっすぐな性格で嘘が嫌いな英明学園1年生。姉は英明の隠れた実力者・真由。

阿久津雅（あくつ・みやび）**6ツ星**
二番区・彗星学園所属。実力は折り紙付きの《ヘキサグラム》のナンバー2。

夢野美咲（ゆめの・みさき）**4ツ星**
天音坂学園の1年生。夏期対抗戦のダークホースと目される「自称主人公」。

霧谷凍夜（きりがや・とうや）**6ツ星**
勝利至上主義を掲げる森羅の《絶対君主》。えげつない手を使うことで有名。

佐伯薫（さえき・かおる）**6ツ星**
二番区・彗星学園で《ヘキサグラム》を率いる。正義を掲げるが実態は……。

椎名紬（しいな・つむぎ）
天才的センスと純真さを併せ持つ中二系JC。学長の計らいでカンパニー所属に。

皆実雫（みなみ・しずく）**5ツ星**
聖ロザリア女学園所属のマイペース少女。実力を隠す元最強。

口絵・本文イラスト：konomi（きのこのみ）

《SFIA》第４段階
《Drop Out Tamers》 最終通過者一覧

１位：霧谷凍夜（七番区・森羅高等学校三年）・６ツ星

２位：阿久津雅（二番区・彗星学園三年）・６ツ星　《ヘキサグラム》所属

２位：彩園寺更紗（三番区・桜花学園二年）・６ツ星

２位：不破深弦（七番区・森羅高等学校二年）・４ツ星

２位：枢木千梨（十六番区・栗花落女子学園二年）・５ツ星

……

６位：佐伯薫（二番区・彗星学園三年）・６ツ星　《ヘキサグラム》所属

６位：柳壮馬（八番区・音羽学園二年）・４ツ星　《ヘキサグラム》所属

６位：石崎亜子（十番区・近江学園三年）・５ツ星　《ヘキサグラム》所属

６位：結川奏（十五番区・茨学園三年）・５ツ星　《ヘキサグラム》所属

10位：藤代慶也（三番区・桜花学園二年）・６ツ星

10位：篠原緋呂斗（四番区・英明学園二年）・７ツ星

10位：皆実雫（十四番区・聖ロザリア女学院二年）・５ツ星

……

13位：夢野美咲（十七番区・天音坂学園一年）・４ツ星

14位：不破すみれ（七番区・森羅高等学校二年）・４ツ星

15位：久我崎晴嵐（八番区・音羽学園三年）・５ツ星

16位：水上摩理（四番区・英明学園一年）・３ツ星

第一章《SFIA》最終決戦、開幕！

＃

「ね、ね、緋呂斗《ひろと》くん♪　緋呂斗くんは、この中で誰が一番可愛《かわい》いと思う？」

八月初週、土曜日——。

俺の前で大胆な水着姿を晒《さら》しつつ上目遣いでそんなことを言ってきたのは、あざと可愛い小悪魔先輩こと秋月乃愛《あきづきのあ》その人だった。

後ろ手を組むことでこっそり胸を強調している彼女の水着は、いわゆるワンピースタイプのものだ。オレンジ系統の淡い色合いで、秋月の明るいイメージと噛《か》み合《あ》っている。パレオスカートも付いているため露出は抑えられているが、胸元の破壊力はやはり制服の比ではない。加えて、潮風に吹かれても栗色《くりいろ》のふわふわツインテールは健在だ。

「……あー、えっと」

普段なら到底お目に掛かれる格好じゃない……が、この場においては違和感のあるものではなかった。何せ、俺たちがいるのは学園島《アカデミー》十八番区に位置する海水浴場なんだから。

学園島《アカデミー》——正式名称〝四季島《しきしま》〟は、東京湾から遥《はる》か南南東に浮かぶ人工島《アクアフロート》だ。最初は単独の島として存在していた第零《ゼロ》番区を取り囲むように、合計二十の学区が渦巻き状に外付けされている。そのため、外周にあたる若い学区は軒並み海に面しているんだ。学園の宣伝文句として、あるいは観光客集めとして、どこの学区も綺麗《きれい》に整備してくれている。

　要はそのうちの一つに遊びに来ているわけだが……先ほどの挑発的な問い掛けからも分かる通り、何も俺と秋月の二人きりでこんなところにいるわけじゃない。

「の、乃愛先輩、そんなこと訊《き》いちゃダメですよ！　先輩方と比べられたら私が負けるに決まっていますす……っていうか篠原《しのはら》先輩、さっきから見過ぎじゃないですか⁉」

「……そう言われても。目でも瞑《つぶ》ってろってことか？」

「そこまでは言わないです。ですが、少し……て、手加減！　手加減して欲しいです！」

　右手をきゅっと胸元に引き寄せながら声を上擦らせる後輩少女――水上摩理《みなかみまり》。

　見るな、と言いつつ視界のド真ん中に入ってきた彼女もまた、当然のように水着姿だった。ただし、上からTシャツを一枚着込んでおり、ラフな格好ではあるものの肌の露出自体はそこそこ抑えられている。それでも、身体《からだ》のラインがはっきり出るだけで相当に恥ずかしいんだろう。目を瞑って文句を言ってくる彼女の頬《ほお》には既に朱が入っている。

　そんな水上に、秋月があざとい笑顔のままくるりと向き直った。

「え～？　シャツ着てるのに手加減も何もないじゃん。もっとダイタンにならなきゃ♡」

「だ、大胆にって……つまり、どういう」

「えへへ、こういうこと♡」

「――にゃっ!?」

言うが早いか、秋月《あきづき》は水上《みなかみ》の背後に回ってTシャツの裾に手を伸ばし、ふわりと腕を持ち上げた。刹那の間、色々なモノが露《あら》わになる。端正なプロポーションに意外にも際どい水着。すべすべのお腹《なか》が、水着一枚に守られた胸が、そして真っ赤な顔が順に映る。

「は、は……反則ですからっ!! えっちなのはダメですよ、乃愛《のあ》先輩!」

けれど、そんな光景も一瞬で、水上は慌ててシャツの裾を戻してしまった。彼女は一瞬だけちらりと俺に視線を向けてから、現行犯たる秋月に抗議の言葉を投げ掛ける。……呼び方も変わっているし仲良くなっているとは思うのだが、前途は多難なようだ。

「え、なになに、シノがファッションチェックしてくれるの!? じゃあウチも!」

それと同時、水上の隣に躍り出たのはさらさらの金髪を跳ねさせるギャル系JKこと浅《あさ》宮七瀬《みやななせ》だ。水着はストレートな黒ビキニ。高校生にしてはかなり攻めた格好だが、そこは元カリスマモデル〝七瀬たん〟だ。思わず赤面してしまうくらい似合っている。

ただそれでも、傍《かたわ》らに立つ榎本《えのもと》からすると若干の不満があるらしい。

「ふん……ファッションチェックも何もあるものか。こんな薄い布切れ一枚で人前に立つなど恥ずかしいとは思わないのか? ちなみに、僕は近くにいるだけで恥ずかしいぞ」

「え～? もう、さっきからそればっかじゃん進司《しんじ》。そりゃちょっと派手かもだけど、ビーチなんだから周りもみんな水着だよ? 別に恥ずかしくないし」

「全く、幼馴染《おさななじ》みがこれほどの露出狂になっていたとはな……というか、この前買った水着はどうした？　せっかく僕がチョイスしてやったというのに」

「あ、あれは……ぇと、進司と二人の時に着ようかなって……」

「……何をごにょごにょと言っている？　まるで聞こえないぞ七瀬」

「～～～～！　あ、あんなセンス悪いの着れないって言ったの！　もう、バカ進司！」

耳周りの髪を指先で弄《いじ》っていた浅宮だったが、榎本の天然に阻まれて頬《ほお》を膨らませる。

そんな定番のやり取りに気を取られた——瞬間だった。

「——お待たせしました、ご主人様」

「！」

背後から聞こえたその声に、俺はドクンと心臓が跳ねるのを感じながら、それでも平静を保って振り返った。と……そこに立っていたのは、姫路《ひめじ》だ。姫路白雪《しらゆき》。偽りの７ツ星である俺に仕えて諸々《もろもろ》の補佐をしてくれている優秀で従順な銀髪メイド。

その格好はもちろんメイド服じゃない。赤を基調としたビキニに、パステルチックな黄色のパーカーを羽織っている。風に舞う白銀の髪にはヘッドドレスの代わりにカチューシャが乗せられており、全体としては大人しい……が、それでも衝撃は和らいでくれなかった。太ももは惜しみなく晒《さら》され、髪を押さえようと腕が持ち上がる度にお腹や肩の辺りが露わになる。鼓動がうるさくて、動悸《どうき》が激しくて、ちょっと言葉が出てこない。

「「…………」」

そのまましばし見つめ合って――そこで、ようやく気が付いた。普段なら常に涼しげな顔をしている姫路《ひめじ》だが、今日は微《かす》かに変化がある。もじもじと身体《からだ》を揺らし、頬《ほお》を薄赤く染め、時折ちらりと俺を見て……の繰り返しだ。端的に言えば照れている。

(え、何それ可愛《かわい》い……)

「あの……すみません、ご主人様。そんなに見られると恥ずかしい、です」

「っ……わ、悪い！」

姫路の指摘で一気に顔が熱くなり、パッと身体の向きを反転させる俺。と、そんな俺の視線の先には「えへへ～♡」とあざとい笑みを浮かべる秋月《あきづき》の姿があって――

「それじゃ、もう一回訊《き》くね緋呂斗《ひろと》くん♪　この中で誰が一番可愛いと思う？」

(こ、これは……迂闊《うかつ》なことを言ったらヤバいやつだ!?)

――そんなことを思う俺だった。

＃

学園島《アカデミー》夏期大規模イベント・夏の祭典《SFIA《スフィア》》――。

島内の学園に通う約二十五万人の高校生が参加し、各学区の威信をかけて戦う大型《決闘《ゲーム》》は、残すところ最終決戦《ファイナル》のみとなっていた。

第1段階《ファーストステージ》でおよそ十万人に、第2段階《セカンドステージ》で一万人に、第3段階《サードステージ》で百人に……と徐々に通過人数が絞られてきた《ＳＦＩＡ》だが、二日前に幕引きを迎えた第4段階《セミファイナル》の突破者はたったの十六人だ。英明《えいめい》からは俺と水上《みなかみ》の二人だけ。このメンバーで最終決戦を戦うことになる——が、第1段階からここまでかなり過密な日程だったことと、運営側の設営やら何やらの都合もあり、現在《ＳＦＩＡ》は束《つか》の間《ま》の休息期間に入っていた。

最終決戦の開始は週明けの月曜日から。

そして、《決闘《ゲーム》》のルールが発表されるのは今日の夕方以降だ。そこで主に秋月と浅宮《あさみや》の三年生コンビが『せっかくの夏休みなのに海に行かないなんて有り得ない！』などと言い始め、こうして大所帯で遊びに繰り出すことになったのであった。

……と、まあそんな経緯はともかく。

何だかんだと夏のビーチを堪能した後、俺たちは予約していた民宿へ移動していた。

現在時刻は午後の七時半だ。男女それぞれで大浴場から戻ってきた俺たちは、比較的広い方の部屋——すなわち女子部屋に顔を揃《そろ》えている。畳の敷かれた上品な和室だ。中央には丸いちゃぶ台が置かれていて、それを六人でぐるりと取り囲む。

「——それでは、さっぱりしたところで最終決戦の作戦会議と参りましょうか」

いつも通りの涼しげな顔で第一声を放ったのは、俺の隣に座る姫路白雪《しらゆき》だ。みんなと同じ浴衣姿で、白銀の髪は高い位置で一つにまとめている。服装のせいかあるいはシャンプーが違うからか、普段より甘い匂いが漂ってくるような気がしないでもない。
「ああ。とりあえずはルールの確認からだけど……アレだな。ざっと見た感じ、最終決戦《ファイナル》はリアル脱出ゲームをベースにしてるみたいだな」
言いながら、俺は端末を操作して最終決戦のルール文章《テキスト》を投影展開する。……風呂へ行く前に各自で目を通してはいるが、大規模イベント《ＳＦＩＡ《スフィア》》の大トリというだけあってさすがに厄介な代物《しろもの》だ。もう一度みんなで確認しておきたかった。
ルールとしてはこんな感じだ。

【《SFIA》最終決戦――《伝承の塔》ルール一覧】

【この《決闘《ゲーム》》は、十六名参加の〝脱出ゲーム×ダンジョンRPG〟である。プレイヤーは四つの〝陣営〟に分かれて〝塔〟の攻略に挑み、最も早く最上階の踏破に成功した陣営だけが《伝承の塔》の、ひいては夏の祭典《SFIA》の勝者となる】

【《決闘《ゲーム》》の舞台は学園島《アカデミー》第零番区《ゼロ》に聳《そび》える円塔《伝承の塔》。中央の支柱を軸に、円形のフロアが十階分積み重なっている。各フロアには、円を等間隔に分断する形の部屋が内周と外周で二周分存在する。ただし、部屋の数はフロアによって異なる】

【フロア内の移動は各部屋に存在する〝扉〟を、また上下階への移動は各フロアに数台ずつ存在する〝昇降機〟を利用して行う】

【塔内の全ての扉には〝開放のための条件〟が設定されている。条件は難易度のみ固定の準ランダム制で、一定時間おきに内容が変更される。扉の開放に成功すると開放難易度に応じたＥＸＰ《エクスポイント》（後述）が与えられるほか、《決闘《ゲーム》》に関する情報──〝断章〟という──やアイテムが手に入る場合もある。これらは全て昇降機の起動に際しても同様とする】

【プレイヤーたちはそれぞれ一階層の異なる部屋から《決闘《ゲーム》》を開始する。ただし、同学区に所属するプレイヤーだけは同じ部屋から《決闘《ゲーム》》を始めることが出来る】

【塔の内外を繋《つな》ぐ通信は、原則として不可とする】

……ここまで読んで、俺は一旦息を吐いた。

「とりあえず、一番基本的なルールはこのくらいだ。最終決戦《伝承の塔》──プレイヤーは扉の開放条件をクリアしながらフロアを探索して、昇降機を使って上に行く。で、一番早く最上階まで辿《たど》り着《つ》いたチームが勝者。骨格はかなり分かりやすいな」

「そうですね。一言で言えば〝ひたすら上に行くだけ〟の《決闘《ゲーム》》です。ただし隣の部屋に繋《つな》がる扉は全て閉ざされており、開けるためには条件が必要……まさにリアル脱出ゲームですね。そして、十階層の塔という舞台設定はダンジョンRPGそのものです」

「うんうん。アレだよね？　ウチやったことないけど、要は不〇議のダンジョン的な！」

「ああ、イメージとしてはそんな感じだな」

正確には不〇議のダンジョンのように〝入る度に構造が変わる〟ものではないため、どちらかと言えば世〇樹の迷宮なんかが近いような気もするが……まあ、ともかくそういうことだ。上へ繋がる昇降機を探して、誰より早く最上階への到達を目指す。

「でも……一応、篠原《しのはら》先輩と一緒に《決闘《ゲーム》》を始められるんですね。ほっとしました」

と、ルールを眺めながらそんなことを言ったのは、俺の左斜め前に座る水上《みなかみ》だ。

「一人だと少し不安だなと思っていたので……その。よろしくお願いします、先輩」

「……あ、ああ、そりゃもちろん」

流麗な黒髪を揺らしつつ頭を下げられ、ちょっとした動揺に襲われる俺。第4段階《セミファイナル》まで は思いきり敵視されていたから、こうして素直に頼られるとドキッとしてしまう。

そんな俺の内心なんてお構いなしに、胸元で腕を組んだ浅宮《あさみや》が軽やかに言葉を継いだ。

「うんうん、確かにシノとマリーが同じ部屋からスタートできるのはラッキーかも」

「いや……ラッキーというか、それが複数のプレイヤーを最終決戦《ファイナル》に送り込んだ学区へ与えられるアドバンテージの一つなのだろう。今年はかなり荒れているようだが……」

榎本《えのもと》の発言に対し、俺も「……まあな」と零《こぼ》して肩を竦《すく》める。

荒れている、というのは、他でもなく第４段階を通過した学園数を指す表現だ。例年はこの時点で多くても五学区程度に絞られるそうだが、今年の最終決戦に挑むのはその倍にあたる十学区。様々な思惑が入り乱れているせいか世紀の大混戦となっている。

（……いや、まあ学区を無視すれば圧倒的に《ヘキサグラム》が優勢なんだけど……）

そんなことを考えながら、俺は小さく首を横に振る。《ヘキサグラム》への対処については今考えても仕方のないことだ。まずは、とにかくルールの把握が先決だろう。

そうして俺は再び自身の端末を操作すると、投影された文章《テキスト》の続きに目を遣《や》った――。

【《伝承の塔》には四つの〝陣営〟が存在し、プレイヤーはそのいずれかに所属する。内訳は天使／悪魔／王国／革命。二階層へ続く四つの昇降機の起動条件が全て〝プレイヤーを四名揃《そろ》えること〟となっており、どの昇降機を利用したかで初期陣営が決定される】

【各陣営の所属上限は四名で固定。陣営変更は後述の方法で可能だが、アビリティ等による例外を除いて〝いずれの陣営にも属していない〟状態は許容されない】

【陣営変更について：他陣営のメンバーが一人でも同室内に存在している場合、プレイヤーは端末メニューから〝移籍申請〟のコマンドを選択することが出来る。移籍申請は誰にも知られることなく実行でき、実行から一分が経過した時点で〝その移籍がどの陣営の所属メンバー上限にも抵触しない〟場合に限って自動承認される。両陣営とも既に四名所属している場合でも、スキル等で移籍申請を〝出させる〟ことにより入れ替わりが可能】

【《伝承の塔》において〝EXP《エクスポイント》〟と〝スキル〟はいずれも陣営内で共有される】

【EXP：この《決闘《ゲーム》》における唯一のリソース。扉の開放、昇降機の起動、あるいは他陣営との交戦によって獲得することが出来る。用途は主に三種類あり、まず一つは〝扉の強制開放〟。全ての扉には通常の開放条件とは別に〝強制開放コスト〟が定められており、既定のEXPを消費することで条件を無視して突破できる。二つ目の用法は〝アバター強化〟であり、これについては後述。そして、最後の用途は〝スキル取得〟である】

【スキル：《伝承の塔》の塔内において、プレイヤーは無数の〝スキル〟を使用することが出来る。全てのスキルには取得のための前提条件が定められており、それを満たしたうえで既定のＥＸＰを消費することで取得可能。取得されたスキルは個人ではなく陣営に属し、メンバーなら誰でも使用できる。また、スキル関連でＥＸＰコストが掛かるのは〝取得〟のタイミングだけであり、その後はクールタイム制となる（回数制限はない）】

【《決闘《ゲーム》》内のあらゆる行動は基本的に陣営単位で行う。一つの陣営が二部屋以上に分かれる場合は一方が主陣営とみなされ、ＥＸＰの消費やスキルの使用が可能なのは主陣営のみとなる。制限なく陣営の分割を行うには〝並行移動〟等のスキルが必要】

「ふんふん……」

ルールを眺めながら髪を揺らしていた秋月《あきづき》が、顎の辺りにぴとっと指を当ててみせる。

「要するに、最終決戦《ファイナル》は四つのチームに分かれて戦うってことだよね♪　天使と悪魔と王国と革命……最初は一階層から二階層に上がるタイミングでチーム分けされて、そこから先は条件次第で移籍できる。だったら、陣営移動系のアビリティは結構便利かも♡」

「ああ、何なら最後の最後で勝てそうな陣営に移ったっていいわけだからな。そうじゃなくても〝どれだけ強い陣営を組めるか〟ってのはかなり重要なポイントだ」

「や、やっぱりそうですよね。ＥＸＰもスキルも陣営内で共有するみたいですし……」

思案するようにそんなことを言う水上《みなかみ》。……彼女の言う通り、この《決闘《ゲーム》》は第４段階《セミファイナル》よりもさらに〝チーム戦〟の色が濃くなっている。一階層でどんなメンバーを集め、どんな構成で二階層以降へ進めるか——それが勝負を分けると言っても過言じゃない。

と、そこで、対面に座る浅宮《あさみや》がちゃぶ台に身を乗り出すようにして大きく手を挙げた。

「はいはーい！　ねえシノ、一個訊《き》いてもいい？　あのさ、この天使とか悪魔とかってやつ、確か《決闘《ゲーム》》の告知動画《PV》にも出てたじゃん。攻略に関係あったりするのかな？」

「ああ……これか」

さらりと金髪を揺らす浅宮に対し、俺はそっと端末の画面に触れつつ言葉を返す。

彼女が言っているのは、おそらく《伝承の塔》のルールと共に公開された一本の動画のことだろう。ルールそのものではなく、世界観やら背景設定《フレーバー》と呼ばれる類《たぐい》。

《伝承の塔》のストーリーは、一言で言えば使い古された王道ファンタジーだ——未知の勢力〝悪魔〟によって侵食されつつある世界。膨大な人民と国土を失った〝王国〟は悪魔を討伐するために勇者を募り、全面戦争を開始する。そこへ介入してきたのが蒼天《そうてん》に位置する支配者〝天使〟たちの一団だ。だが、人間も一枚岩ではない。悪魔や天使といった超常の存在に触発されて魔法と呼ばれる力に目覚めた者たち——王国を追われた異端者たちが〝革命〟の旗の下に結集し、天使や悪魔も含めた何もかもに喧嘩《けんか》を売り始める。

こうして、世界は四つの勢力に分かれた戦乱の渦に落とされた。

各勢力は互いに拮抗《きっこう》しており、最初の衝突から数百年が経《た》った今でも決着はついていない。そこで、疲弊した彼らが目を付けたのが〝伝承の塔〟の伝説だ。この地に人が住むよりもずっと前、とある死神が〝異世界の少女〟を幽閉するために作ったとされる脱出不能の監獄……そこから少女を救い出すことが出来れば、世界の全てが手に入る。

「そこで、塔を攻略するために集められたのが囚《とら》われの少女と同じ異世界の民……すなわち最終決戦《ファイナル》に残ったプレイヤーである、というのがこの《決闘《ゲーム》》の設定ですね」

ＰＶが終わるのと同時、姫路《ひめじ》が涼しげな声音でそう言った。

「要は代理戦争のようなものです。四つの陣営はこの世界を手に入れるために伝承の塔を攻略しようとしていますが、囚われの少女は文字通り住む世界が違うため、彼らでは視認することすら出来ません。だからこそご主人様たちが代わりに踏破を目指す、と」

「ああ。だから、攻略には当然関わってくると思う。死神はこの後のルール文章《テキスト》にも出てくる重要ワードだし、少女の脱出云々《うんぬん》に関してはこの《決闘《ゲーム》》の本質だしな」

「ですね。だとすれば、扉の開放時に獲得できる〝断章〟というのがその辺りのヒントになっているのかもしれません。脱出ゲームというのは基本的に〝謎解き〟の要素が強いものですので、提示された情報には全て意味があると考えるべきですね」

「……ふむ、確かにな」

俺と姫路の発言に、榎本《えのもと》がいつも通りの仏頂面を浮かべたままゆるりと腕を組む。

「七瀬《ななせ》にしては珍しくまともな質問だった。何か悪いものでも食べたのか？」

「は、はあ⁉　珍しくとか超余計なんだけど！　大体進司《しんじ》は何も言って――」

「えへへ～、あんまり怒らないであげなよみゃーちゃん♡　会長さんは自分が答えたかったのに先を越されてちょっと拗《す》ねてるだけだから♪」

「へぁ⁉」

「ばっ……かなことを言うな、秋月《あきづき》。まだルール確認の途中だぞ？　それに、ここからはより一層《決闘《ゲーム》》の根幹に関わる部分だ。戯言《たわごと》に付き合っている暇はない」

「え～？　もう、相変わらず素直じゃないんだから♡」

秋月の言葉に対し、表情を誤魔化《ごまか》すように「……ふん」と鼻を鳴らす榎本《えのもと》。

そうして彼は、手元で自身の端末を操作して残るルール文章《テキスト》を投影展開してみせた。

【役職について：《伝承の塔》には三種類の〝役職〟が存在し、プレイヤーは《決闘《ゲーム》》開始までにいずれかの役職を選択する。《伝承の塔》に存在するスキルの大半は、特定の役職でない限り取得することが出来ない。また、他プレイヤーが取得したスキルを使用する場合も、役職が合っていない限りその効力は半減する】

【役職その1――使役者。

他陣営との交戦に特化した役職。〝アバター〟関連のスキルを取得できる。使役者以外

のプレイヤーもアバターを召喚すること自体は可能だが、スキルの効果は制限される】
【役職その2――探索者。
　塔の攻略に重きを置いた役職。他陣営の戦力や昇降機の位置を偵察するなど、特に情報戦で優位を取れる。また、妨害や罠《わな》といった手段で攻撃を仕掛けることも可能】
【役職その3――後援者。
　使役者と探索者だけでは賄い切れない補助的なアクションを得意とする役職。ＥＸＰ《エクスポイント》獲得量の底上げや他陣営との通信、あるいは陣営移籍に関わるスキルを取得できる】
【アバター：プレイヤーによって召喚される分身。外見は通常《デフォルト》だと自分自身だが、自学区かつ同性であれば他プレイヤーの容姿を設定することも出来る。陣営のＥＸＰを注《つ》ぎ込むことで基礎《ＥＸＰ総量》ステータスを強化可能。プレイヤーが陣営を移籍する場合はアバターも移動することになるが、その場合は注ぎ込まれたＥＸＰの半分を元の陣営に返還する】
【交戦について：複数の陣営が同じ部屋に入った場合、いずれかの陣営が交戦申請を行うことで自動的に〝交戦〟が開始される。《伝承の塔》における交戦はアバターを用いたターン制のスキルバトルであり、詳細は《決闘《ゲーム》》内で開示予定。勝利陣営は敗北陣営の所持EXP《エクスポイント》を半分奪うことが出来るほか、以下のペナルティから一つを選んで適用できる。
・プレイヤー引き抜き（相手プレイヤー一人に〝移籍申請〟を使用させる）
・足止め（相手陣営に一時間の行動不能《スタン》。部屋の移動、スキルの使用等を全て封じる）
・アイテム奪取（相手陣営の所持しているアイテムを一つ選んで自身の陣営に移動する）】
【前述のルールからも分かる通り、《伝承の塔》では他陣営との交戦に敗北しても脱落するようなことはない。ただしこの《決闘《ゲーム》》には〝死神〟と呼ばれる裏役職が存在し、他プレイヤーを脱落させるスキルを所持している。死神は特定の条件を満たすプレイヤーに割り振られるが、詳細は現時点では未開示】

【アビリティは通常通り三つまで登録《セット》可能とする。また、第4段階《セミファイナル》と同様、勝者以外の全プレイヤーは星を一つ失うものとし、ここまでで没収された全ての星は《SFIA《スフィア》》の正規報酬である〝橙《だいだい》の星〟と共に《伝承の塔》の勝者四名とその所属学区へ配当される】


「……ここまで、ですね」

全員が顔を持ち上げた辺りで、姫路《ひめじ》が囁《ささや》くような声音でそう言った。

「先ほどの陣営の話もそうですが、おそらくルールの一部は《決闘《ゲーム》》が始まって探索を進めない限り開示されないのでしょう。ともかく《伝承の塔》の死神は他者を脱落させる力を持ち、通常の交戦では――ペナルティこそあるものの――脱落することはありません」

「ああ。それに、死神だってずっと同じやつが持ち続けるわけじゃないと思う。じゃなきゃ《決闘《ゲーム》》として成立しないし……だから、今考えなきゃいけないのはノーマルの役職の方だ。俺も水上《みなかみ》も、今日中にどの役職になるかくらいは決めておきたい」

「は、はい！」

俺に話を振られ、水上は返事と共にぴっと背筋を伸ばす（元々伸びていたが）。

「えっと、まず、そもそもの話なんですけど……開始位置が一緒ということは、陣営も一緒でいいんですよね？　篠原《しのはら》先輩と、私で」

「……？　ああ、そりゃそうだろ。組まない理由が一つもない」

「そ、そうですよね！　え、えへ……ごめんなさい、変なことを訊《き》きました！」

困惑交じりの俺の答えに妙な反応をする水上。その表情は少しだけ嬉《うれ》しそうにも見えるが、どちらにしてもよく分からないので話を戻すことにする。

「まあ、せっかく二人いるんだから少なくとも役職は散らすべきだよな。その辺も同学区のプレイヤーが残ってることの強みだし……ちなみに、水上はどうしたい？」

「えと、はい、そうですね。……私は」

そこで一旦言葉を呑《の》み込《こ》むと、水上《みなかみ》は流麗な黒髪を靡《なび》かせて俺たちの顔を見渡した。

「私が最終決戦《ファイナル》で達成したいことは二つあります。一つは薫《かおる》さんたちに……《ヘキサグラム》の先輩方にお説教をすること。偽物の正義を振りかざすのをやめさせて、島中のみんなに謝ってもらいます。もちろん、私も同罪なので一緒に謝りますが……！」

「真面目だな、相変わらず」

「真面目なのは良いことですから。……そして、もう一つの目標は、英明《えいめい》の先輩方に恩返しをすることとです。白雪《しらゆき》先輩、乃愛《のあ》先輩、進司《しんじ》先輩、七瀬《ななせ》先輩、そして篠原《しのはら》先輩……皆さんに感謝の気持ちを伝えるためにも、絶対に英明学園として勝利を掴《つか》みます」

ぎゅっと拳を握る水上。俺だけ苗字《みょうじ》呼ばわりなのが微妙に気になるが、まあいい。

「ともかく、目標は二つ——３ツ星の私にとっては高望みなのかもしれません。でも、白、分でア、ビ、リ、テ、ィ、に制限を入れれば……アビリティの効力を一ヶ所にだけ集中させれば、もしかしたら高ランカーの皆さんとも渡り合えるんじゃないかと思って」

「アビリティの効果を一ヶ所《かしょ》に集中？　……って、もしかして」

「はい。その名も《ヘ、キ、サ、グ、ラ、ム、》特、攻、——私は使役者になりたいです、篠原先輩。《ヘキサグラム》の先輩方と戦っている時だけ物凄《ものすご》く強くなれるアビリティを用意して、それで薫さんに真っ向から立ち向かうんです。他のアビリティはいつも通りの防御型で行こうと思いますが、一つだけ……先輩に教えてもらった、反、撃の意思表示です」

真《ま》っ直《す》ぐに俺の瞳を覗《のぞ》き込《こ》んでそんなことを言う水上。……本当に、強い後輩だ。心から信じていた人物に裏切られた痛みがたった数日で癒えるはずもないのに、自らの正義感を奮い立たせて俺たちに応えてくれようとしている。

そんな彼女の心意気に打たれたのかどうかは知らないが、榎本《えのもと》が静かに口を開いた。

「……《ヘキサグラム》特攻というと少し抽象的だが、やつらはご丁寧に揃《そろ》いの徽章《きしょう》を付けてくれているからな。それを目印《トリガー》に発動する効果、ということなら実現は可能だ。アビリティの作成、及び調整については僕が手伝える。そこの七瀬も実験台か、あるいは賑《にぎ》やかしくらいにはなるはずだ――明日は徹底的に付き合ってもらうぞ、水上妹」

「……！　は、はい！　よろしくお願いします、進司先輩！　それに、七瀬先輩も！」

「ちょ、実験台じゃなくてウチも普通に手伝うし！　マリーも否定してってばぁ！」

浅宮《あさみや》を挟んでそんな頼もしい会話が交わされるのを眺めつつ、俺は静かに思考を巡らせる。……これで、水上の方針は決定だ。確かにいくら策を巡らせたところで佐伯《さえき》とぶつからなければならない場面は必ず来る。その対策は必須だろう。

ただ――やはり、というか何というか、それだけで勝てるほど最終決戦は甘くない。

「《ＳＦＩＡ《スフィア》》に残ってるのは十六人……もう、全員が油断できない相手だからな」

溜《た》め息《いき》交じりの俺の呟《つぶや》きに対し、隣の姫路《ひめじ》が「……ですね」と言葉を継ぐ。

「まずは、今水上様にも挙げていただいた《ヘキサグラム》の皆さま。ご主人様に事実無根の嫌疑を掛けてきている自称〝正義の味方〟であり、英明《えいめい》学園にとっても因縁深い相手です。メンバーは、リーダーの佐伯薫《さえきかおる》を筆頭に、近江《おうみ》学園三年の石崎亜子《いしざきあこ》様、音羽《おとわ》学園二年の柳壮馬《やなぎそうま》様、茨《いばら》学園三年の結川奏《ゆいかわかなで》様……そして彗星《すいせい》学園三年、阿久津雅《あくつみやび》様です」

「……雅先輩は、強いですよ」

それを受けて、唯一内部事情を知っている水上《みなかみ》が静かに口を開く。

「頭脳明晰《めいせき》で、味方だと本当に頼りになる先輩です。全部見透かしてるみたいで怖いくらい、と言いますか……薫さんの補佐をする〝裏リーダー〟のような印象です」

「あ、それちょっと分かるかも。乃愛《のあ》、第4段階《セミファイナル》で阿久津ちゃんと同じチームだったんだけど……あの人、みんなで作戦とか話し合ってる時にちょっとした一言で話題を誘導するんだよね。それもすっごく自然に。あれ、意図的に出来るなら超怖いかも♡」

「出来ると思います。雅先輩はそういう人ですから」

二人の会話を聞いて俺は内心で舌を巻く。秋月《あきづき》の話が本当なら、阿久津は〝あの彩園寺《さいおんじ》ですら制御しきれなかった〟ということだ。佐伯に次ぐ警戒度になるのは間違いない。

「そして……《ヘキサグラム》を除けば、やはり最大の脅威は七番区でしょうか」

俺の思考がそこまで進んだ辺りで、指先を頬《ほお》に当てた姫路《ひめじ》がそっと言葉を零《こぼ》した。

「学校ランキング三位、森羅《しんら》高等学校。最終決戦《ファイナル》に最も多くのプレイヤーを送り込んでいる強豪です。メンバーは霧谷凍夜《きりがやとうや》様、不破深弦《ふわみつる》様、不破すみれ様の三名ですね」

「……ふむ。その不破両名についてだが、見慣れない名前だったので少し調べてみた。森羅の二学年に在籍する双子で、いずれも４ツ星プレイヤー……だが、それ以上の情報は見つからなかった。公式戦は初参加で、これまで話題に上がったことは一度もない」

「なるほど。その双子と霧谷がどういう関係なのかは知らないけど、人数が多いってだけで脅威になるのは間違いないな。まあ、そういう意味じゃ桜花《おうか》もそうだけど……」

「えへへ、《女帝》さんが強いことなんて最初から分かり切ってるもんね♡」

……そういうことだ。

目立って警戒したいのはその辺りになるが、とはいえ単独参加のプレイヤーも全くもって侮れない。《鬼神の巫女《みこ》》枢木千梨《くるるぎせんり》に眠たげな瞳の〝元最強〟こと皆実雫《みなみしずく》、そして天音《あまね》坂《ざか》のダークホース・夢野美咲《ゆめのみさき》……などなど、一筋縄ではいかない連中ばかりだ。

故に、偽りの７ツ星である俺が彼らの上を行くためには、やはり裏技が必要になる。

「最終決戦の舞台になる塔は外との連絡が取れないようになってるらしい。まあ、謎解き的な要素があるから当然なんだけど……ここをどうにかしたいんだよな」

ゆっくりと吐き出した俺の言葉に、榎本《えのもと》が「……なるほどな」と首肯する。

「最終決戦の様子は、二時間程度のラグこそあるものの《ライブラ》のチャンネルで放送されると聞いている。塔の内外で通信できるようになれば他陣営の状況や攻略方法についても格段に見通しが付きやすくなるだろう。それに、《決闘《ゲーム》》が始まれば僕たちも《ヘキサグラム》壊滅に向けて動き出すつもりだ。最低限の連携は取っておきたい」

「鬼の居ぬ間に戦法、だな」

「ああ、その通りだ。何しろ《ヘキサグラム》のトップとその右腕が揃《そろ》って〝通信の届かない場所に拘束される〟んだぞ？　昨年英明《えいめい》のエースに着せられた汚名を返上するのは今しかない——打倒《ヘキサグラム》というわけだ」

「えへへ、そうそう♪　乃愛《のあ》たちで徹底的にやっつけちゃうんだから♡」

　揺るぎない口調で断言する榎本《えのもと》と、あざと可愛《かわい》い口調で物騒なことを言う秋月《あきづき》。

「でも、連携って言っても……どうするの？　通信は全部弾《はじ》かれちゃうんだよね？」

「そうですよ、そのはずです。どうしようもないんじゃ……？」

「いや、そうでもない。考えてみろよ、二人とも。塔の内外で通信が出来ないって言っても、別に圏外ってわけじゃない。塔の中でも端末は使えるし、それに《決闘《ゲーム》》の様子は全島に——塔の外にも中継されるんだろ？　なら、要は権限の問題だ。プレイヤーの端末は塔内でしか通信できないように制限されてて、《ライブラ》の端末にはそれがない……あとは、これまでずっと〝半リアルタイム中継〟だったのに、今回だけ〝二時間遅れ〟ってのもポイントだ。これさ、二時間前の情報だから漏れてもいいって意味に見えないか？」

「っ……じゃあ、それに気付いた人にだけ優位が与えられるということですか!?」

「ああ。つまり——」

――これは違反じゃない、ということだ。

そこで一旦言葉を切ると、俺は机の上に置いていた端末を手に取った。そうして英明メンバー全員に〝静かに〟のジェスチャーをしつつ、とある人物にコールする。

彼女はすぐに電話に出た。

『――はにゃ？　もしかして、篠原《しのはら》くんかにゃ？』

「ああ。いきなり連絡して悪いな、風見《かざみ》。少しいいか？」

『はいにゃ！　ちょうど休憩に入ったところにゃ！　篠原くんは運がいいにゃ！』

俺の問い掛けに元気よく肯定を返してくれる少女――風見鈴蘭《すずらん》。

彼女は、学園島《アカデミー》公認組織《ライブラ》のエース格だ。彩園寺《さいおんじ》と同じ三番区桜花《おうか》学園の二年生で、イベントの司会に審判にと多方面で活躍している。最終決戦《ファイナル》直前という忙しい時期であることを考えれば、確かに一発で捕まえられたのは運がいい。

が、まあそれはともかく。

「なあ風見、最終決戦のことで一つ訊《き》きたいんだけど……アバターっているだろ？　交戦に使われるやつ。あれ、どうやって動くんだ？　まさか全部ＡＩとか言わないよな？」

『いい質問にゃ！　アバターの操作は《ライブラ》のメンバーがモーションキャプチャーで担当することになってるにゃ！　ぬるっぬる動くにゃ！』

「なるほど。……それって、要はアバターの中の人が塔外にいるってことだよな？」

『はいにゃ、とだけ言っておくにゃ。これ以上のヒントは肩入れになってしまうにゃ！』

少し楽しげな口調になってそんなことを言う風見《かざみ》。

その反応で先ほどの推理が正しかったことを確信しつつ、俺はさらに問いを重ねる。

「ちなみにそれ、扱いとしてはどうなるんだ？　ほら、第三者が《決闘《ゲーム》》に関与するのって星獲《と》りゲームの性質上アウトだろ。普段の活動は〝対等な立場〟だから問題ないだろうけど、アバターとしての参加ってなると間接的にサポートしてることになる」

『さすが篠原《しのはら》くんは鋭いにゃ。それもあって、アバターの操作をするみんなは〝疑似プレイヤー〟として《決闘《ゲーム》》に参加することになってるにゃ。もちろん音声通信の機能は切っておくし、指示通りに動くだけだけど……それがどうかしたのかにゃ？』

「……いや、それだけ分かれば充分だ。ありがとな、風見。最終決戦《ファイナル》も楽しみにしてる」

『にゃ！』

気合の入った返事（？）を聞いて、俺は口元を緩ませながら端末を降ろす。……やっぱりそうだ。《アストラル》で椎名《しいな》がやっていたように、《伝承の塔》のアバターには〝中の人〟がいる。ならアバターは、図らずも塔の内外を繋ぐ唯一の窓口になっている。

「ど、どうでしたか、先輩……？」

そこまで思考を巡らせた辺りで、水上《みなかみ》が心配そうに声を掛けてきた。まあ、不安になるのも無理はないだろう。何せ、ここで負けてしまったら彼女の正義は否定され、《ヘキサグラム》という〝偽りの正義〟が確かな地位を築いてしまうことになる。

けれど——否、だからこそ、俺はニヤリと笑って。

「安心しろよ、水上。……ちょうど今、俺たちの陣営に最高の仲間が加わったところだ」

＃

「くー……すー……えへへぇ、お兄ちゃん……むにゃ………」

——午後十時。

英明《えいめい》メンバーとの作戦会議が一段落したところで、俺と姫路《ひめじ》は別室に移動していた。

俺たちと同じ民宿の、少し広めの一室。榎本《えのもと》たちには伝えていないが、ここには《カンパニー》の構成員《メンバー》である加賀谷《かがや》さんと椎名紬《つむぎ》の二人が泊まっている。スムーズに作戦会議やらアビリティの構築なんかを行うため、こっそり同行しているような形だ。

ただし、見ての通り、椎名は布団に潜り込んでぐっすり眠ってしまっているようだが。

「ま、今日は一日中遊んでたようなものだからねん……疲れちゃったんでしょ、多分」

「ですね……っていうか、加賀谷さんも眠そうですけど」

「そりゃね。ツムツムと一緒でおねーさんも体力ないんだから……一歩間違えたら、前のツムツムみたいにヒロきゅんに抱きついて寝てたかも？」

「……みんなしてご主人様を誑《たぶら》かそうとするのはやめてください」

むっとしたような顔でそんなことを言う姫路《ひめじ》に対し、加賀谷《かがや》さんは「ごめんごめん」と冗談っぽく口にする。……この人は〝生活能力が皆無〟という点を除けば実はめちゃくちゃ美人だったりするので、そういう発言は不用意にしないでもらいたいが。

まあ、とにもかくにも。

「白雪《しらゆき》ちゃんから話は聞かせてもらったよん。要するに、同じ陣営の仲間に応じて効果が変わる対応型のアビリティが欲しい……ってことだよねん？」

——そう。

まず前提として、最終決戦《ファイナル》のルールを一通り眺めた俺が最初に感じたのは〝ランダム性の高さ〟だった。同じ学区のプレイヤーは同じ部屋から、という最低限の保障はあるものの、誰が敵になって誰が味方になるかは完全に運次第。下手したら佐伯《さえき》や霧谷《きりがや》なんかと組まなきゃいけない可能性だってある。

「……だからこそ、です」

そこで、姫路が静かに言葉を継いだ。

「様々な状況が起こり得るのであれば、その全てに対処する必要があります。ですが、アビリティは三つまでしか登録《セット》できません……ということで、ご主人様の発想を元に〝対応型〟のアビリティを考案いたしました。例えば同じ陣営に桜花《おうか》学園のプレイヤーがいるならAの効果、音羽《おとわ》がいるならBの効果……と、複数の効果枠《スロット》があるアビリティです」

「ああ。そうすれば対応力は跳ね上がるし、欲しい効果に対応したプレイヤーを仲間に引き入れる、みたいに陣営構築の方針も立てやすくなる。これを未来視の〝行動予測〟と分裂効果の〝劣化コピー〟で——つまり二つの色付き星を使って実現したいんです。当然アビリティは二枠分使うことになりますけど、理屈としては行けるはず。……ただ」

「問題は、間に合うかどうかですね……かなり無茶《むちゃ》を言っている自覚はありますので」

「ふんふん……むーん……」

　座布団を抱えるような格好で腕を組んだ加賀谷さんは、俺たちの要求に悩ましげな声を上げる。……おそらく、これが俺にとっての最適解だ。多少の妥協は呑《の》むしかないが、その場合は相応に厳しい戦いを強いられることになる。

　そんな、俺の祈りにも似た視線を受けて、加賀谷さんは——

「……難しいいね」

「うっ……やっぱり、そうですか」

「そりゃもう。プレイヤーごとに……うんにゃ、学区ごとに効果を設定するとしても十パターンでしょ？　それもちゃんと有用で、かつ容量が上がり過ぎないように調整しなきゃいけない。それを一日でやるのはさすがに無理だねん。……おねーさん一人だと」

「ですよね……って、え？　一人だとって、それ……」

「うむ！　つまりよゆーだよ、よゆー！　今はヒロきゅんも白雪ちゃんもいるし、何よりツムツムがいるからねん！　完璧に調整したげるから待っててヒロきゅん！」

「あ……はい、ありがとうございます」

ぶい、とピースサインを向けてくる加賀谷《かがや》さんに頭を下げつつ安堵《あんど》の息を零《こぼ》す俺。

（これで準備はオッケー……だけど、あいつとも打ち合わせしておかないとな）

そんなことを考えながら、俺はポケットから端末を取り出すことにした。


深夜、榎本《えのもと》がぐっすり眠っているのを確認してから外に出る。

『――あんたの作戦は理解したわ』

端末越しに会話しているのは、他でもない元7ツ星の偽お嬢様・彩園寺更紗《さいおんじさらさ》だ。お互いに最大のライバルであり、顔を合わせる度に煽《あお》り合う敵同士――のような演出をしているが、その実〝バレたら社会的に死亡〟レベルの嘘《うそ》を共有している嘘つき同士。どちらかが星を失うだけで破滅を迎えるため、今回の《決闘《ゲーム》》では打ち合わせが必須だった。

端末の向こうの彩園寺は、いつも通り余裕に満ちた声で続ける。

『複数の効果を内包するアビリティ……要するに、佐伯《さえき》や霧谷《きりがや》が何を仕掛けてくるか分からないからどんな状況にも対応できるようにしておくってことよね』

「まあそんなところだ。……それで？　お前の方はどんな作戦を考えてるんだよ」

『あたし？　あたしは普通に攻略するわ。ま、強いて言うなら世界観《フレーバー》重視ってところね』

「……フレーバー重視？　何だそれ？」

『《伝承の塔》は単なるダンジョンＲＰＧじゃなくて〝リアル脱出ゲーム〟でしょ？　なら謎解き要素はオマケじゃないと思うのよ。塔の中に閉じ込められたまま数百年間誰も助け出せなかった少女……でも、そんなことある？　魔法もある世界なのに？　それでも辿《たど》り着《つ》けないなら、最上階に行くには何か条件が必要なんじゃない？　……とかね』

「ああ……なるほど、そういうことか」

『なかなか良《い》い着眼点でしょ。ふふん、遠慮しないで褒めるといいわ』

「さすが無色の６ツ星ＶＩＰお嬢様」

『ちょっ、何で二人っきりなのに煽ってくるのよバカ篠原《しのはら》！』

いつもの癖で反射的に口を衝いた俺の挑発にむっとしたような声で文句を叩《たた》き返してくる彩園寺。……が、まあ実際さすがの視野だ。もし最上階の突破に特定の情報やアイテムが必要なら、逆にそれさえ押さえておけば絶対に負けないということになる。

『もう……とにかく、そういうことよ。あたしの役割は謎解きメイン。クリアに必要な何かを確保して、他の誰も勝たせない。佐伯の対処は篠原に譲ってあげてもいいわ』

「へえ、そりゃお優しいことだな。《女帝》様からのプレゼントならありがたく貰《もら》ってやるよ。こっちも、佐伯を倒した後で陣営に空きがあればお前を入れてやってもいい」

『ふふっ、素直にあたしと一緒に《決闘《ゲーム》》したいって言えばいいのに』

「はっ、そんなこと口が裂けても言えるかよ」

半ば定番と化したやり取りを繰り広げながら、俺は静かに思考を巡らせる。……言うまでもないことだが、この《決闘《ゲーム》》は俺たちにとって正念場だ。俺が7ツ星で居続けるために、彩園寺《さいおんじ》が彩園寺であり続けるために、絶対に誰にも負けられない。

《ヘキサグラム》の仕掛けが本格化するのは分かってる……向こうも引けないから、ここで動く以外にない。霧谷《きりがや》だってフラストレーションは溜《た》まってるはずだ。双子の件もあるし、どっちもヤバいに決まってる。んで、そんなこと言ってる間に勝ちを掻《か》っ攫《さら》っていきそうなやつも大量だ……それなのに、俺と彩園寺は表立って協力できない。表面上はバチバチに敵対しながら、それでも最後には二人とも勝たなきゃいけない）

何だこれ、と思わず愚痴りたくなるくらいの逆境だ。《アストラル》での危機的状況を軽く超えている。俺が学園島《アカデミー》を訪れて以来、間違いなく最大級のピンチだろう。

——けれど、それでも。

「ま、お前の強さは割と信じてるからな」

『そ？　あたしも、それなりにはね』

いつもと同じ口調で言い合って、俺たちは同時に通話を切った。

「～♪　～～～～♪」

「……あれ、どうしたんです柚葉《ゆずは》さん？　やけにご機嫌に見えますけど」

「そりゃそうだよ、うん。だって、これから《ＳＦＩＡ《スフィア》》の最終決戦《ファイナル》でしょ？　それも学区が半分も残ってるなんて前代未聞。どんな《決闘《ゲーム》》が見れるかドキドキじゃない」

「気楽ですねえ。わたし、てっきり弟さんが負けないか心配で堪《たま》らないのかと思ってました。《ヘキサグラム》の件もありましたし……あれ、お咎《とが》めなしでいいんでしょうか？」

「いいんじゃない？　明確なライン越えはしてないし。あの子たち、その辺のバランス感覚は絶妙だよ。で、緋呂斗《ひろと》に関しては……んー、このくらいじゃまだ生温《なまぬる》いかな？」

「え、ええ……ドＳですか、柚葉さん」

「違う違う。そうじゃなくて、緋呂斗は逆境の時の方がかっこいいんだよ。それに……こういう大規模《決闘《ゲーム》》って、ちょっとくらい波乱があった方が面白いと思わない？」

「……管理部の責任者が言うセリフとは思えないですけど。でも、ちょっと分かります」

「ね？　うん、だから好きなのよ貴女《あなた》」

「はぁ……。ちなみに、わたしと弟さんだとどっちが好きですか？」

「緋呂斗」

「はいはい、知ってましたけどね～」

＃

『八月八日、月曜日——《ライブラ》風見鈴蘭《かざみすずらん》が午前九時をお知らせしますにゃ』

『今日という日を待ち望んでいた人はきっと多いはずにゃ。先々週の開会式からはや二週間、真夏の祭典《SFIA《スフィア》》は盛り上がりに盛り上がっていますにゃ……！』

『まずは第1段階《ファーストステージ》《ランダムチェイス》！　標的《ターゲット》を写真に収める腕試しの《決闘《ゲーム》》から戦いの火蓋は切られたにゃ。そして第2段階《セカンドステージ》《レートレーダー》——武器の価値を操作する《決闘《ゲーム》》！　この辺りから徐々にダークホースが姿を現し始めたにゃ！』

『第3段階《サードステージ》となる学区単位の情報戦《ブランクコード》ではわずかな進出枠に各学区が強力なプレイヤーを送り込み、百人参加となった第4段階《セミファイナル》《Drop Out Tamers》では白熱どころかビッグバン級の激突が見られたのは記憶に新しいところにゃ！』

『——そして！　そしてそしてそして!!』

『そんな一大イベント《SFIA》も、全てはこの最終決戦《ファイナル》——《伝承の塔》にて決着が付けられるにゃ。参加プレイヤーはこれまでの死闘を潜《くぐ》り抜《ぬ》けた十六人！　そして《SFIA》の勝者となるのはたったの一陣営……つまり、最大でも四人だけ！　二十五万人の頂点に立つのはたった四人だけなのにゃ！』

『さあ——みんな、そろそろ心の準備は出来たかにゃ？　ちなみに、ワタシはバッチリにゃ！　楽しみ過ぎて昨日から一睡も出来なくて、ドキドキドキドキ高鳴ってるにゃ。そしてこんな気持ちになってるのはワタシだけじゃないって知ってるにゃ！』

『終幕まで、あとはただ駆け抜けるだけ――』

『《ＳＦＩＡ》最終決戦《伝承の塔》、ここに開幕――にゃ!!!!』


「ん……」

――八月八日、月曜日の午前九時。

《決闘《ゲーム》》の開始と同時に視界が晴れ、俺は瞬《まばた》きと共にぐっと腕を伸ばしていた。

ついでに、ぐるりと辺りを見渡してみる――目に映るのは、どこか無機質な部屋の内装だ。少し撓《たわ》んだ長方形のような部屋。もう少し細かく見ていくと、曲面になっている二つの壁のうち一つと、それから残りの二辺にはいずれも真っ白な扉が設置されているのが分かる。そして、俺のすぐ隣には寄り添うような格好で黒髪の美少女が立っている。

「うわっ」

「へ？　ど、どうしたんですか篠原《しのはら》先輩、そんなに驚いて……？」

「いや……驚くだろ、何も見えてなかったんだから。むしろ、何で驚いてないんだよ？」

「当然です。だって……暗いのが怖くて先輩のところまで歩いてきたのは私ですから」

「……せめて声くらい掛けてくれ」

何も言ってくれないから本当に気付かなかった。

とにもかくにも、《決闘《ゲーム》》が始まったところで改めて状況を整理してみよう——《SF《スフ》IA《イア》》最終《ファイナル》決戦《伝承の塔》。この《決闘《ゲーム》》は十階層の塔が舞台《フィールド》となっており、プレイヤーたちは〝この塔を踏破すること〟を唯一にして最大の目的とする。

俺と水上《みなかみ》がここへ連れてこられたのは十分ほど前のことだ。早朝七時に零《ゼロ》番区の集合場所を訪れ、スタッフに導かれるまま《決闘《ゲーム》》の舞台となる円塔へと辿《たど》り着《つ》いた。そうして地下一階の個室で待機すること数十分。端末機能で視界を覆い尽くす〝ブラインド〟の効果を施された状態でエレベーターに乗せられ、気付いたらこの部屋にいた。

「《決闘《ゲーム》》スタートか……多分、外じゃ風見《かざみ》が開幕宣言でもぶちかましてる頃だろうな」

「あ、そうですね。私、ああいうの大好きなので今回も聞きたかったですけど……」

「ん……それはまあ、あれだ。《決闘《ゲーム》》が終わったらハイライトで散々聞くことになる」

冗談めかした俺の返しに水上は「確かに」と口元を緩ませる。そして、俺たちはどちらからともなく端末を取り出すと、さっそく諸々《もろもろ》の情報を確認することにした。

「とりあえず、基本の項目は六つみたいだな。【マップ】【陣営情報】【スキル取得】【交戦申請】【移籍申請】、それから【交信】だ」

「はい。【マップ】はそのままの意味……だと思いますが、この部屋の情報すら入っていないみたいですね。もしかして、手動で描き入れていくんでしょうか？」

「いや……違うな、多分スキルが必要なんだ。じゃなきゃ探索者の価値が薄れる」

「あ、なるほど、それなら納得です！　えっと、次の【陣営情報】もそのままの意味ですね。今は陣営が確定していないので自分一人の情報しか載っていませんが、例えば所持ＥＸＰ《エクスポイント》とか取得済みスキルとか……そういうのが確認できるみたいです」

「ああ。んで、そのスキルに関わるのが次の項目だな。【スキル取得】……ここで取得したスキルは〝取得済み〟の方に加わって、それで初めて使えるようになる」

言いながらルールを振り返る俺。この《伝承の塔》において、スキル関連でＥＸＰが必要になるのは〝取得〟のタイミングだけだ。一度取得したスキルは所属する陣営の所有物となり、再使用までの硬直時間《クールタイム》こそ生じるもののコストなしで使用できる。

それらを踏まえた上で【スキル取得】の項目を開いてみれば、途端に夥《おびただ》しい数のスキルが目の前に投影展開された。使役者と探索者、それから後援者という大きな括《くく》りでツリー状に整理されている。そして、全てのスキルには取得のための条件が個別に設定されているため、今すぐ取得できるものとそうでないものが明確に色分けされていた。

「わ……いっぱいありますね、先輩」

「!?　……あ、ああ、そうだな」

囁《ささや》くように放たれた声にびくっとしつつ、動揺を押し殺して同意する俺。……いつの間にか水上が自身の端末をしまい、すぐ隣から俺の端末を覗《のぞ》き込《こ》んできていた。確かにこの方が効率的ではあるが、距離感が自然すぎてドキドキする。一年生だし容姿には幼さも残る水上《みなかみ》だが、耳周りの髪を掻《か》き上《あ》げる仕草なんか大人っぽくて品がある。

「？　えっと……役職は私が使役者で、篠原《しのはら》先輩は後援者でしたよね？」

　ああ、と答えて首肯する。

　水上の言う通り、俺が選んだ役職は〝後援者〟だった。そもそも《伝承の塔》は単純な学区対抗ではないため、四人一組の陣営単位で諸々《もろもろ》のことを考える必要がある。単体で強力な役職は一人でも行動しやすい探索者か、あるいは交戦に不可欠な使役者……だとすれば、少なくとも単独で最終決戦に進出している学区のプレイヤーはそのどちらかを選ぶだろう。俺が選ばなくても仲間に入れられる公算は高い。

　とにもかくにも、俺は改めてスキルの一覧に視線を落とすことにする。

「やっぱり〝マッピング〟は探索者のスキルみたいだな。近くに他陣営がいるかどうか調べる〝サーチライト〟とか昇降機の位置を探る〝昇降機探索〟なんてのもある」

「探索にはうってつけの役職ですね。妨害系も豊富ですし、とても器用な印象です。後援者の方は……そうですね、常時発動の強化《バフ》系がかなり強力です。扉を開放した際の報酬が少しだけ上がる〝EXP《エクスポイント》獲得量UP〟や、逆にEXPの消費を抑える〝節約術〟。どちらもより効力の高いスキルを取得するための前提条件になっていて、成長させるとどんどん効率が良くなっていくみたいです！」

「悪くないな。強化《バフ》系以外だと、他陣営とコンタクトを取れる〝遠隔交信〟なんかも便利に使えそうだ。あとは陣営を分けられる〝並行移動〟だけど……これは」

　言いながら【陣営情報】を見てみれば、似たような名称のスキルが既に〝取得済み〟になっている。〝並行移動ＥＸ〟――同学区のプレイヤーが《決闘《ゲーム》》に一人以上参加している場合に入手できる。クールタイムは無限大、だそうだ。

「……一回しか使えないお試し版の〝並行移動〟。これもアドバンテージってとこか」

　小さく頷《うなず》く。貰《もら》えるものはもらっておこう。

　後援者の役職スキルも一通り確認を終え、続いて使役者のスキルへと視線を移す。

「水上の方は、とりあえずアバター絡みのスキルなんだろうけど……」

「はい……〝アバター召喚〟自体は誰でも取得できるスキルですが、残念ながら〝二階層への到達〟が取得条件に指定されています。そして、使役者のスキルはどれも〝アバター召喚〟スキルの取得が前提条件……つまり、私は一階層では何も出来ません」

　言いながら、しゅんと肩を落とす水上。……おそらく彼女は、第４段階《セミファイナル》での〝借り〟を返すためにとんでもなく張り切っているのだろう。同じ学区の仲間なんだから借りも何もないとは思うのだが、水上の強情さは俺だってとっくに知っている。

「ま、それなら二階層から活躍してくれればいいよ。スキルの目星は付いてるんだろ？」

「ぁ……はい、もちろんです！　クールタイムの短い〝氷の雨〟や〝豪火球〟、状況次第では必殺になり得る〝セイクリッドウェポン〟、防御なら〝ラウンドシールド〟や〝バックステップ〟なんかも捨てがたいです！」

「って……これだけあるのにもう確認したのかよ。早いな」

「そ、そうですか？　あは……実は私、ダンジョンRPGみたいなコツコツ作業するゲームが結構好きなんです。だから、ちょっとワクワクしちゃって……」

照れ隠しでもするかのように語尾を濁す水上《みなかみ》だが、その表情からは抑えきれない期待と興奮が滲《にじ》み出《で》ている。まあ、気持ちは分からないでもないが。

「けど……とりあえず、今すぐ取るべきスキルは〝EXP《エクスポイント》獲得量UP〟だけで良さそうだな。他のも要らないわけじゃないけど、《伝承の塔》のスキルは陣営内で共有される。なら、これから組む相手が同じスキルを持ってたらその分のEXPがもったいない」

「そうですね。手持ちのEXPを使い切ってしまうといざという時に扉の強制開放が出来なくなってしまいますし、ここは温存が一番だと思います！」

ぎゅ、と身体《からだ》の前で両手を握って熱弁をかます水上。実際、彼女の言う通りだ。俺たちプレイヤーに与えられた初期EXPは【1000】だが、これが0になると最悪〝隣の部屋にすら移動できない〟という完璧な詰みに陥りかねない。

「他にも〝EXPは足りてるのにまだ取得できない〟スキルがあるみたいだけど、これは要するに情報が足りないってことなんだろうな。さっさと探索を進めないと……」

言いながら端末を操作して、俺は800EXPと引き換えに〝EXP獲得量UP〟を取得する。これで、とりあえず現状で把握しておくべき情報には目を通せたはずだ。あとはとにかく実地で《決闘》《ゲーム》を進める必要がある。

そんなわけで、俺たちは満を持して近くにあった扉の前に立つことにした。

「お……？」

瞬間、全くの無地だったはずの扉にブゥン……と微《かす》かなノイズが走り、デジタルっぽい蛍光緑の文字色で数行の文章が浮かび上がる。臨場感のある演出に水上が「わ……！」と目を輝かせているのを横目で眺めつつ、俺は刻まれた文章の一行目を読み上げる。

「【開放難度Ⅰ／ジャンル〝謎解き〟】……これがこの扉の開放条件ってわけか」

「みたいですね。《伝承の塔》の扉には色々なジャンルの開放条件があるそうですが、この扉は〝謎解き〟ジャンル――提示された問題の答えが分かれば開放、です！」

水上の解説を受け、俺は小さく頷《うなず》きながら改めてルールを整理する。

扉の開放――《伝承の塔》における〝扉〟は開放条件を達成することで開けることができ、同時にＥＸＰやアイテム等の報酬を獲得できる。さらに、特定のスキルを使用していない限り、開けた扉は一定時間〝その陣営にしか通過できない〟状態になるらしい。要は封鎖だ。今はまだ無用のルールだが、後半になるほど重要性は増すだろう。

「とにかく、記念すべき一つ目の扉です。問題は……えっと、読み上げますね？

【あなたは追手に狙われています！】

【あなたは魔法使いではありません。ですが追手の一人が使っていた魔法を盗み見て、それを再現できるようになっていました。発動キーが分かれば切り抜けられそうです】

【OTTFFSS――これに続く一文字を、あなたは思い出せるでしょうか？】です！」

「へえ……思ったより普通に謎解きなんだな」

抑揚のはっきりとした水上《みなかみ》の朗読を聞き、ポツリとそんな感想を零《こぼ》す俺。

そう――開幕一つ目の扉に刻まれていたのは、いわゆる〝リアル脱出ゲーム的〟な謎解きだった。状況が提示されてその攻略法を考えるという定番の形式。TRPGやゲームブックのような、ある種のアナログゲームにも似た趣がある。

「こんなのが全部の扉に用意されてるって……めちゃくちゃ手が込んでるな、おい」

「はい、何だかワクワクしちゃいますね！《伝承の塔》の世界観にも準《なぞら》えてくれているみたいですし……開放難度Ⅰ、というだけあって問題そのものは簡単ですけど」

「……へえ」

表面上は余裕綽々《よゆうしやくしやく》の態度を崩さないまま、俺はひくっと頬《ほお》を引《ひ》き攣《つ》らせる。……どうやらこの後輩、既に答えが分かっているらしい。同じ陣営になるんだから頼りになるのは結構なことだが、このままだと先輩として――あるいは7ッ星として示しがつかない。

（七文字のアルファベット……最初がOで、次からはTが二つ、Fが二つ、Sが二つ。ペアってのが重要なのか？　でもそれだと最初のOが浮く）

「ええと、こほん。では、僭越《せんえつ》ながら私から」

（なら重要なのはやっぱり並びの方か。ＯＴＴＦ……だから、要するにＯが一番でＴが二番。Ｏが一でＴが二で……って！）

「この問題の、答えは――」

「――Ｅ、だ」

　扉の正面に立った水上がすっと右手を胸元に添えて答えを口にしかけた――瞬間、ギリギリで正答に思い至った俺は、彼女の発言を遮るようにそんな言葉を放り投げていた。

「アルファベットの並びが数字に対応してる。１《one》、２《two》、３《three》、４《four》、５《five》、６《six》、７《seven》……次に続くのは８《eight》だから頭文字はＥだ。大方、使いたい魔法ってのは〝エスケープ《escape》〟か何かだろ？」

「わ……凄《すご》いです、篠原《しのはら》先輩！　お見事です！」

「……まあ、この程度ならな」

　自分でも解けていただろうに、キラキラと尊敬の眼差《まなざ》しを向けてくる水上。……危なかった。今はどうにか見栄《みえ》を張ったが、これ以上難しい問題になればすぐに破綻する。

（それでも、最初の一問を取れたのは大きい……これで多分、次からは水上がもっと張り切ってくれるはずだ。アバターが召喚できるようになればこっちのものだし……）

　……とりあえず、何とか乗り切れそうだ。

　開放条件を満たして静かに開かれる扉を眺めつつ、微《かす》かに胸を撫《な》で下《お》ろす俺だった。

＃

最初の扉を開けた先には――特に、誰の姿もなかった。

が、まあ別に驚くようなことでもないだろう。一階層の部屋数は少なく見積もっても二十以上あるし、既に合流しているプレイヤーが増えるほど遭遇確率は減少していく。

ちなみに、扉を開放した報酬であるＥＸＰ《エクスポイント》――まだ陣営が構築されていないため俺個人に加算された――は〝ＥＸＰ獲得量ＵＰ〟の効果も込みで【７５０】だった。アイテムやら何やらは特に手に入らなかったが、序盤はＥＸＰが増えるだけでありがたい。

とにもかくにも、俺と水上《みなかみ》はしばし一階層の探索に勤《いそ》しむことにした。特定のプレイヤーというよりは二階層に繋がる昇降機を探して行動する。何せ、一階層には四つの昇降機が存在し、いずれの昇降機も四人のプレイヤーが揃《そろ》うことで起動する――つまり、昇降機の発見は〝他プレイヤーとの接触〟を確約してくれるものになるからだ。

もちろん、重要なのは誰と合流できるかだが……

「そういえば、水上としてはどんなメンバーになるのが理想なんだ？」

都合四つ目となる扉の先にも空洞が広がっているのを確認しつつ、俺は水上にそんな話を振ってみた。すると彼女は、律儀《りちぎ》にこちらへ向き直ってから口を開く。

「うーん、そうですね……《ヘキサグラム》の先輩方と組むのは抵抗がありますが、他の方ならこだわりはないですよ？　むしろ足を引っ張ってしまわないか心配です」

「それは平気だと思うけど……ま、確かに《ヘキサグラム》と組むのは俺も御免だな」

友好的な雰囲気になんてなるわけがないし、なったらなったで疑わしい。もし彼らと組まざるを得ない状況になってしまったら即座に陣営の移籍を狙うべきだろう。

加えて、俺の場合は森羅《しんら》の連中と同じ陣営になるのもあまり望ましくない。霧谷《きりがや》と、それから詳細不明の不破兄妹《ふわきょうだい》。一応《カンパニー》にも調べてもらったが、やはりほとんどの情報が秘匿されているようだ。よって、理想としては彩園寺《さいおんじ》か藤代《ふじしろ》、皆実《みなみ》に枢木《くるるぎ》、次点で久我崎《くがさき》……その辺りの面子《メンツ》と組めれば上々の出来と言っていいだろう。

が、まあそれはともかく。

「これだけ扉を開けているんですからそろそろ昇降機が見つかっても良さそうなものなんですが……いえ、気にせず進んでいきましょう。この扉は、ええと——【開放難度Ⅰ／ジャンル〝指定スキル〟】ですね。〝節約術〟を取得していることが開放条件です」

「〝節約術〟……ＥＸＰの消費を抑えるスキルか。コストは１２５０ＥＸＰ……うん。ＥＸＰに余裕は出てきたし、そろそろ取っておいてもいいかもな」

「はい！　私もそう思います！」

水上の真《ま》っ直《す》ぐな同意を受け、俺は既定のコストを支払って〝節約術〟スキルを取得することにした。扉の開放で貯《た》めたＥＸＰの半分以上が持っていかれたものの、常時発動の補助効果はやはり強力だ。この先の収支に大きく影響する。

直後——俺が扉の開放条件を満たしたことで蛍光緑の文字列が静かに掻《か》き消《き》え、ガチャリと分かりやすい解錠音と共に扉が横へスライドした。ワクワクと期待を抑えきれない表情で足を踏み出す水上《みなかみ》に続いて、俺も隣室へ移動する。

「「……え」」

その瞬間、俺たちの視界に飛び込んできた光景はなかなかに刺激的なモノだった。

異なる制服を着た二人の少女——一人はさらさらの青髪を肩口で遊ばせ、もう一人は桃色の髪を跳ねさせている——が室内にいるのだが、問題はその体勢だ。青髪の方がもう一人の少女を壁際まで追い詰め、顔の近くにトンっと片手を突いている。その表情はクールそのもの……というかいっそ眠たげだが、壁に背を押し付けられている側の少女にしてみれば冷静でいられるはずもない。あわあわと真っ赤になって声を振り絞る。

「なっ……なな、何ですかこれどういう状況ですかっ!? わたし、主人公なのにいきなり囚《とら》われちゃってるんですけど！　ピンチです！　次週どうなっちゃう感じですか!?」

「どうにも、ならない……大丈夫。第4段階《セミファイナル》の時から思ってたけど、あなたはとっても可愛《かわい》い……わたし好み。こうして会えたのは、多分、運命……」

「ち、違うと思います誤解です勘違いです！　わたしは通りすがっただけなので！　運命の出会いという部分は主人公っぽくてナイスですが、わたしも女の子なのでどうせ出会うならカッコイイ男の人が良《い》いです！　ビビッとくる感じの人が良いんです！」

「でも、ここにいるのはわたしだけ……なら、わたしを選んだ方がお得。違う？」

「そんな刹那的な生き方はしてないです！　っていうか……近い、近いです！　いいんですか!?　これも全部island tube《アイ・チューブ》に流れちゃうんですよ!?　オンエアですよ!?」

「アダルトコンテンツ指定……」

「されてたまりますかー！　わたしの物語は！　全年齢対象なので!!」

「…………」

無表情のままぐいぐい迫る皆実雫《みなみしずく》と、そんな彼女に顔を近付けられて耳まで真っ赤にしている夢野美咲《ゆめのみさき》。彼女は観念する直前にぐるりと視線を巡らせて、

「――あ！」

そこで、ようやく俺たちに気付いたらしい。大きな目を丸くして縋《すが》るように叫ぶ。

「ラスボスさん！　そこにいるのはラスボスさんですね！　あなたに頼るのは気が引けますが、この際相手を選んではいられません――助けてくださいっ！　主人公であるわたしを助けないと三日以内に天罰が下ると思います！　ズシャーン、です！」

「……はあ」

わーわーとうるさい夢野に捕まり、俺は微《かす》かな嘆息と共に室内へ足を踏み入れることにした。「わわ……」と両手を顔に押し当てていた水上も、少し遅れて駆け寄ってくる。

「ったく……何してんだよ、お前」

「そういうあなたは、ストーカーさん……別に？　わたしは、夢野《ゆめの》ちゃんを勧誘してただけ。邪魔するなら、受けて立つ……けど？」

「勧誘、ね。俺には口説いてるようにしか見えなかったけどな」

「意味は同じ……それに、わたしはまだ何もしてない。ここまではまだ、十五禁……」

「あ、当たり前です！　その先なんて……気軽に見せていいものじゃありません！」

微《かす》かに顔を赤らめつつ、流麗な黒髪をぶんぶんと横に振る水上《みなかみ》。その隙に夢野が皆実《みなみ》の拘束をすり抜け、俺の後ろに回り込んでは「ガルルルル！」と唸《うな》り声《ごえ》を口にする。

「む……逃げられた。どう見ても、あなたのせい……責任、取ってくれる？」

「誰が取るかよ、誰が」

「ふぅん……？　責任も、取らない……最低の、男」

「……語弊がありすぎる」

相変わらずマイペースな皆実に呑《の》まれないようそっと首を横に振る俺。

ともかく――俺と水上が《伝承の塔》で初めて遭遇したプレイヤーは、俺たちと多少なりとも関わりのある二人だった。一人は十四番区聖《せい》ロザリア女学院の二年生・皆実雫《しずく》。さらさらの青髪といつも眠たげな瞳が特徴的な5ツ星だ。少し前までは平凡を装っていた彼女だが、この数ヶ月《すうかげつ》ですっかり〝元最強〟の片鱗《へんりん》を露《あら》わにし始めている。

そしてもう一人は、夏の祭典《SFIA《スフィア》》が始まった当初から大きな注目を集めていたダークホース・夢野美咲《ゆめのみさき》。十七番区天音坂《あまねざか》学園の一年生にして既に4ツ星、という才気溢《あふ》れる下級生である。その性格は主人公気質《きしつ》……というか何というか、ともかく相当に変わったやつだが、あの第4段階《セミファイナル》を勝ち抜けている辺り優秀であることは間違いない。

「で、でも……とにかく、良かったですね！」

そこで、傍《かたわ》らの水上《みなかみ》が気持ちを切り替えるように声を上げた。

「私と、篠原《しのはら》先輩と、皆実《みなみ》先輩と、夢野さん……これで、ちょうど四人です。私たちで陣営を構築すれば皆実先輩と夢野さんもずっと一緒にいられます！」

「おお……あなたは、なかなか良《い》いことを言う。確か、名前は……水上ちゃん」

「はい！　……って、あれ？　私、もう自己紹介してましたっけ？」

「してない、けど……第4段階の最後で、ストーカーさんにちょっとだけ事情を聞いたから。女の子の名前は、忘れない……可愛《かわい》い子なら、なおさら」

「か、可愛いって……あ、あう……」

「……おい、全方位を口説いてんじゃねえよ皆実。水上は俺の後輩だ」

「ふ……嫉妬は、良くない。それに、今のあなたは両手に華……どころか、両手と右肩に華。もっと素直に喜ぶべき……普通なら、有料」

「払うわけないだろ……っていうか、何で右肩だよ」

両手で抱えきれない華をどこで持てばいいのかは確かによく分からないが。

「……で？　結局、お前はどうなんだよ皆実。この面子《メンツ》で陣営を組むのは賛成か？」

「ん……別に、何でも。わたしは、強い人と戦えるならどこの陣営でもいい……」

眠たげな表情の中に淡い青の炎を揺らめかせてそんなことを言う皆実。相変わらずのマイペースだが、ともかく俺たちと同行することに否やはないらしい。そして――夢野の方はと言えば、こちらの顔触れを見渡すなり「あ！」と水上に指を突き付ける。

「あなたは！　あなたは英明《えいめい》学園一年生、水上摩理《まり》……あなたこそが、わたしの主人公道を阻むライバルですね!?　負けません……ガルグルガルガル！」

「わ、私ですか!?　ライバルだなんて、そんなこと――」

「ないとは言わせません！　第4段階まではわたしが〝ダークホース〟って呼ばれてちやほやされていたのに、あなたときたらわたしと同じ一年生で、しかもわたしより下の3ツ星……！　目立ち度200％！　ズルいです！　絶対に負けません！」

「は、はあ……あの、それでは、お手柔らかに……？」

……面倒な理屈で水上に絡んではいるものの、組むのが嫌というわけじゃないらしい。

（これは、かなり幸先《さいさき》が良いかもしれないな……）

集まったメンバーを見渡しながらそっと右手を口元へ遣《や》る俺。《ヘキサグラム》や霧谷《きりがや》凍夜《とうや》と関わりがない〟かつ〝俺に対する明確な害意がない〟という点で、皆実と夢野の組み合わせは相当なアタリと言っていいはずだ。強さだって申し分ない。

「あの……ところで、お二人はどの役職をお持ちなんですか？」

と、そこで、水上《みなかみ》が気になる問いを二人に投げ掛けた。

この《決闘《ゲーム》》における〝役職〟というのはかなり重要な情報で、人によっては明かしたくない場合もある――が、こと一階層に限っては、それが分からなきゃバランスのいい陣営なんて組めやしない。秘匿していて良《い》いことがあるとは思えなかった。

「ちなみに私は使役者で、篠原《しのはら》先輩は後援者です。なので、探索者の方がいてくれると心強いなあとか思っていたりするんですが……」

「ふっふっふ……そう言われることは前前前世から予測済み！　当然、わたしは万能の探索者ですよ！　ババーン、と勢いの良い効果音と共に言い放ちます！」

「わ！　それはとってもありがたいです！　それじゃあ、皆実《みなみ》先輩は……？」

「わたし？　わたしは、使役者……水上ちゃんと、お揃《そろ》い」

「そうでしたか……！　えへ、奇遇ですね！　一緒に頑張りましょう！」

二人の回答に対し、それぞれ心の底から嬉《うれ》しいといった反応を返す水上。決してオーバーリアクションというわけではなく、素直な感情なんだろう。彼女の性格が窺《うかが》える。

「ん……なあ夢野《ゆめの》。お前、探索系のスキルはどこまで取得してる？」

「〝マッピング〟と〝昇降機探索〟だけです！　他にも魅力的なスキルがわたしを誘惑し

てきて困っちゃいますが、これ以上は陣営が確定してから取ろうと思っています！」

「〝昇降機探索〟……このスキルですね。直近二部屋以内に昇降機部屋があるかどうか検索して、ある場合はマップ上に座標を表示してくれるスキル。ふわあ、良いですね……」

「さすが探索者って感じだな。ちなみに夢野、この辺りはもう探索済みなのか？」

「いいえ、まだまだノータッチですね。さっきまで、わたしを別の物語に引き込もうとしてくるそちらの方から逃げ回っていたので……ブルブル」

言いながら微《かす》かに身体《からだ》を震わせ、その後気を取り直したように自身の端末を取り出す夢野。そうして彼女はさっそく〝昇降機探索〟スキルを使用する――既に取得しているスキルだからEXP《エクスポイント》の消費は０だ。同時、夢野の端末マップ上に検索結果が現れる。

「むむ！　……ありますね、昇降機！　隣です！　ふっふっふ、さすがわたし……こういう時に一発で当たりを引き当てられるのもわたしが主人公たる所以《ゆえん》です！」

「おおー……ぱちぱち」

夢野のドヤ顔に対し、相変わらず眠たげな瞳の皆実がぱちぱちと気のない（ように見える）拍手を送る。一つの部屋に対して扉は三つだけだから、要するに俺たちが通ってきたのとも皆実たちが通ってきたのとも違う最後の扉が〝正解〟だったということだろう。

そんなわけで、四人揃って扉の前に立つ――と、すぐに見慣れたノイズが走った。

「【開放難度Ⅱ／ジャンル〝謎解き〟】……ですね。問題文も読み上げます。

【あなたは一人で森の中に迷い込んでしまいました。ここは、通称〝魔女の森〟。案内人がいなければ絶対に脱出することは出来ません】

【あなたの目の前には分岐路があります。一つは鬱蒼《うっそう》と生い茂る森へと続く道、一つは少し開けた川沿いを進む道、そして一つは来た道をそのまま戻る道】

【生き残るために、あなたはどうすればいいですか？】だそうです！」

「むむ……それだけ？　これは、難問……」

「このわたしを唸《うな》らせるとはなかなかのやり手ですね……むむーん」

水上《みなかみ》が読み上げてくれた問題に対して困惑交じりの反応を返す二人。

（ん……見た感じ、さっきのアルファベット問題とはかなり趣向が違いそうだ。分岐路の説明はあるけど、それがヒントになっていそうな感じはしない……）

要は単純な謎解きじゃない、ということだ。そして、だとしたら中段の重要そうな部分だけじゃなく、問題文全体に注意を向ける必要がある。だって、これが《決闘《ゲーム》》なら問題文とはすなわち〝ルール〟だからだ。必ずどこかに攻略の道筋が示されている。

「一人で迷い込んだ……案内人がいなきゃ脱出できない……」

「……あ！　それです！」

単に問題文を復唱しただけの俺に対し、水上がぱぁっと明るい笑みを浮かべた。

「つまりこういうことですね、先輩！　案内人がいないと脱出できないということは、逆に言えば〝脱出したいなら案内人を探す必要がある〟ということです！　そしてこの《決闘《ゲーム》》では、扉の開放の際にスキルを使うことが許可されています——夢野《ゆめの》さん！」

「待ってました！　スキル、スキル……これ！　〝プレイヤー探索〟スキル！　取得コストは１８００ＥＸＰ《エクスポイント》とちょこっとお高いですが、背に腹は代えられません。主人公は生還しなきゃいけないんです！　とっとと助けやがりください、案内人——!!」

　必要以上の気迫と共に夢野が〝プレイヤー探索〟スキルを取得し、間髪《かんぱつ》容《い》れずに使用した——刹那、ブゥンと微《かす》かな電子音と共に扉の表示が変化した。**【あなたは幸運にも案内人と巡り合い、無事に森を抜けることが出来ました】**……どうやら成功したようだ。

　それを見て、俺の隣では皆実《みなみ》が「おお……」と何やら淡々と声を零《こぼ》している。

「三人とも、凄《すご》い……わたしは、全然違うこと考えてた」

「へえ。ちなみに、どんな？」

「森を、燃やす。……魔女の森なんて、きっと良くない森。さっき、どこかの扉で【消費アイテム／マッチ】をもらったから、それで一思いに……えい、って」

「物騒すぎる……っていうか、そんなことしたら【あなた】も一緒に燃えるだろ」

「？　そんなこと、ない……だって、川があるって言ってた。……違う？」

　不思議そうに首を傾《かし》げる皆実に青の瞳で見つめられ、俺は反射的に先ほどの問題文を思い出す。……確かに、そうだ。その方法でも事態は解決する。脱出するには案内人が必要だという指定はあったものの、目的はあくまでも〝生還だけ〟なわけで。

(まあ、最初に思いつくのは凄《すご》いけど……にしても、正解が一つってわけじゃないのか)

皆実雫《みなみしずく》という少女の底知れなさを改めて感じながら小さく首を横に振る俺。

とにもかくにも、これで開放条件は達成だ。ガチャリと解錠の音が鳴り響き、ほぼ同時に扉が横向きにスライドする。夢野《ゆめの》の探索によればここが〝昇降機部屋〟のはずだ。陣営を確定させるためにも早く二階層へ上がってしまいたい——などと。

そんな思考が脳裏を過《よぎ》った、瞬間だった。

「よォ……待ちくたびれたぜ、篠原緋呂斗さんよぉ」

「————ッ!?」

聞き覚えのある攻撃的な声音が耳朶《じだ》を打ち、俺は扉が開き切る前から大きく目を見開いていた。……そういえば、この部屋に誰もいないだなんて裏は取っていない。むしろ、昇降機の近くで他のプレイヤーを待ち構えるという戦法は俺だって考えていたことだ。

(だけど……まさか、よりにもよってコイツらかよ!?)

内心で悲鳴を上げながらぐっと拳を強く握る俺。

そう——俺たち四人の前に立ち塞がったのは、他でもない霧谷凍夜の一行だった。

#

《SFIA《スフィア》》最終決戦《ファイナル》《伝承の塔》には極めて重要な要素がいくつかある。

そのうちの一つは、やはりどう考えても〝陣営〟だ。第4段階《セミファイナル》とは違って〝誰でも仲間にすることが出来る〟ルール。一階層に存在する四つの昇降機のうち、どれを使って二階層へ上がるか……能動的な選択によって陣営の面子《メンツ》が決まる。

だからこそ、一階層で行うべきは何をおいても〝陣営構築〟だ。強力な仲間を集められればそれだけで《決闘《ゲーム》》を有利に進められるし、逆に中途半端なメンバーを集めてしまうと大事な局面で裏切られる可能性すらある。ここで競うべきは早さじゃない。

(だから待ち伏せしてやがったのか……もう人数は足りてるのに)

——そう。

白い扉の先で俺たちを待ち構えていたのは何も霧谷《きりがや》だけというわけじゃなかった。まず目についたのは、霧谷の後ろに控える男女のペア——不破深弦《ふわみつる》と不破すみれ。《カンパニー》を通してもほとんど情報が出てこなかった謎の二人だ。兄の方は第4段階で彩園寺《さいおんじ》や秋月《あきづき》と同じチームに所属しており、俺とも一度だけ対面した記憶がある。妹の方はハイライトで見かけた程度だが、双子の兄妹《きょうだい》ということでその顔立ちはそっくりだ。

「「……………」」

彼らは、一歩引いた位置から黙って事の成り行きを見守っている。……が、まあここまではいい。森羅《しんら》の二人が霧谷と同行しているのは何も不思議なことじゃないだろう。

それよりも、問題は部屋の奥に佇む二人の方だ。

「ククッ……やはり来たな、7ツ星。今日も僕の勘は冴《さ》え渡《わた》っているようだ！」

「勘ってこたぁねーだろよ……探索者《オレ》のスキルだ。こいつらが来るのは分かってた」

かちゃりと眼鏡《めがね》を押し上げながら哄笑《こうしょう》する襟付きマントの男と、その隣でかったるそうに両手をポケットに突っ込んでいるもう一人。後者の少年とはあまり面識がなかったものの、彼の胸元にキラリと光る六角形の徽章《きしょう》で思い至る。

（久我崎晴嵐《くがさきせいらん》……それに、《ヘキサグラム》の柳壮馬《やなぎそうま》。音羽《おとわ》学園の二人組、ってわけか）

彼らの姿を遠巻きに眺めながら密《ひそ》かに思考を巡らせる俺。

七番区森羅《しんら》と、八番区の音羽――どちらも複数のプレイヤーをこの最終決戦《ファイナル》に送り込んでいる強豪だ。そして、よく見れば久我崎と柳の二人は既に昇降機に足を掛けている。

「ひゃはっ……」

俺がそこまで状況を確認した辺りで、霧谷《きりがや》がカツっと靴を鳴らしてこちらへ近付いてきた。相も変わらず威圧的な黒髪オールバック。愉《たの》しげな視線が俺を穿《うが》つ。

「悪魔陣営の昇降機部屋へようこそ、篠原《しのはら》。本当なら第4段階《セミファイナル》から直接対決と洒落込《しゃれこ》むつもりだったんだけどな、妙な連中が邪魔しやがるからお預けを食らっちまった」

「……俺からしたらどっちも妙な連中には変わりねえよ。永遠にお預けされててくれ」

「ひゃはっ！　んだよ、相変わらずつれねーな篠原。言っただろ？　てめーにはオレ様を楽しませる義務がある。散々待たされたんだ、もうこれ以上の繰り越しは認めねー……こ、の《決闘》で、オレ様はてめーと決着をつける。必ずな」

「っ……」

「ただ、生憎《あいにく》このルールじゃ一階層から交戦ってわけにもいかねー。ま、郷《ごう》に入れば郷に従えってやつだ。最強の陣営《チーム》を作っててめーを歓迎してやるよ」

そう言って大きく口元を歪《ゆが》ませると、霧谷はポケットから自身の端末を取り出した。彼は静かに腕を持ち上げ、端末《そいつ》を俺――ではなく、近くにいた夢野と皆実に突き付ける。それを見ていた不破《ふわ》兄が一瞬「え……？」と不思議そうな、あるいは焦《あせ》ったような顔をしたのが分かったが、霧谷が動きを止めることはない。

最も早く反応したのは夢野《ゆめの》だった。

「……むむ！　何だか嫌な予感がビビッと来ました！　わたしは逃げます！　悪魔陣営の昇降機なんかに用はありません、目指すは主人公枠の王国陣営――！」

言うが早いか、まだ開放状態だった後ろの扉を抜けて隣の部屋へ消えていく夢野。驚くべき逃げ足の早さだ。霧谷も虚を突かれたらしく、肩を竦《すく》めて苦笑している。

「逃げられたか……まあいい、どうせ一人は余っちまうところだったんだ。気を取り直して《強制命令・改》アビリティ発動。……皆実雫《みなみしずく》、だったか？　てめーは今すぐこの昇降機に乗れ。じゃなきゃこれから一分おきにてめーの所持ＥＸＰ《エクスポイント》を半分奪う」

「え。……わたし？」

「ああ、てめーだ。せいぜい感謝しろよ？　オレ様の陣営に――〝悪魔陣営〟の一員に選んでやるっつってんだからな。逃げても構わねーけど、その場合は一文無しだ」

「強引な、勧誘……モテ期、再来。あなたの目当ては、わたしの身体《からだ》……でしょ？」

「ほざけカス。てめーの貧相なボディには何の興味も関心もねーよ」

「む……酷《ひど》い、言われよう」

ポツリと呟《つぶや》いて、それからくるりと身体をこちらへ向け直した皆実《みなみ》はいつも通りの表情で俺の顔を覗《のぞ》き込《こ》んだ。そうして何故《なぜ》かふにっと自身の胸を持ち上げる（！）と、淡々とした口調でこんな要求を突き付けてくる。

「あなたも、あっちの人に文句を言って欲しい……わたしの身体は、極上の抱き心地。ふにふにで、すべすべで、むにむに……だから、お前になんかやるもんか、と」

「っ……いや、抱き心地なんか知らねえよ。元々俺のものでもないし。っていうか、早く行った方が良《い》いぞ？　お前の戦力は惜しいけど、ここにいたらお前にとって大損だ」

「そう……分かった。確かに、向こうに行けば強い人《あなた》と戦える…………でも」

皆実は、俺の言葉に対して少しだけ不満げにそう呟くと、何か言いたそうな顔のままこつんと一歩近付いてきた。そのまま俺の目の前で立ち止まった彼女は、そこで微《かす》かに背伸びをすると、俺の耳元にそっと唇を寄せていつも通りの抑揚のない声音で続ける。

「……わたしは、ちょっと寂しいけど？」

「っ……」

「ふっ……皆実ちゃんのデレパート、終了……残念無念。後悔しても、後の祭り……」

ほんの一瞬俺の鼓膜を湿らせてから、すぐに身体を離してとてとと部屋の奥へ向かう皆実。対する俺は、強引に跳ねさせられた心臓を無理やり抑えつけながらどうにか冷静に状況を捉え直す。……これで三人、だ。そして先ほどの会話を踏まえれば、四人目のメンバーはとっくに確定している。

そいつは「――ひゃはっ」と大きく口元を歪《ゆが》ませた。

「じゃーな、篠原《しのはら》。オレ様の陣営はひとまず完成だ。てめーも相応《ふさわ》しい戦力を用意してから向かってこい――じゃなきゃオレ様が〝頂点〟だって証明にならねーからな!!」

いかにも愉《たの》しげにそんなことを言いながら、霧谷《きりがや》は大股で昇降機へと向かう。そうして彼が四角い盤上に足を踏み入れた瞬間、悪魔のロゴが入った昇降機の外周にブゥン……と蛍光緑のラインが走り、同時に物々しい駆動音が響き始めた。久我崎晴嵐《くがさきせいらん》、柳壮馬《やなぎそうま》、皆実雫《しずく》、霧谷凍夜《とうや》。四人のプレイヤーが揃《そろ》ったことで〝悪魔陣営〟が成立する。

「っ……なんで、行っちゃうのさ」

耳朶《じだ》を打つのはベージュ髪の少年・不破《ふわ》兄の声だが、訊《き》きたいのはこちらの方だ。

（……くっそ）

《決闘《ゲーム》》の開始早々、なかなかに最悪な展開だった。……だってそうだろう。皆実雫《みなみしずく》と夢野美咲《ゆめのみさき》という有力な〝仲間候補〟を失っただけでなく、霧谷《きりがや》は早々に陣営を組み上げてしまった。しかも、代わりに押し付けられたのは霧谷の息がかかった森羅《しんら》の二人だ。

（いや……違う、それだけじゃない、それだけじゃない）

そう、そうだ。それだけじゃない。霧谷が不破兄妹《ふわきょうだい》を一階層へ残したのは単に〝俺に対する牽制《けんせい》〟なのかもしれないが、見方によっては〝柳壮馬《やなぎそうま》を陣営に引き入れることを優先した〟とも取ることが出来る。同じ学区の後輩ではなく柳を仲間に入れたのは、もしかして《ヘキサグラム》と連携を取るためなんじゃないか？　二つの組織はどこかで繋《つな》がっているのかもしれない。だって彼らは、少なくとも俺を倒すという目的で一致している。

もちろん、その推測が正しいかどうかは現時点では不明だが……とりあえず、ここまで全てが霧谷の狙い通りに進んでいる、というのは間違いないだろう。

（そう上手《うま》くいかないだろうとは思ってたけど……）

――いきなり、やってくれる。

ゆっくりと上がっていく昇降機――しゃがんだ皆実がこちらへ手を振っているのが分かったが危うくスカートの中が見えそうだったので目で追うのは諦めた――を前にして、俺は静かに息を吐き出した。

Please tell me. Himeji san

教えて姫路さん

《SFIA》最終決戦——《伝承の塔》って？

決勝進出の16名が全10階建ての塔の最上階の踏破を目指します。簡単に言うと「リアル脱出ゲーム×ダンジョンRPG」です。各プレイヤーはチームを組み、謎解きや交戦でEXPを稼ぎ、攻略に役立つスキルを取得します。なお、同学区の生徒は同じ場所からスタートします。

〈陣営〉

チーム分けは天使／悪魔／王国／革命の4陣営。最大4名まで所属できます。なお、スキルの習得に必要なEXPは陣営で共有されます。移籍も許可されてますので、チームとは異なる各学区の戦略に従って協力やスパイ活動など思惑が入り乱れそうですね。

〈役職〉

各プレイヤーは使役者／探索者／後援者の役職を選択します。特定の役職でないと取得できないスキルが多いため、他人数が参加できる学校ほどアドバンテージを得られます。英明学園では、ご主人様が補助的なスキルを得られる後援者、水上様が交戦の鍵となる使役者を選択していますね。なお、死神という裏役職も存在しているようです。

一見、私がご主人様と一緒に行動できそうにないのは残念ですが、そこは抜かりなく手を打っております。ヘキサグラム壊滅に向け、榎本様や加賀谷さん達とも連携を取って勝利を目指していきましょう。

第二章　不本意な共闘

＃

《SFIA《スフィア》》最終決戦《ファイナル》《伝承の塔》――一階層。

二階層へ繋《つな》がる昇降機部屋で夢野《ゆめの》に逃げられ、皆実《みなみ》は悪魔陣営に奪われたため、取り残されたのは俺たちと森羅《しんら》の双子だけになった。

「都合よく四人になってるな。……どこまでがお前らの計画だ？」

「うーん、どうだろ。っていうか、さっきのを見てボクらが悪いっていうの？　どう見てもあの人の――凍夜《とうや》さんの仕掛けだったでしょ」

「霧谷《きりがや》の、ってことは森羅の仕掛けでもあるんじゃないのかよ」

「それにしたっていきなり敵対的すぎない？　せっかくの仲間候補だっていうのにさ」

特に悪びれることなくそう言って、小さく肩を竦《すく》める不破《ふわ》兄。

すれ違う議論に剣呑《けんのん》な視線がほんの一瞬交錯する――が、次の瞬間、そんな俺たちの前にずいっと身体《からだ》を割り込ませるようにしてもう一人の少女が声を上げた。

「――もう！　もうもうもう！　いけないわ、いけないわ！　ミツルったら、どうして挨拶もせずお話を始めようとするのかしら？　わたくし、早く自己紹介したくてうずうずずうず待っていたのに！」

「え？　ああ……確かに、そうだねすみれ。ごめんごめん」

少女の猛抗議を受け、苦笑交じりの曖昧な表情に戻って人差し指で頬《ほお》を掻《か》く不破兄。彼は改めて俺と水上《みなかみ》に向き直ると、仕切り直すようにコホンと咳払《せきばら》いをしてみせた。

「それじゃあ、今さらにはなっちゃうけど……ボクは七番区森羅高等学校の二年生、４ツ星の不破深弦《みつる》。役職は探索者だ。……ってわけで、はい。次はすみれの番」

「ええ！　わたくしは不破すみれというの！　等級は４ツ星で、役職は後援者よ！　ミツルとは見ての通り双子の兄妹《きょうだい》で、苗字《みょうじ》だと分かりづらいと思うから名前で呼んでもらって構わないわ！　短い間かもしれないけれど、ぜひわたくしたちと仲良くしてね？」

両手で制服のスカート――正規のものかどうかは分からないが膝下数十センチのロング丈だ――を広げ、嬉《うれ》しそうな笑顔でこちらを見る不破妹、もといすみれ。その拍子に薄いベージュの長髪がボリュームたっぷりにふわりと広がる。深弦がやや中性的な美少年だとすれば、すみれは薄幸の美少女とか深窓のお嬢様とか、そういう表現が似合うだろう。

「――ご丁寧にありがとうございます」

そんな二人の自己紹介に対し、律儀《りちぎ》に礼を返したのは水上だった。

「私は英明《えいめい》学園高等部一年、３ツ星の水上摩理《まり》といいます。役職は使役者です。先輩方の足を引っ張らないよう精一杯頑張りますので、どうぞよろしくお願いいたします！」

流麗な黒髪を揺らしつつ、そっと右手を胸に添えて真《ま》っ直《す》ぐな言葉を口にする水上《みなかみ》。彼女に視線で促され、俺も「……英明《えいめい》二年、篠原緋呂斗《しのはらひろと》。後援者だ」とだけ言っておく。

するとーー俺たちの自己紹介が終わってすぐのタイミングで、正面に立っていたすみれがトンっとこちらへ足を踏み出してきた。彼女は後ろ手を組んだまま水上の眼前まで近付くと、しばらくじぃっとその顔を覗《のぞ》き込《こ》み、やがて嬉《うれ》しそうに笑みを咲かせる。

「わぁ……ミツル、ミツル！　凄《すご》いわこの人！　こんなに近付いてるのにほんの少しの悪意も感じないの！　絶対にいい人よ、もう間違いないわ！　太鼓判だわ！」

「わ、わ……え？　悪意がない……ですか？」

「ええ、ええ！　あなたは、きっと天使のような方なのね！」

水上の問いに大きくこくんっと頷《うなず》くすみれ。なかなか要領を得ないやり取りに俺と水上が顔を見合わせていると、助け船は意外なところからやってきた。

「ーー二人とも、共感性って聞いたことあるかな？」

深弦《みつる》だ。おそらく普段から彼が説明担当なんだろう、慣れた口調で言葉を続ける。

「他人の感情を自分のものみたいに捉える技術……っていうか感覚みたいなものなんだけど、すみれはそれが強いんだ。特に敵意とか悪意とか、そういう感情は強烈だから敏感に感じ取れる。今はそれを補助するアビリティを採用してるからより強く、ね」

「……へえ、そいつは凄いな」

人の敵意や悪意を察知できる、非常に高い〝共感性〟。ポーカーなんかのカードゲームには相手の表情や癖から手の強さを把握する技法があるが、それを感覚的にやっているようなものだろう。心理戦が絡む《決闘《ゲーム》》ではこれ以上ないほど頼れる存在だ。

そんな俺の反応に対し、対面の深弦がちょっと悪戯《いたずら》っぽく笑ってみせる。

「っていうか……良《い》いのかな？　そんなに余裕そうに振る舞ってて。もし篠原くんがボクらを裏切ろうとしてるならそれも分かっちゃう、ってことなんだけど……」

「ええ！　任せて、ミツル！」

言うが早いか、すみれはくるりと身体《からだ》を翻《ひるがえ》して俺の前まで駆け寄ってきた。睫毛《まつげ》の一本一本まで見えるくらいの距離感で、俺はじぃっとすみれに観察される。

けれど――やがて、そんな彼女の表情が不思議そうなそれへと変わった。

「……はれ？　何も、何も感じないわ……？」

「何も……？　本当に？　なら、篠原くんには悪意がないってこと？」

「いえ、いえ！　そうではないの。悪意だけじゃなくて、敵意も、善意も、靄《もや》が掛かったみたいでよく見えないの！　きっとそこにあるはずなのに……ええい、こうなったら！」

「え、ちょ、すみれ!?」

瞬間、すみれは深弦の制止も聞かずに足を踏み出すと、長いベージュの髪を靡《なび》かせながらトンっと俺の胸元に耳を押し当ててきた。まるで抱きつかれているような体勢に俺の動きが硬直するが、すみれは意にも介さない。

「む……むぅ……？」

「……おい、いつまで抱きついてるつもりだよ。まさか色仕掛けのつもりか？」

「へ？　……って、ひゃあっ！　ご、ごめんなさい！　悪気はないの、悪気はないの！」

たっぷり十数秒は俺の心音（ギリギリ平静だったと思う）を聞いてから、頬《ほお》を紅潮させて飛《と》び退《の》くすみれ。普段から演技をしているおかげか、俺の感情は読みづらいらしい。

「ヒロト……あなた、不思議な人ね……」

……そのせいで変に目を付けられてしまったような気もするが。

とにもかくにも、お互いの自己紹介が終わったところで改めて状況を整理してみることにする。目の前にいる森羅《しんら》の二人――彼らの真意はよく分からない。普通に考えれば霧谷《きりがや》と手を組んでいるはずだが、先ほどは置き去りにされるような一幕もあった。

だから、

「なあ――一つだけ教えてくれ。お前らと霧谷は、一体どんな関係なんだ？　返答次第では一緒に二階層を目指してもいいし、逆に今すぐ解散する可能性もある」

「えー……？　でもさ、篠原《しのはら》くん。今の時点で誰が一階層に残ってるかなんて分からなくない？　もしかしたらみんな上に行ってるかも。歩き回ったって時間の無駄かもよ」

「ああ、だから真面目に答えてくれ。ここでのロスはお前らにとってもマイナスだろ？」

「……そう来たか。って言ってもなあ……どんな関係も何も、凍夜《とうや》さんとボクらはただ同じ学園の先輩後輩ってだけだよ。凍夜さんには凍夜さんの、ボクらにはボクらのやり方がある。凍夜さんは君を目の敵にしてるみたいだけど、ボクらは森羅が勝てるなら何でもいいんだ。その点、君と同じ陣営に入れるのは都合がいい」

「そうよ、そうよ！　全部ミツルの言う通り！　ばっちり信じてくれていいわ！」

深弦《みつる》の説明に追随するようにすみれも無垢《むく》な表情でそんなことを言ってくる——が、

（……はぐらかされた？　いや、今の話が完全に嘘《うそ》だとは思わないけど……）

表情を変えないまま思考を巡らせる俺。単なる協力関係ではない、というのは確かなようだが、とはいえ霧谷と不破兄妹《ふわきょうだい》が完全に個別で動いているとも考えづらい。

それでも——明確な敵でないのであれば、陣営を組む要件はクリアしているわけで。

（皆実《みなみ》と夢野《ゆめの》っていう理想的な組み合わせからは大分離れたけど……いや、仕方ない）

小さく首を横に振る。

ちらりと隣に視線を遣《や》れば、気合いの入った表情の水上《みなかみ》がぐっと拳を握っていた。

「では、この四人でチーム結成ですね！　まずは二階層到達を目指しましょう——！」

＃

水上の号令で暫定的なチームが成立した後、俺たちは昇降機部屋の探索を再開した。

一階層に存在する昇降機は〝陣営分け〟の役割を兼ねている。霧谷《きりがや》たちの乗った〝悪魔陣営〟の昇降機は二階層へ上がった状態で静止してしまったため、俺たちは他の昇降機を探すこととなった。とはいえ、探索者の深弦《みつる》が〝昇降機探索〟スキルを取得していたこともあり、未使用の昇降機はすぐに見つかる。側面に入っていたロゴは〝革命陣営〟だ。プレイヤー四人、という条件は満たしているため昇降機は無事に起動する。

「ふう……」

そして——《SFIA《スフィア》》最終決戦《ファイナル》《伝承の塔》二階層。

俺たちは、昇降機を降りるが早いか即座に作戦会議を始めることにした。

《伝承の塔》の一階層はいわゆる〝チュートリアル階〟のようなもので、陣営も確定していなければ〝アバター召喚〟すら解禁されていない。諸々《もろもろ》の要素が絡み始めるのは二階層から……というわけで、このタイミングで改めて攻略方針を考える必要がある。

「えっと、陣営情報は……わ、凄《すご》いです！　もう更新されてますね！」

そこではしゃいだ声を上げたのは、俺の隣で端末を覗《のぞ》き込《こ》んでいた水上《みなかみ》だ。

「革命陣営——所属プレイヤーは篠原《しのはら》先輩、私、深弦先輩、すみれ先輩の四名。所持EXP《エクスポイント》は皆さんの分を合計して【６９４０】で、スキルも統合されているみたいです。後援者の〝EXP獲得量UP〟と〝節約術〟が自動発動中、探索者の〝昇降機探索〟と〝プレイヤー探索〟も使用可能になっています！」

「うん。探索者はボクだけだから、ボクの取得スキルがそのまま反映されてるって感じだね。後援者のすみれはまだ何も取ってなかったから、篠原くんとのスキル被《かぶ》りも起こってない……そして、陣営が確定したからＥＸＰのロスを怖がる必要もなくなった。ってわけで、ボクは〝威力偵察〟のスキルを取ろうと思うんだけど。その辺、どうかな？」

「ん……ちょっと待ってくれ」

深弦が言及したスキルの詳細を自身の端末でも表示させる。

威力偵察――それは〝他陣営の戦力を調査する〟系統のスキルだ。取得コストは２５０ＥＸＰと少々重いが、各陣営のメンバーを一瞬で把握することが出来る。派生の上位スキルを取得すればより詳細な情報まで調査できるらしく、性能としては申し分ない。

「せ、先輩、先輩！」

「分かってるよ水上。……ああ、いいぜ。こっちとしても異存なしだ」

絶対これは要るやつです、のニュアンスでぶんぶんと首を振ってくる水上に頷《うなず》きを返しながら、俺は深弦に肯定を示す。……ちなみに、今は許可を取ってくれているが、陣営の所持ＥＸＰを消費してスキルを取得するという行為は独断で実行できるものだ。やろうと思えば簡単に食い荒らすことも出来てしまうわけで、その辺りも陣営メンバーを厳選しなければならなかった理由の一つと言えるだろう。

ともかく、俺と水上の同意も得たところで、深弦はスキル一覧から〝威力偵察〟のスキルを取得する。そして、間髪《かんぱつ》容《い》れずに実行――と、次の瞬間、俺たちの目の前に各陣営の所属プレイヤーがそれぞれアイコン付きで投影展開された。

【天使陣営――阿久津雅《あくつみやび》／佐伯薫《さえきかおる》／結川奏《ゆいかわかなで》／枢木千梨《くるるぎせんり》】
【悪魔陣営――霧谷凍夜《きりがやとうや》／久我崎晴嵐《くがさきせいらん》／柳壮馬《やなぎそうま》／皆実雫《みなみしずく》】
【王国陣営――彩園寺更紗《さいおんじさらさ》／藤代慶也《ふじしろけいや》／石崎亜子《いしざきあこ》／夢野美咲《ゆめのみさき》】
【革命陣営――篠原緋呂斗《しのはらひろと》／水上摩理《みなかみまり》／不破《ふわ》すみれ／不破深弦《みつる》】

「ん……なるほどな」

現時点での勢力図を眺めながら、俺はじっと思考を巡らせる。……当然のようにどこも強敵揃《ぞろ》いだが、佐伯と霧谷と彩園寺が綺麗《きれい》に分かれてくれたのは朗報だろう。等級で考えれば俺たちが圧倒的に後れを取っているが、よく見れば《ヘキサグラム》も三つの陣営に散らばっている。そして、夢野は希望通り王国陣営の元まで辿《たど》り着《つ》けたようだ。

「ま、今はこんなところだね。〝威力偵察〟のクールタイムは三時間だから、小まめに確認していこう。特に《ヘキサグラム》とか《女帝》さんは序盤から動きそうだし、さ」

深弦の示した方針に「……だな」と同意を返す俺。この《決闘《ゲーム》》において、陣営の変動というのは明確な戦力移動のサインだ。どんな状況であれ注目する必要がある。

そして、この二階層から解禁される大きな要素がもう一つ。

「い、いいですか？　そろそろ取ってもいいですか……っ!?」

ごくり、と唾を呑《の》み込《こ》みながら、興奮に震える指先をそっと端末に添える水上。

そう――一階層でのチュートリアルを終え、この階層で実行可能になるのは〝アバター召喚〟スキルの取得、及び使用だ。アバター自体は誰でも召喚できるものだが、その運用に関しては水上や皆実といった〝使役者〟たちが最大の適性を持つことになる。

そんな〝アバター〟の性能は、以下の二つで決定される。一つはＥＸＰ総量――陣営の所持ＥＸＰ《エクスポイント》をアバターに注《つ》ぎ込めば注ぎ込むほど基礎ステータスが向上するという、一種の〝戦闘力〟のようなもの。そして、もう一つが所持スキルだ。こちらは完全に使役者のテリトリーであり、いわば〝アバターをどう動かすか〟の部分に当たる。

故に、まだどちらも手を付けていない水上が召喚するアバターは完全に無地の状態となるのだが、ルール文章《テキスト》にもあったように〝外見〟に関してだけは予《あらかじ》め設定できるようになっていた。無設定なら自動的に召喚者本人の容姿が反映されるが、それ以外にも〝同学区かつ同性〟のプレイヤーを外見として設定できる。詳細は昨日の時点で決めていた。

が……その前に、形式として一応不破兄妹《きょうだい》にも許可を取っておくとしよう。

「ってわけで、俺たちも〝アバター召喚〟スキルを取得しようと思う。問題ないよな？」

「うん、そりゃあね。むしろ、アバターはいないと話にならないよ」

「そうね、そうね！　わたくしもとっても楽しみにしていたの！　マリ、お願いね！」

「あ、ありがとうございます！　それじゃあ、行きますよ……！」

二人の快諾を受け、水上《みなかみ》は端末に添えた手をスライドさせる。１５００ＥＸＰ《エクスポイント》消費、アバター召喚スキルの取得完了。そして彼女は、取得したばかりのスキルを使用する。

「来てください、白雪先輩――!!」

まるで祈りを捧《ささ》げるような召喚の言葉。

瞬間、天高く掲げられた水上の端末が仄《ほの》かな白の光を放ち始めた。そして、それに呼応するように、俺たちがいる部屋の床一面に蛍光色のラインが超高速で引かれていく。六芒《ろくぼう》星《せい》と無数の円を組み合わせ、合間に見たこともない言語が刻まれた魔法陣……芸術的な筆致で描かれる〝それ〟が完成した刹那、陣の中心に巨大な光の柱が現れる。

「ッ……!?」

目を焼かんばかりの眩《まばゆ》い煌《きら》めき――。

そんなものが収まった後に魔法陣の中央に立っていたのは……一人の、よくよく見知った少女だった。いや、正確に言えば〝彼女〟を模したアバターだ。外見が反映されているだけで、別に彼女自身がいるわけじゃない。アバターに意思はないし喋《しゃべ》らない。

加えて、彼女の服装もいつものそれとは違っていた――《伝承の塔》の背景設定《フレーバー》において、革命軍とは悪魔や天使に感化されて魔法の力に目覚めてしまった異端者、すなわち魔法使いの一団である。そんな設定を反映してか、今の彼女はまさしく魔女の格好をしていた。さらさらと靡《なび》く白銀の髪には大きな黒の三角帽を被《かぶ》せ、豊かな肢体を覆うのはゴシック調の黒ローブ。手にはごつごつとしたデザインの杖《つえ》を握っている。スカートの前が短いのが印象的だが、それは単にこのアバターを設計したやつの趣味かもしれない。

ともかく――そんな彼女は、姫路白雪《ひめじしらゆき》は、無言のまま静かに足を踏み出すと、他の誰でもなく真《ま》っ直《す》ぐに俺の元へと向かってきた。澄んだ碧眼《へきがん》が真正面から俺を捉える。そのまま滑らかな動き《モーション》で帽子《ぼうし》を取った彼女は、口元に微《かす》かな笑みを浮かべつつ……一言、

『お待たせいたしました、ご主人様』

――いつも通りの涼しげな声音でそう言った。

「いや……いやいやいや、ちょっと待ってよ。おかしくない？」

水上が革命陣営のアバター【姫路白雪】を召喚し、それにより魔女っ娘《こ》姫路が爆誕した直後、本気で意味が分からないという顔で声を上げたのは他でもない深弦《みつる》だった。

「まあ、分かるよ？　水上さんが召喚したアバターが篠原《しのはら》くんのメイドさん……姫路さんだっけ？　その人の見た目をしてるのはいい。だけど、今のはおかしいよね？　アバターなのに何で意思があるのさ？　喋るのさ？　まさか、本当に不正してるわけ？」

「……ま、それが当然の反応だよな」

いつものメイド服ではなく魔女装束――当然のように似合っている――の姫路が右隣の定位置に来るのを待ってから、俺は小さく口元を緩ませた。姫路が隣にいるというだけで

俺の精神的な余裕は桁違いに跳ね上がる。第4段階《セミファイナル》では離れ離れだったから尚更《なおさら》だ。

ともかく、

「疑われるのも面倒だから教えてやるよ。まず、これは不正じゃないぜ？　ちゃんとルールに則《のっと》ってる……っていうか、もし不正だとしたらこんなに堂々とやれるわけないだろ」

「まあ、それはそうかもしれないけど……じゃあ、何かネタがあるって？」

「ああ。いいか、深弦《みつる》――お前の指摘は大体合ってるけど、一つだけ認識が間違ってる部分がある。《伝承の塔》のアバターは確かに投影された映像だけど、ＡＩか何かで操作してるわけじゃない。《ライブラ》のメンバーが〝中の人〟を担当してるんだ」

「モーションキャプチャーってこと？　それならそれで納得だけど……でも、その人は違うでしょ。《ライブラ》じゃなくて中身も篠原《しのはら》くんのメイドさんだ。違うの？」

「違わない。言っただろ？　お前の認識違いは一つだけだ、それ以外は当たってる」

そこまで言って、俺はちらりと姫路《ひめじ》に視線を遣《や》った。すると、彼女は小さく一歩前に出て、未《いま》だに呆然《ぼうぜん》としている二人に向かって恭しく首を垂れてみせる。

『初めまして、お二方――わたしは、ご主人様の専属メイドこと姫路白雪《しらゆき》と申します。霧《きり》谷《がや》様と同学区ということで大変怪しんではいますが、どの道短いお付き合いになると思いますので、その間だけはどうぞよろしくお願いいたします』

「っ……」

「わ……凄《すご》いわ、凄いわ！　あなたはメイドさん？　魔女さん？　どちらなのかしら？」

『そうですね。今は、どちらかと言えば魔女寄りかもしれません。魔法も使います』

すみれの質問に対し、手にした杖《つえ》を適当に振ってみせる姫路。その動きが滑らかなのは単なる技術の進歩だとしても、聞こえてくる声が姫路本人のそれなのは間違いない。

そのカラクリは、彼女の持つ一つのアビリティにあった。

「《ピンチヒッター》ってアビリティがある。個人製作のものだし市場には全く流通してないけど、《決闘》の外から使用してプレイヤー一人と交代できるっていうかなり特殊なアビリティだ。際どいラインだけど、今のところ違法認定はされてない」

――そう。

《ピンチヒッター》――それは、随分前に俺が彩園寺《さいおんじ》に連れられて行った謎の店舗で購入し、姫路にプレゼントしたアビリティだ。《決闘《ゲーム》》外からのプレイヤー交代。使い方は難しいが、かつての《区内選抜戦》では秋月《あきづき》を出し抜く切り札になった代物《しろもの》でもある。

「姫路にはそいつを使って〝アバターの中の人〟と交代してもらってるんだよ。《ライブラ》によれば〝中の人〟は疑似プレイヤーらしいから、アビリティの対象としては問題ない。っていうか、このアビリティは相手の了承がないと不成立になっちまうんだけど、事情を話したら普通に代わってくれたからな。多分、運営側も把握してたんだと思うぜ」

「……ねえ、すみれ。篠原くんは嘘《うそ》をついてるかな？」

「いいえ、いいえ！　そんな風には見えないわ。悪意も善意も感じにくいけれど、とっても穏やかなのは分かるもの！　ヒロトは悪いことなんかしてないわ！」

『当然です。７ツ星にして学園島《アカデミー》最強のご主人様が不正などすると思いますか？』

三角帽子《ぼうし》を両手に持ったまますらりと白銀の髪を揺らす姫路《ひめじ》。……今回は《ヘキサグラム》の監視があるから不正ではなくルールの穴を突くしかないだけだが、まあいい。

「これは結構凄《すご》いことだぜ、深弦《みつる》？　姫路と通信できるってことは、要するに外と繋がってるってことだ。《ライブラ》の中継にはラグがあるから索敵には向かないけど、エリア探索と情報収集は大分楽になる。アバターは交戦時以外も召喚しっぱなしに出来るしな」

「……なるほど、ね。うん、分かったよ。疑ったボクが悪かった」

小さく両手を持ち上げて、やれやれとばかりに首を振る深弦。

こうして、俺たち革命陣営に〝五人目〟のメンバーが加わった。

＃

諸々《もろもろ》の状況確認を済ませ、二階層の探索を開始する。

姫路白雪《しらゆき》という〝外〟の情報が加わったことで、探索の効率は飛躍的に向上した。《ライブラ》の配信は時間差中継――全部屋に設置されているカメラの映像に編集を加えてから放送する、という形式を取っているため塔の内外では二時間の誤差《ラグ》があるのだが、それでも各陣営の進み具合が違うため情報的な優位は充分に取れる。

そして、扉の開放という意味で大活躍を見せたのは他の誰でもなく水上摩理だ。

「【開放難度Ⅲ／ジャンル〝謎解き〟】の扉……それでは、問題文を読み上げます。

【――あなたは魔獣に襲われています！】

【魔獣から奪った伝説の聖剣を持つあなたですが、それを振るうことが出来るのは魔獣が口を開いた一瞬のみ。それで倒し切れなければあなたは丸呑《まるの》みにされてしまうでしょう】

【逃走を図ることも出来ますが、足の速さでは圧倒的に魔獣に軍配が上がります】

【生還するにはどうしたらいいですか？】……だそうです」

ふむん、と小さく顎を引き、真剣な表情でしばし思考に耽《ふけ》る水上《みなかみ》。俺も不破兄妹《ふわきょうだい》もそれに追随する……が、真っ先に顔を持ち上げたのは水上だった。彼女はほんの一瞬だけ得意げな、見ていてくださいとでも言いたげな表情を俺に向けてから、扉の前で宣言する。

「剣を捨てます」

「……え？　え？　それってどういうことなの、マリ？」

「そのままの意味です。そもそも何故《なぜ》【あなた】は魔獣に襲われているのか？　それは問題文の中にしっかりと示《しめ》されています――何故なら【あなた】が【伝説の聖剣】を奪ったから！　人のものを盗るのは悪いことです、早く返してあげましょう！」

ぱっ、と右手を横に振りながら、水上は何とも彼女らしい回答を扉にぶつける。

そんな姿を見て、姫路《ひめじ》が微《かす》かに感心したような声を漏らした。

『なるほど……確かに、道理ですね。【あなた】の立場や心情はともかく、提示されている目的は〝生還〟のみ。だとすれば、水上《みなかみ》様の選択が最も正しいと思われます』

「だな。……ちなみに、姫路ならどうしてた？」

『ん……そうですね。わたしは、アバター強化の要領で【あなた】にEXP《エクスポイント》を注《つ》ぎ込んでいたと思います。一撃しか振るえないならその一撃で倒せばいいだけですので』

そういう手もあるのか、と内心で感嘆の声を上げる俺。水上の案の方がより〝正答〟に近い気はするが、やはり《伝承の塔》の謎解き扉は答えが一つとは限らないようだ。

「せ、先輩、先輩！　あの、これ……何でしょう？」

と――俺がそうやって思考を巡らせていたところ、扉の前に立っていた水上が黒髪を揺らしてそんなことを言ってきた。釣られて顔を持ち上げれば、扉に描かれていた開放条件がいつの間にか掻《か》き消《き》え、代わりに見慣れない表示が出ているのが目に入る。

【断章を獲得しました】

【断章14――囚《とら》われの少女は、本質的に死神と同種の存在である】

『断章というのは、《伝承の塔》内で用いられているフレーバー的な単語の一つですね』

俺がすぐに反応しなかったのを察知して、姫路がするりと解説に回ってくれた。

『簡単に言えば情報のことです。世界観やルール、または攻略に関わる情報の欠片《かけら》。ルール文章《テキスト》にも、扉の開放によって手に入る場合がある……との記載があります』

「な、なるほど！　でも……それにしては、何だかよく分からない情報ですね。少女と死神が同種の存在……？　むむ？」

「まあ、確かにこれだけじゃ意味不明だけど……攻略を進めれば謎が解けるのかもしれないし、頭の片隅にでも入れておこうぜ。とにかくお手柄だ、水上」

「……！　は、はい！　ありがとうございます、先輩！」

ぱぁっと嬉《うれ》しそうな笑みを浮かべる水上。

そんな彼女に頷《うなず》きを返しつつ、俺はそっと思考を巡らせる——もしかして、今のは〝魔獣を倒さなかったから〟断章が手に入ったのか？　例えば姫路の案なら魔獣はいなくなってしまう。その場合、断章を得るのは難しいが、逆に【あなた】は剣を失わない。

（〝謎解き〟ジャンルの扉は、クリア方法によって報酬も変わる……ってことか）

《伝承の塔》の凝り具合を見るに、それくらいの仕掛《ギミック》けはあってもおかしくないだろう。

ともかく、断章と一緒に手に入った報酬により陣営の所持ＥＸＰが【１００００】を超えたのを見て、俺はゆっくりと首を横に振った。スキルの取得に費やしたＥＸＰは既に回復している。《決闘《ゲーム》》の経過を踏まえても、そろそろ次の段階へ進むべきだろう。

「なあ水上、今のうちに交戦系のスキルを取っておかないか？　謎解きとか交戦ジャンルの扉でも使えるし、何よりもう二階層だ。いつ他の陣営と遭遇するか分からない」

そう――アバター召喚のスキルが解禁された以上、必然的に発生するのは交戦だ。姫路《ひめじ》によればどの陣営にも一人以上は使役者が含まれているようで、正面からぶつかれば戦うことになるのはまず間違いない。

俺の提案に対し、黒髪を靡《なび》かせながら振り返った水上《みなかみ》が勢い込んで首を縦に振る。

「はい！　EXP《エクスポイント》も溜《た》まってきましたし、そろそろ良《い》いんじゃないかと思います！」

「ボクも賛成かな。ただ、色んなスキルがあるから慎重に選ばないとね……」

小さく頷《うなず》いてからそっと端末を開く深弦《みつる》。その隣からすみれがひょこっと彼の端末を覗《のぞ》き込《こ》んでいるのを眺めつつ、俺は俺で端末画面を目の前に投影展開する。

全プレイヤーのうち〝使役者〟だけが取得できる交戦系スキル――深弦の言う通り、数としてはかなりのものだ。一時的なステータス強化から武器を用いた特殊攻撃、各属性の魔法に加え、補助系や防御系のスキルなんかも大量にある。

そして――姫路曰《いわ》く、《伝承の塔》の交戦は少し特殊な仕様を持っているそうだ。

『その名も〝ロジカルクエスト〟といいます――』

『《伝承の塔》では、交戦が始まると共に互いの使役者が繰り出したアバターの〝EXP総量《ステータス》〟が開示され、その差に応じて【状況】と【条件】が設定されます。状況、というのは主にどちらかのアバターに対する〝ペナルティ〟ですね。EXPの差があまりにも大きい場合、それは行動制限という形で具現化します。例えば交戦開始時から手錠で拘束されていたり、アイテムの使用を封印されていたり……といった具合です』

『そして条件の方は、言い換えればアバターに付与される〝設定〟です。例えば〝地面に足がついている間は無敵〟や〝火属性の攻撃でしかダメージを受けない〟など、内容は千差万別。どれだけ強力な設定になるかは、やはりＥＸＰ総量の差で決まります』

『その上で、両アバターはターン制で交戦します――攻撃側と防御側がそれぞれ所持スキルから一つをセットし、制限時間五分で激突。時間切れになると攻守交替となります。ＥＸＰ総量で勝っている場合は力業でも押し切れるかもしれませんが、劣っている場合は相手の〝設定〟を上手《うま》く崩さないとダメージすらまともに与えられません』

『なので、スキル選びの際に重要なのは論理的な手広さです。例えば相手が〝空中を舞っている天使〟だった場合、最適解は雷属性の魔法でしょう。ですが、投擲《とうてき》や跳躍でも届くかもしれませんし、嵐を起こして飛べなくしたり、重力を操作して地面に落としたりすることも出来るかもしれません。何なら長い棒だっていいんです』

『ポイントは柔軟な発想力、ということですね』

――とのことだ。

《伝承の塔》における一風変わった交戦、ロジカルクエスト。相手アバターに付与された設定をいかに攻略するかが鍵になる、いわば〝条件戦闘〟というやつだ。謎解き的な要素も多分に含まれており、そういう意味でも《伝承の塔》らしいルールと言える。

「うーん……そういうことなら、やっぱり魔法の方が手広いのかな？　早い段階で取得できそうなスキルだと、便利なのは〝豪火球〟と〝氷の雨〟の二つだ。〝豪火球〟は火にも高温にも絡められるから汎用性が高いし、〝氷の雨〟は色んな形の武器を作れる」

「ですね！　攻撃スキルは私もその二つが良《い》いと思います！　防御系はどれもコストが重いので、スキルよりもＥＸＰ総量の方が大事なのかもしれませんが……でも、万が一のために《絶対防御》くらいは持っておきたいところです」

「素敵だわ、素敵だわ！　補助系もたくさんあって、何だか目移りしてしまうわね！」

水上《みなかみ》は俺の、すみれは深弦《みつる》の端末を覗《のぞ》き込《こ》みながら思い思いに持論を交わす。

これだけ選択肢が多い以上、アバターの育成方針に正解などはないのだろうが……どちらにしても、各種スキルを取りながらＥＸＰ《ステータス》総量を底上げしていく、というのが基本にはなるのだろう。《伝承の塔》の交戦では負けても即脱落するということはないが、最重要リソースであるＥＸＰ《エクスポイント》が半分も——もちろんアバターに注《つ》ぎ込まれたＥＸＰも全て含めての〝半分〟だ——削られてしまう。立て直しには相当苦労するはずだ。

「じゃあ、まとめるぞ？　とりあえず、採用する攻撃スキルは〝豪火球〟と〝氷の雨〟の二つ。防御スキルは〝絶対防御〟だけにして、ついでに補助系の〝再行動〟……これで合計６５００ＥＸＰ。革命陣営の所持ＥＸＰは【１２７００】だから、５０００ＥＸＰだけステータス強化に割り振って残りは温存、ってことでいいか？」

『そうですね。ＥＸＰ総量に関しては階層によって攻略基準――その階層を突破するのに充分なステータス、というものが【階層×階層×１０００】の式で与えられています。二階層であれば４０００ＥＸＰですね。それを超えていれば全く問題ないレベルかと』

「……うん、それならボクも異存はない」

俺の言葉にさらりと白銀の髪を揺らす姫路《ひめじ》と、少し遅れて頷《うなず》く深弦。慎重に考えているように見えるのは、アバターへのＥＸＰ投入というのが実はかなり難しい要素だからだろう。一度投入したＥＸＰは戻せないし、もし水上が他陣営に移るようなことがあればアバターも一緒に移動してしまう。見定めが肝心、というわけだ。

ともかく、そんな二人の後押しを受けて水上が端末を操作し始める。

「わ、分かりました！　それじゃあ、早速スキルの取得から…………って、あれ？」

「？　どうした、水上？」

「や、それが、えと、あの……取れない、なくて」

（……は？）

哀《かな》しみと困惑交じりの視線を向けられ、俺は横合いから彼女の端末を覗き込んだ。

端末のトップ画面にある【スキル取得】の項目――無数のスキルがツリー状に広がっている画面。ここで、取得のための条件を満たしているスキルは明るく光って表示されるのだが、確かに水上の端末ではほぼ全てのスキルが暗転表示のままだった。一階層で見た時は前提条件である〝アバター召喚〟スキルが解禁されていなかったから特に疑問にも思わなかったが、今は姫路《ひめじ》を呼び出せているのにちっともスキルが取得できない。

（EXP《エクスポイント》が足りないってことはない……なら、何か条件が満たされてないのか？）

そんな予想を立てながら、試しに〝氷の雨〟の詳細情報を開いてみる——と、

「攻撃スキル〝氷の雨〟。取得条件【使役者限定／カオス値1以上】……カオス値？」

「な、何ですか、そのステータス……？」

突如現れた謎の単語に俺と水上《みなかみ》は揃《そろ》って首を傾《かし》げる——が、いくら記憶を辿《たど》ってみてもルール文章《テキスト》や《決闘《ゲーム》》内のどこかでそんな言葉を目にした覚えはない。

「じゃあ……もしかして、これも二階層に来て初めて解禁された情報ってことか？」

『——はい。どうやら、そういうことみたいですね』

そこで、俺の推測に同意を返してくれたのは傍《かたわ》らに立つ姫路だった。

『カオス値。所持アイテムの中に【断章1】という形でこっそり情報が追加されていましたが、こちらはいわゆる〝隠しステータス〟です。塔内の行動に応じて随時加算されていくもので、正確な値は一切開示されません。STOCでの反応も探ってみましたが、視聴者の間では〝貢献度〟に近いものだと認識されているようですね。《決闘《ゲーム》》内で活躍するほどカオス値が高くなり、より強力なスキルを取得できるようになる……と』

「……なるほど。つまり、陣営単位じゃなくて個人別のステータス、ってことか」

姫路の説明を聞きながら、改めてスキル一覧に目を遣《や》ってみる。俺の場合は後援者のスキルがいくつか取得可能になっているわけだが、中でも【カオス値20以上】のスキルは明るく点灯しているのに対し【カオス値25以上】のものは暗転しているのが分かる。

「なら、俺のカオス値は20から24の間ってわけだ。……って、じゃあ」

そこまで理解が進んだ辺りでふとあることに思い至り、俺はちらりと逆サイド――水上の方へと視線を遣る。すると、そこには半ば予想通りの光景が広がっていた。

「が、がーん……！」

がっくりと肩を落とす水上。ショックを隠し切れない様子だが、それも無理はないだろう。【カオス値1以上】が条件である〝氷の雨〟を取得できないということは、言い換えれば〝水上の活躍はカオス値1にも満たない〟と宣告されているに等しいんだから。

「う、うぅ……どうしてでしょう。私なりに頑張っているつもりなんですが……」

「……まあ、あれだ。スキルなんかいつでも取れるし、今はステータス強化で充分だろ」

「はい……すみません、慰めていただいて」

しゅんとした表情のまま、それでも黒髪を揺らして俺に頭を下げる水上。彼女がアバターのステータス強化だけにＥＸＰを割り振り始めるのを見てどことなく申し訳ない感情が湧き上がってくると共に、俺の胸には微《かす》かな違和感が去来する。

（〝頑張ってるつもり〟か……確かに、水上は一階層からかなり活躍してる。俺よりずっと高い頻度で扉も開放してたはずだ。なのに、何でこんな差が……？）

俺が推定20強で、対する水上《みなかみ》は０。逆にしろとまでは言わないが、あまりにも格差がありすぎだろう。貢献度という意味でなら水上の方が評価されていないとおかしい。

「……なあ姫路《ひめじ》、カオス値の仕様ってもう少し細かく分かったりするか？」

『いえ……少なくともisland tube《アイ・チューブ》で放映されている範囲では、カオス値についての細かな情報を掴《つか》んでいる陣営はありません。ＳＴＯＣに流れている見込み数値では霧谷《きりがや》様が首位にいるようですが、それもスキルツリーから割り出しただけですね。ただ、分かっていることが一つだけ――こちらは、佐伯薫《さえきかおる》の属する天使陣営が手に入れている断章です。ご主人様は、ルール文章《テキスト》にあった〝死神〟の存在を覚えていらっしゃいますか？』

「？　ああ、そりゃもちろん」

死神――この塔に〝囚《とら》われの少女〟を閉じ込めている張本人。そして《決闘《ゲーム》》的な見方をすれば、他のプレイヤーを脱落させることが出来る唯一無二の裏役職だ。

『その死神が、カオス値と深く関係しているのです。《伝承の塔》のルールによれば、死神の役職が解禁されるのは一日目の午後三時……もう間もなくのタイミングです。そして死神が誰に与えられるか、これは決してランダムではありません。【断章６――カオス値の最も高いプレイヤーこそがすなわち〝死神〟である】、です』

「…………そういうことか」

唸《うな》るような声でポツリと呟《つぶや》く俺。……まあ、言われてみれば納得できない仕様でもなかった。カオス値が最も高い、すなわち《伝承の塔》で最も活躍しているプレイヤーに最強の役職が与えられる。ある意味自然かつ公平な決め方と言えるだろう。

そして、死神が出現したら、この《決闘《ゲーム》》は本当の意味で〝脱出ゲーム〟に様変わりする。捕まったら一巻の終わりなんだから、どうにかして死神と遭遇しないように立ち回らなきゃいけない。もしくは交渉できるだけの力を蓄えておかなきゃいけない。

そんな思考が脳裏を過《よぎ》った――瞬間、だった。

「――きゃはっ、ビンゴ！」

ガチャリ、と扉の解錠音が響き渡り、それと同時にやたら癇《かん》に障《さわ》る高い声が俺たちの鼓膜を叩《たた》いた。弾《はじ》かれるような勢いで声の方へと身体《からだ》を向ければ、視界に入ったのは当然ながら他陣営――ただし四人体制のフルメンバーではなく、男子と女子の二人組だ。

「あはっ……裏切り者がいんじゃん、マジウケる」

「っ……亜子《あこ》、先輩」

まず一人、けらけらと軽薄な笑みと共に水上を挑発してきたのは、制服の胸元に六角形の徽章《きしょう》を付けた女子生徒だ。十番区近江《おうみ》学園三年・石崎《いしざき》亜子。柳壮馬《やなぎそうま》と同じく《ヘキサグラム》のメンバーであり、水上とも一定の関わりがあった少女である。

「……篠原《しのはら》か。ってことはテメェら、革命陣営の連中だな」

そして、もう一人——ドスの利《き》いた前口上と共に扉を抜けてきたのは、くすんだ金髪の不良少年・藤代慶也《ふじしろけいや》。桜花《おうか》学園の〝最終兵器〟だ。《虹色パティスリー》や第4段階《セミファイナル》での共闘で悪いやつじゃないのは知っているが、敵に回した場合の怖さは尋常じゃない。

(石崎亜子《いしざきあこ》に、藤代慶也……確か、彩園寺《さいおんじ》のいる王国陣営のメンバーだったよな)

冷静な表情で彼らと対面しながら、頭の中でそんなことを考える俺。……通常、《伝承の塔》では〝同じ陣営のメンバーは行動を共にする〟ことになっているが、後援者限定で取得できる——あるいは複数のプレイヤーが最終決戦《ファイナル》に進出している学区にアドバンテージとして与えられている——〝並行移動〟のスキルを使えば、陣営を二つ以上に分割して動かすことが可能になる。それを利用して効率よく探索を進めていたんだろう。

けれど、そんなことはどうでもいい。

この《決闘《ゲーム》》で二つの陣営がぶつかったなら、取るべき行動など一つだけだ。

「それじゃあ——さっさと潰し合いしよっか？」

愉悦に満ちた笑みで端末を取り出す石崎を前に、俺は心の中で小さく舌打ちをした。

#

《SFIA《スフィア》》最終決戦《伝承の塔》二階層——。

俺たち革命陣営は、この《決闘《ゲーム》》が開幕してから初めて他陣営と対峙《たいじ》していた。

視線の先に立っているのは王国陣営の面々だ。メンバーは彩園寺、藤代、石崎、夢野《ゆめの》の四人だったはずだが、手分けして探索しているのか今は石崎と藤代しかいない。

そして、役職に関して言えば、石崎の方が〝使役者〟のようだ。彼女が振り上げた端末から蒼《あお》の閃光《せんこう》が放たれ、仰々しい演出の末に一体のアバターが召喚される。王国陣営、ということで、格好は勇者のそれだ。身軽さはありながらも凛々《りり》しいデザインで、背中には紋章の入ったマントがはためいている。外見設定はもちろん女性だ。本人ではなく見覚えのない生徒だが、腰に差した剣も相まって凛《りん》とした雰囲気を醸し出している。

それに対し、水上《みなかみ》も真剣な顔つきで姫路《ひめじ》に向かって口を開いた。

「で、では……こちらもお願いします、白雪《しらゆき》先輩！」

『……そうですね。ご主人様以外の命令で動くのはメイドの矜持《きょうじ》に反するのですが――』

「え、ええっ⁉　ごめんなさ――」

『冗談です。そういうルールだというのは充分に理解していますし……それに、可愛《かわい》い後輩の〝お願い〟なら元より断る理由などありませんので』

微《かす》かに悪戯《いたずら》っぽい口調で言いながら水上にふわりと優しい笑顔を向け、それから俺に向き直って『行ってまいります』と頭を下げた姫路は、コツっと静かな歩調で俺たちの前に歩み出た。ほんの数メートルの距離感で勇者と魔法使いが対峙する。

と、そんなやり取りを見て、勇者の向こうに立つ石崎が咎《とが》めるような声を上げた。

「へ～？　革命陣営のアバターって魔女なんだぁ。ヤッバ、超カワイイ……でもさ、何それ？　何で普通に喋《しゃべ》ってんの？　まさか外と通信してんの？　え、それ不正でしょ。あそっか、アンタって《ヘキサグラム》を裏切るような卑怯者《ひきょうもの》だから、運営にカラダでも売って見逃してもらってんだ？　うわ～ヤバ、真っ黒じゃん！　現行犯！」

「なっ……そ、そんなことするわけないじゃないですか！　私は、私の正義に従って行動しているだけです！　白雪《しらゆき》先輩が喋っているのも──方法はお教えできませんが、ルール上問題のない行為です！　亜子《あこ》先輩こそ目を覚ましてくださいっ！」

「は？　……何、アンタ。自分から喧嘩《けんか》売っといて何今さら正義面しちゃってるわけ？」

「っ……」

「つか……知ってるでしょ？　アタシら《ヘキサグラム》は正義の組織なの。悪いヤツらをぶっ潰して島の平和を守る絶対的な正義──だから、アタシらに逆らうヤツなんか問答無用で悪ってこと。そっちの嘘《うそ》つきも、アンタも同じ。……っていうか、マジでウケるんだけど。アタシらに捨てられたから今度は7ツ星？　アンタも大概──」

『──すみませんが、石崎《いしざき》様。その薄汚い口を今すぐ閉じていただけますか？』

と……その時、水上《みなかみ》に罵声を浴びせていた石崎にカウンターを叩《たた》き付けたのは姫路《ひめじ》だった。石崎《いしざき》が咄嗟《とっさ》に反応できないのを良《い》いことに、彼女は冷え切った声音で続ける。

『わたしが発言を許されているのは水上様の不正によるものなどではなく、ルールの範囲内で実行されたご主人様の妙手です。未知のもの全てをイカサマだインチキだと騒ぎ立てるのは結構ですが、それは自らの思慮の浅さを露呈する行為だと心得てください』

「なっ……は、はあ？　何それ、アンタ――」

『加えて申し上げれば、水上様を仲間に誘ったのはわたしたちの方ですよ？　貴女《あなた》のような小物はご主人様の眼中に入る資格すらありませんが、佐伯薫《さえきかおる》を――《ヘキサグラム》を崩壊させるためには水上様のお力が絶対に必要ですので。そういった意味でも、貴女の推測及び暴言は全て的外れです。お疲れ様でした』

「ッ……だ、だから何!?　アンタ、さっきから超ウザいんだけど！」

涼しげな表情のまま繰り出される姫路の反論――第4段階《セミファイナル》でのこともあり姫路は基本的に《ヘキサグラム》を許していない――にわなわなと肩を震わせる石崎。けれど謝るつもりは微塵《みじん》もないようで、それを悟った姫路が溜《た》め息《いき》と共に再び口を開こうとする。

が――しかし、その直前。

「待て。……あァ、今のはこっちが悪かったな。撤回して謝罪する。だから、一旦全部水に流して交戦させせちゃくれねェか？　時間が潰れンのはテメェらにとっても不幸だろ」

『……そちらの方は冷静なようですね。さすがは更紗《さらさ》様のお仲間にしてご主人様の元チームメイトなだけあります。わたしは構いませんよ？　水上様さえ良いのであれば』

「わ、私は……はい、大丈夫です。元々言葉だけで変えられるとは思っていませんから」

「はぁ!? あ、アンタらが良くてもアタシが――」

「黙れ石崎《いしざき》。……二度は言わねェぞ」

「……ひ……ぃ…………わ、分かった、分かったからそんな睨《にら》まないでよ……」

壁に背を預けるようにして立っている藤代《ふじしろ》がそんな言葉を紡いだ瞬間、石崎はビクンと肩を跳ねさせてあっという間に降伏した。……まあ、藤代に睨まれて平静を保てるやつなんてそうはいないだろう。とにもかくにも、ようやく交戦を開始する段となる。

ここで、改めて整理しておこう――《伝承の塔》における交戦は、一言で言えば〝条件《ロジカル》戦闘《クエスト》〟だ。お互いの陣営から繰り出されるアバターの性能差、すなわちEXP総量《ステータス》の差から、両アバターに対して特定の〝状況〟と〝条件〟が付与される。

状況とは、その交戦における両アバターの〝力量差〟を目に見える形にしたものだ。EXP総量に一定以上の差がある場合、弱い方のアバターにはそれがペナルティとして伸《の》し掛かる。そして条件――こちらは、各アバターに付与される〝設定〟だ。その交戦においてのみ有効となる暫定的なルール。もちろんこれもEXP総量の差から強度が調整されており、相手が強ければ強いほどダメージを与えるのが困難になる。

だからこそ、《伝承の塔》の交戦においては、アバターに費やされたEXP総量が相手に勝っているかどうかというのが非常に大きなポイントとなるわけだ。

（どうだ……？）

真正面から視線を戦わせる勇者と魔法使いのアバター。

全員の注目が集まる中、彼女らの頭上にこんな表示が現れた。

【《伝承の塔》二階層B－2：王国陣営VS革命陣営：交戦開始】
【二階層攻略基準EXP《エクスポイント》：4000】
【王国陣営――石崎亜子《あこ》。アバター：山根紫苑《やまねしおん》。EXP総量：4700】
【革命陣営――水上摩理《みなかみまり》。アバター：姫路白雪《ひめじしらゆき》。EXP総量：5000】
【状況：対等】
【条件（山根紫苑）：剣に触れている間は一切のダメージを負わない】
【条件（姫路白雪）：杖《つえ》に触れている間は一切のダメージを負わない】

蛍光緑の文字列を眺めつつ、無言で思考を巡らせる俺。……まあ、大筋としては予想通りといったところだろう。アバターのEXP総量はほぼ同格で、そのため状況や条件についても目立った優劣は付いていない。真っ向勝負の様相だ――けれど、

「状況も条件も優遇なし、か……うーん。これは、ちょっとマズいかもね」

同時、深弦《みつる》が難しい顔でそんなことを言ってきた。ステータス的には多少有利なくらいだというのに、まるで劣勢に追いやられているような口振りだ。そして、他の二人の反応

は、深弦《みつる》よりもずっと分かりやすい。

「っ……ご、ごめんなさい！　私が、もっと頑張っていれば……」

「違うわ、違うわ！　マリのせいじゃないの！　だから絶対、泣いちゃダメ！」

「な、泣いてはいないですけど……でも、でもこのままじゃ！」

作戦タイムということで俺たちの元へ戻りつつ、悔しげに唇を噛《か》む水上《みなかみ》。

そう――お互いのＥＸＰ総量や条件なんかが開示されたため、本来なら今は使用するスキルを選ぶタイミングだ。けれど、先ほど確認した通り、俺たち革命陣営は最初歩の攻撃スキルである〝氷の雨〟すら取得できていない。つまり何も出来ないんだ。せめてＥＸＰ総量で大差を付けられていれば話は別なのだが、残念ながらそれすらほぼ対等である。

（姫路《ひめじ》の話じゃ、カオス値を稼ぐ方法なんてどこの陣営も分かってない……だから、水上がスキルを取れてないのは仕方ない。けど……）

「――きゃはっ」

そうやって俺が思考に耽《ふけ》っていると不意に耳障《ざわ》りな笑い声が耳朶《じだ》を打った。

「あれあれあれ～？　まさかとは思ったけど、選べるスキルが一つもなかったりしちゃうわけ？　ヤバ、嘘《うそ》でしょ？　相当準備してなかったたか、使役者がよっぽど無能なの？」

露骨に煽《あお》られ、「っ……」と悔しそうな顔を俯《うつむ》かせて黒髪を揺らす水上。

そんな彼女を間近で見つめながら、俺は静かに言葉を紡ぐことにする。

「……《伝承の塔》の交戦ルールだと、攻撃側と防御側で毎ターン二つのスキルをセットする必要がある。けどスキルはクールタイム制なんだから、水上じゃなくても〝使えるスキルが一つもない〟って状態は発生するよな。その場合はどうなるんだ？」

「あ、えと……はい。そういう時はデフォルトのスキル——攻撃側なら〝攻撃〟が、防御側なら〝防御〟が無制限で選択可能になるそうです。ただ、武器を振り回したり構えたりするだけなので、条件を達成するのはちょっと難しそうですが……」

「いや、そうでもないだろ。スキルがないと自動的に敗北、みたいなルールだったら手詰まりだなと思ってたけど、そうじゃないなら何の問題もない。準備なら完璧にしてきたはずだろ、水上——俺は、お前が負けるなんて微塵も思ってないぜ？」

「……！」

不安そうに見上げてくる黒の瞳を見つめ返して言い放つ俺。……確かにスキルを一つも取っていない状態で交戦なんて、本来なら無謀どころの騒ぎじゃない。けれど、少なくともこの対面に限っては、水上の方が圧倒的に有利だと判断できるだけの根拠があった。

そして——そんな俺の視線を真正面から受け止めて、水上は。

「分かりました。……ちょっと不安でしたけど、篠原《しのはら》先輩がそう言ってくれるなら私も頑張れそうです。見ててください——行ってきます！」

「ああ、頼んだ」

長い黒髪を翻《ひるがえ》して姫路《ひめじ》の元へ駆け戻る水上《みなかみ》の背に向けて、俺はそんな言葉を投げ掛けることにした。直後、俺たちの視線の先で、彼女はさっと端末を一撫《な》でする。スキルセット完了――同時に〝先手〟と〝後手〟が割り振られ、ついに交戦の火蓋が切られた。

「きゃはっ、先攻！　アタシってば持ってるぅ！」

厳正なる抽選の結果、先攻を引き当てたのは石崎《いしざき》だ。《伝承の塔》の交戦は五分に一度の攻守交替制、そして〝先に相手アバターの体力《LP》を削り切った方が勝ち〟であるため、単純に先手の方が有利になる。そのため先手と後手の抽選がそもそも非均一――EXP総量《ステータス》の比がそのまま当選確率になっている歪《いびつ》なルーレット盤のようなものだ――なのだが、今回はわずかな優位を引っ繰り返されてしまったらしい。

そして、

「覚悟しといてね、裏切り者。アンタみたいなのに構ってる時間は全然ないから――だから、アンタに攻撃ターンは回さない。ってわけで紫苑《しおん》、〝連閃連牙《れんせんれんが》〟！」

石崎のセットしたスキル〝連閃連牙〟――その発動を受け、勇者のアバターがこれまでとは異なる雰囲気を纏《まと》い始めた。右手を剣に添えたまま微《かす》かに腰を落とし、何度か短く息を吐く。そうして刹那、ドッッッ!!と凄《すさ》まじい風圧と共に大きく足を踏み出した。

「っ！　白雪《しらゆき》先輩、〝防御〟です！」

『了解いたしました』

それを受けた水上は反射的にそんな言葉を口にする。デフォルトスキル〝防御〟――魔女の格好をした姫路がすっと杖《つえ》を身体《からだ》の前に構えた瞬間、超高速で移動してきた勇者の剣が思い切り振り下ろされた。十や二十ではとても済まない乱れ斬り。それらを涼しい顔で受け止めていた姫路だったが、最後の最後で手元の杖を弾《はじ》かれてしまう。

『っ……』

「あはっ――きゃははははっ！　図星！　図星じゃん！　一ターン目からデフォルトスキルって……ヤバ、アンタそんなに雑魚だったんだ⁉　超ウケる。《ヘキサグラム》を裏切ったから天罰が下ってるんじゃん⁉」

「っ……いいえ、正義の味方でもない先輩方に天罰なんか下せるはずがありません！」

「ふーん、言うようになったじゃん。で、これからどーすんの？」

ニヤニヤとしたまま煽《あお》り続ける石崎。その表情は既に勝利を確信しているようだが、まあそれも無理はないだろう。何せ革命陣営《こちら》のアバターである姫路は、先ほどの攻防で魔女の杖を失っている。条件突破だ――姫路を守っていたのは【杖を持っている間は一切ダメージを与えられない】という設定だけなんだから、今の彼女は無防備だ。

「一ターンは五分だから、まだ三分以上あるよね。スキルはもう使っちゃったけど、アタシってば交戦用のアビリティも採用してるから……さっき散々アタシのことバカにしてくれたし、お返しにアンタもイジメてあげる。アレじゃん、自業自得ってヤツ？」

石崎《いしざき》の言葉に姫路《ひめじ》がすっと目を細めたのが分かったが、とはいえ反論しても仕方がないからだろう。特に何を言い返すでもなく、ただその時を待っている。

「み、ミツル！　こういう時はどうしたらいいの!?　どうしたら助けられるかしら!?」

「うーん、ここは素直に撤退かなあ。とにかくカオス値の謎を明かさないと……」

深弦《みつる》やすみれに関して言えば、この交戦が半ば〝詰んでいる〟と思っているようだ。もちろん、その認識も分からないではない。というか、傍《はた》から見ればその通りだろう。

が、俺は——正確には俺と姫路と水上《みなかみ》は、彼らとは全く別の未来を思い浮かべていた。

（……ラッキーだったな、水上。初戦の相手が《ヘキサグラム》で——）

「ってわけで……アビリティ《戦術的猛追》発動！　そんで紫苑《しおん》〝円閃牙《えんせんが》〟！」

刹那、俺たちの視線の先で、勝ち誇ったような表情の石崎が思いきり端末を振り下ろした。《戦術的猛追》アビリティによる攻撃スキルの追加選択。それに応じて動き出したのは当然ながら勇者のアバターだ。先ほど姫路の杖《つえ》を弾《はじ》き飛《と》ばしたばかりの剣を今度は水平に構え、勢いよく投擲《とうてき》する——それも、ただ力任せに放り投げたわけじゃない。勇者の手を離れた剣はヒュンヒュンと円を描くように部屋中を飛び回り、まるで意思を持っているかのように複雑な軌道で姫路を狙う。直撃すれば致命傷は避けられないだろう。

けれど、それでも水上は平然と言葉を紡ぐ。

「——亜子《あこ》先輩。確かに、私は足手まといかもしれません。亜子先輩の言う通り、交戦用のスキルだって一つも取得できていません」

「やっぱり。なら諦めれば？　アンタはそもそも最終決戦《ファイナル》まで来れるような器じゃ――」

「でも。……だったら、スキルなんかには頼りません!!」

ニッと口元を歪《ゆが》ませる不敵な笑み――まるで誰かを真似《まね》たような好戦的な笑みを浮かべて、水上は端末を真《ま》っ直《す》ぐ前に突き出した。その表情は、つい一週間前に佐伯薫《さえきかおる》にボロボロにされ、呆然《ぼうぜん》と涙を流すしかなかった少女のそれとは訳が違う。狩られるのを待つ弱者ではなく、反逆の意思を持つ一人の参加者《プレイヤー》としてとっくに覚悟を決めている。

「《一点突破》アビリティ、発動――！」

そして、懸命な声が室内に響き渡った……瞬間、水上の端末から零《こぼ》れ出した光が姫路の身体《からだ》を包み込んだ。思わず目を瞑《つぶ》ってしまいそうになるくらい圧倒的な光の奔流。

『……なるほど』

そんな光に包まれた姫路は、不意に何かを理解したようにポツリと声を漏らした。同時に手袋の指先で三角帽子《ぼうし》の鍔《つば》を摘《つま》むと、飛来してくる勇者の剣に向かってそいつを軽く振り下ろす――と、その直後、ギィイイイン！と鈍い音を立てて剣があらぬ方向へ弾き飛ばされた。誰もが呆気《あっけ》に取られる中で、姫路は両手で丁寧に帽子を被《かぶ》り直す。

そうして彼女は、全く息を乱すことなく涼しげな声音で一言。

『やはり、これだけＥＸＰ総量に差があれば攻撃はほとんど通らなくなるようですね。さすがは色付き星《ユニークスター》相当の超強化アビリティ、です』

——そう、そうだ。

水上《みなかみ》が登録《セット》している特殊アビリティ《一点突破》。それは、彼女が第4段階《セミファイナル》の、いやこれまでの借り全てを返すために英明《えいめい》メンバーと共に開発した〝限定条件ありの超強化アビリティ〟だ。推定強化値は驚異の十倍。《ヘキサグラム》相手にしか使えないという制限を課すことで本来3ツ星端末に許される性能を大きく突破し、決戦用のアビリティとして申し分ない威力を持つまでに研ぎ澄まされている。そして、この条件戦闘《ロジカルクエスト》においてEXP総量が変化するということは、すなわち状況や条件さえも一変するということで。

【二階層攻略基準EXP《エクスポイント》：4000】
【王国陣営——アバター：山根紫苑《やまねしおん》。EXP総量：4700】
【革命陣営——アバター：姫路白雪《ひめじしらゆき》。改変EXP総量：5000→5100】
【状況更新：アバター山根紫苑は全身拘束】
【条件更新（姫路白雪）：杖《つえ》に触れている間は一切ダメージを受けない】
【条件更新（山根紫苑）：相手アバターに触れることは一切出来ない】

……圧倒的、だった。

ＥＸＰ５１０００というのは、階層の攻略基準値で言えば七階層に挑めるレベルだ。相手アバターとのステータス差は実に十倍以上――全身拘束の上、向こうからは姫路に触れることさえ出来なくなっている。これだけ状況が整ってしまえば、もはやスキルの有無なんか関係ないだろう。論理的《ロジカル》に考えて、相対した時点で水上の勝ちだ。

「え、ちょ、うそ……」

「観念してください、亜子《あこ》先輩。今からでも間に合います、私と一緒に皆さんに謝りましょう！　薫《かおる》さんについていくのは間違っています。だって、だってあの人は――」

けれど……水上がもう一度彼女を説得しようとした、その時だった。

『《伝承の塔》を攻略中のプレイヤーの皆さん――こんにちは、《ヘキサグラム》です』

「――っ⁉」

突如鳴り響いたその声に、水上は驚いたように言葉を止めた。同時、四方の壁を埋め尽くさんばかりの勢いで巨大な仮想モニターが出現し、とある映像が流れ始める。

それは、この部屋と同じく《伝承の塔》内の一室だった。白い壁と扉だけに囲まれた無機質な部屋。そこには〝彼〟だけでなく、合計四人の男女が佇《たたず》んでいる。

『ふっ……やあ、参ったね。みんなの期待は嬉《うれ》しいけど、今日の主役は僕じゃないよ？』

まず一人は、爽やかな笑みで前髪を掻《か》き上《あ》げている茨《いばら》のエース・結川奏《ゆいかわかなで》だ。第4段階《セミファイナル》では俺たちを裏切って一足先に最終決戦《ファイナル》進出を決めた彼だが、そのウザさは今も健在。変わった点と言えば、胸元に六角形の徽章《きしょう》を付けているところくらいだろう。

『………』

そして結川から少し離れた後方に立っているのは、黒髪をポニーテールに結んだ栗花落《つゆり》女子の二年生・枢木千梨《くるるぎせんり》。こちらも相変わらず腰から木刀を提げているが、普段の鋭い視線は鳴りを潜めている。少なくともこの放送で喋《しゃべ》るつもりはないようだ。

よって、メインになっているのは明らかに手前の二人だろう——学園島《アカデミー》公認組織《ヘキサグラム》幹部の三年生・阿久津雅《あくつみやび》と、《ヘキサグラム》リーダー・佐伯薫《さえきかおる》。正義の組織の中核を為《な》す、二番区彗星《すいせい》学園のメンバーだ。

注目が集まるには充分な間を取ってから、画面の中の佐伯はにこやかに言葉を継ぐ。

『この放送は、二階層及び三階層の全部屋を対象に流しています。攻略の邪魔をして申し訳ない限りですが、大事な話なのでよく聞いてくださいね』

『でないと雅に配信系アビリティを登録《セット》してもらったのが無駄になってしまいますから』

微《かす》かに目を細めたまま冗談めかした口調でそんなことを言う佐伯。彼はカメラの前で緩やかに腕を広げると、慈愛に満ちた表情で続ける。

『さて、時間もありませんし、さっそく本題に入るとしましょう』

『まず前提として、この《決闘《ゲーム》》――《伝承の塔》では、死神という裏役職を持つプレイヤーに捕まらない限り脱落することはありません。ですが、それって少しつまらないとは思いませんか？　最終決戦なんですから、もっと過激な勝負でもいいはずです』

『だから僕たちは、思い切ってそこに手を加えることにしました。特殊アビリティ《カウントダウン》……端的に言えば〝条件指定〟の応用編なんですが、実は今回、《ヘキサグラム》以外の皆さんに〝強制脱落条件〟を付与させていただいています。フォーマットは統一で【○○を○回行ったら脱落】というもの。要は、各プレイヤーに設定された禁止行動です――これが既定の回数に達した場合、そのプレイヤーは塔から排除される』

『ちなみに《カウントダウン》というアビリティ名にもあるように、皆さんの端末には毎時0分のタイミングで【あと○回】という〝残りカウント〟の情報が通知されます。禁止行動を絞り込むためのヒントとしてお使いください』

『そして、最後に《カウントダウン》の解除方法について。……これは、大きく分けて二つあります。一つは僕の頼れる仲間――雅を交戦で倒すこと、なんですが、この方法はあまりお勧めできません。ねえ、雅？』

　言って、佐伯は笑顔のまま身体《からだ》を横に向けた。すると、隣で緩く腕を組んでいた銀灰色の髪の少女――阿久津雅が冷酷な視線を持ち上げ、突き放すような口調で告げる。

『当たり前でしょう？　薫の《カウントダウン》を成立させるために、私は徹底して交戦特化のアビリティを登録《セット》してる。薫《かおる》に盾突く野蛮人なんかに後れを取るはずがないわ』

『あは、頼もしい限りですね』

満足げに頷《うなず》く佐伯《さえき》。そうして彼は、すっと目を細めたまま再びこちらへ向き直る。

『聞いていただいた通り、雅《みやび》を倒すのはなかなか骨が折れると思います。ですがご安心ください。《カウントダウン》を解除するための方法はもう一つ用意しています』

『それこそが、7ツ星プレイヤー・篠原緋呂斗の脱落――』

『……あはっ。まあ、当然の話ですよね。そもそも僕たちは彼の悪事を暴《あば》くために《SFIA《スフィア》》に参加しているわけですから、彼が脱落すれば――7ツ星の化けの皮が剥《は》がれるようなことになれば、その時点で目的は達成です。勝利に固執する意味もない』

『だからこそ、篠原《しのはら》くんが脱落した場合はその経緯や実行者に関わらず〝全員の〟脱落条件を解除するとお約束しましょう。雅に勝つよりよっぽどお得ですよね』

『さあ――どうでしょう、皆さんも正義の味方になってみたくはありませんか？』

自分たちの圧倒的優位を確信しているような、余裕に満ちた佐伯の笑み。

「っ……」

放送が閉じる直前までそんなものを睨《にら》み付《つ》けてから、俺は小さく首を横に振った。

何というか……まあ、一言で言えば最悪だった。佐伯によって実行された《カウントダウン》。これにより、《ヘキサグラム》以外のプレイヤーは例外なく〝自らの破滅に繋《つな》がる行動〟を抱える羽目になった。見えない脱落条件を常に意識せざるを得なくなった。

　ということは、つまり――

「きゃはっ……きゃははははっ！」

　映像が途絶えてからしばらくして、突如いかにも愉《たの》しそうな笑い声が鼓膜を叩《たた》いた。わざわざ視線を向けるまでもなく、勝ち誇ったように笑い転げているのは石崎《いしざき》だ。

「やっぱり！　やっぱり薫さんを信じてた人が勝つんじゃん！　《ヘキサグラム》以外の全員に脱落条件付与とか……ヤバ、マジ凄《すご》い！　もう絶対アタシらの勝ちって感じ！」

「絶対って、そんなことは……」

「へえ？　何アンタ、まだ諦めてないんだ。いいよ別に、攻撃しても。でもさ、それがアンタの〝禁止行動〟じゃないって証拠はどこにあるわけ？　もしカウントが残り一回だったら即脱落だけど、そんな無責任なことしていいんだ？」

　――そう、そうだ。

　自身の禁止行動が何なのか分からない以上、下手に動くことはもう出来ない。石崎の言う通り、相手を攻撃することが水上を脱落へ追いやる致命的な一押しになるかもしれないんだ。交戦は負けてもリソースを失うだけだが、脱落したらもう取り返しがつかない。

　それが分かっているから、石崎はサディスティックな笑みと共に端末を掲げる。

「んじゃ、まだ時間あるけどアンタのターンはパスってことでいいよね？　さっきから言いたい放題言われて超ムカついてたし、泣いて謝るまで許してあげないから!!」

俯《うつむ》いたままの水上《みなかみ》に叩《たた》き付けられる処刑宣告……けれど、

「――……ます」

「え？　……何アンタ、今なんか言った？」

「はい。違います、と言いました――亜子《あこ》先輩、私のターンはまだ終わっていません！」

「なっ……!?」

佐伯《さえき》の宣告によって優位を取り戻したはずの石崎《いしざき》が大きく目を見開く中、水上は毅然《きぜん》と顔を持ち上げた。その表情に浮かぶのは余裕でも自信でもないが、それでも確かな覚悟を乗せて、彼女は掲げた右手を勢いよく振り下ろす。

「お願いします、白雪《しらゆき》先輩――〝攻撃〟スキル、発動ですっ!!」

あるいは脱落《死》に直結しかねない選択に対し、こちらに背を向けたままの姫路白雪《魔法使い》は――

『良い判断です、水上様。……あとは、わたしにお任せください』

――優しげな声でそう言って、トンっと軽く地面を蹴った。すると《一点突破》で一時的に超強化された彼女は衝撃波でも発生させそうな勢いで勇者の背後に回り込み、同時にすっと両手を持ち上げる。その手に握られているのは、先ほど弾《はじ》き飛《と》ばされたはずの魔女の杖《つえ》だ。いつの間にか戻って……いや、おそらくは〝復元された〟んだろう。二階層相当《EXP4700》と七階層相当《EXP51000》――これだけEXP総量《ステータス》に差があれば、そのくらいの不条理は成立する。

『えい』

そうして直後、姫路《ひめじ》は緩やかに両手を振り下ろした。デフォルトスキル〝攻撃〟――コツン、と軽めの衝撃音が響いた刹那、勇者の身体が思い切り吹っ飛ばされる。体力《LP》も一気に削り取られ、王国陣営のアバターは召喚時と同じ蒼《あお》い光となって消《き》え失《う》せた。

『――撃破完了、ですね』

「す、す……凄《すご》いです！　最っ高に格好《かっこ》いいです、白雪先輩!!」

涼しげな顔でこちらへ戻ってくる姫路に対し、抑えきれない興奮と賞賛を贈る水上。

けれど、当然と言えば当然ながら、納得できないのは石崎の方だ。

「なっ……なんで攻撃できるわけ!?　アンタ、恐怖とか警戒とか知らないの!?」

「そんなことはありませんよ、亜子先輩。私も絶対に脱落したくないですから」

「じゃあなんで!?」

「何で、という質問の意味が分かりません。……だって、禁止行動の内容は一切分からないんですよ？　攻撃したらダメ、という可能性ももちろんありますが、逆に降参したり逃げ出したりするのが禁止行動に指定されている可能性だって充分あります」

「はい、その通りです水上様。あの時点では全ての行動が等しく危険でした。であれば最もリターンの大きい選択、すなわち勝利を優先させるのは理に適《かな》った考え方です』

「ぐっ……」

水上《みなかみ》の返答と姫路《ひめじ》の補足を受け、分が悪いことを悟ったのか下唇を噛《か》んで視線を逸《そ》らす石崎《いしざき》。そして、これにより王国陣営VS革命陣営の交戦は完全に終結したらしく、俺たちの頭上には【勝者：革命陣営】の文字が蛍光緑で浮かび上がる。

「……！　せ、先輩！　先輩、私やりました……っ！」

それを見て、水上はくるりと身体《からだ》をこちらへ向け直すと、安堵《あんど》と歓喜が入り混じった笑顔でそんなことを言ってきた。傍《はた》から見ればただの一勝だが、この勝利は彼女にとって大きな意味を持つ。だってこれは、《ヘキサグラム》と対峙する覚悟の証明に他ならない。

だから俺は、その喜びに応えるように微《かす》かに頬《ほお》を緩ませた。

「ああ――よくやったな、水上」

＃

《SFIA《スフィア》》最終決戦《ファイナル》《伝承の塔》二階層――。

王国陣営との交戦を制した俺たちは、少し移動した部屋の中で顔を突き合わせていた。

「さっきは無視して突っ込んだけど……実際、強制脱落条件ってのはキツ過ぎるよな」

静かに首を振りながら嘆息交じりに零《こぼ》す俺。

佐伯薫《さえきかおる》による〝強制脱落条件〟の付与――元々《伝承の塔》は死神にさえ出会わなければ攻略を続けられる《決闘《ゲーム》》だったはずなのに、佐伯の《カウントダウン》アビリティによって《ヘキサグラム》以外の全員に〝見えない脱落条件〟が課せられた。

対面の深弦《みつる》も、曖昧な表情で小さく肩を竦《すく》めている。

「ほんと、好き勝手やってくれるよね……多分これ、足枷《あしかせ》のつもりなんだ。禁止行動が何か分からない以上、ボクらは手探りで動かなきゃいけない。禁止行動の残りカウントが端末に通知されるのは一時間おきなんだから、攻略は嫌でも慎重になる」

「ああ。そもそもこの《決闘《ゲーム》》は〝上〟を取った方が有利だからな。他の陣営より先行して動いてれば罠《わな》は仕掛け放題だし、待ち伏せだって狙いやすい」

「罠に、待ち伏せ……恐ろしいわ、恐ろしいわ！」

人の悪意に敏感だというすみれは、不安そうにそう言ってとたたっと深弦の近くに駆け寄ってしまう。そんな姿を見るとはなしに眺めながら、俺は自身の端末を持ち上げた。

「一応、ついさっき――午後三時の時点で初めてそのカウントとやらが通知されたわけだけど、回数は俺が5で水上が3、深弦とすみれは二人とも4だった。これが元々の数字から減ってるのかどうかはともかく、少なくとも一発アウトはないってことだ」

『ですね。……ただ、どの数字も安心できるほどのものではありません。ですので、しばらくは自身の行動を記憶しつつ、なるべく少ない手数で動くべきかと思います。特にスキルや交戦関係など、塔の攻略に関することは注意した方が良いでしょう』

「だな……それで禁止行動が特定できれば文句はないいんだけど」

言いながら、俺は小さく溜《た》め息《いき》を吐《つ》く。……《カウントダウン》の実行者は他でもない佐伯薫《さえきかおる》だ。そう簡単に特定できるような条件が設定されているとは思えないが……。

「けど、あんまり囚《とら》われてても仕方ない。禁止行動のことは常に意識しておくとして、とりあえず探索を再開しよう――ってわけで姫路《ひめじ》、他の陣営の状況を教えてくれるか？」

『はい、お任せくださいご主人様』

俺の言葉に白銀の髪をさらりと揺らす姫路。《伝承の塔》の外にいる彼女には、二時間の遅れ《ラグ》こそあるものの《決闘《ゲーム》》の全体像が見えている。最新情報を仕入れるならスキルを使うべきだが、今は禁止行動を絞り込んでいる真っ最中だ。余計なことはしたくない。

涼しげな声が耳朶《じだ》を打つ。

『まず、二時間前の時点で既に三階層へ至っているのは一陣営のみ――霧谷《きりがや》様を筆頭とした悪魔陣営の方々です。二階層を最短ルートで踏破し、脇目も振らずに上へと向かっていますね。そして更紗《さらさ》様率いる王国陣営は、二手に分かれてじっくりと二階層の探索をしているようです。早さでは悪魔陣営に劣りますが、スキルの充実度は最上位ですね』

「へえ……どっちも〝らしい〟攻略の仕方だな」

最速を狙う霧谷と万全を期す彩園寺《さいおんじ》。特に彩園寺の方は――一昨日《おととい》の通話でも言っていたが――これが〝リアル脱出ゲーム〟だというのを強く意識しているのだろう。アイテムや情報を取りこぼさないよう丁寧に探索を進めている。

『最後に、先ほど塔内の全プレイヤーに対して煽《あお》るような演説を行った天使陣営。彼らについては一つ不思議なことがあります。現在外で放映されている場面、つまり二時間前の段階で天使陣営は三階層へと通じる昇降機を既に発見しているのですが、それを起動する様子が一向に見受けられないのです。要するに、意図的に二階層に留まっています』

「え……？　そ、そんなことがあるんですか？　それって、何のために……？」

水上《みなかみ》の問いに、姫路は『ふむ……』と手袋に包まれた指先を口元に当てる。

『そうですね。水上様は普段からこういったダンジョン攻略系のゲームを嗜《たしな》まれると聞きました。もし水上様なら、どうですか？　既に先へ進む方法が分かっているにも関わらずその階層で足踏みをする場合、目的としては何が考えられるでしょうか？』

「わ、私ですか？　私なら、やっぱりアイテム収集とか……あ。もしかして……狩り？」

『……なるほど。やはり、そうなりますか』

嘆息交じりに首を振る姫路。

狩り――おそらく、それが正解だろう。探索重視の方針でないのなら、一つの階に留《とど》まる理由は他のプレイヤーを〝狩る〟ためだ。それも、ただ交戦で倒すのとは訳が違う。

「死神……か」

『はい。《伝承の塔》一日目午後三時――それが、他プレイヤーを脱落させる力を持つ裏役職〝死神〟の解禁タイミングです。《ライブラ》の中継映像ではまだ先の話ですが、実際には既に確定している頃でしょう。死神を引き寄せるのは、カオス値の最も高いプレイヤー――一時間前なら霧谷《きりがや》様だったはずですが、先ほどの〝強制脱落条件〟付与で一気に状況が覆《くつがえ》りました。最初の死神は、間違いなく佐伯薫です』

「っ……」

そんな姫路《ひめじ》の推測を聞いて密《ひそ》かに下唇を噛《か》む俺。……そう、そういうことだ。佐伯《さえき》の策は単に他プレイヤーの足を止めるだけではなく、強引にカオス値を稼いで死神の裏役職をその手に収めるためのものでもあった。

「……で、でも！」

そこで、微《かす》かに顔を青褪《あおざ》めさせた水上《みなかみ》が縋《すが》るような声音で姫路に問いかける。

「死神って、他のプレイヤーを何人でも脱落させられるわけじゃないんですよね？　だって、もし制限がないなら最初に死神になった人が全員倒して終わりです……！」

『そうですね、もちろんそこまで一方的ではありません。というのも、死神がプレイヤー一人を脱落させた場合、代わりにカオス値の99%を放出するというデメリットが設定されているからです。死神は常に〝最もカオス値の高いプレイヤー〟に与えられる裏役職ですので、カオス値の順位が入れ替わればその時点で死神の所在も移ります』

「ふうん？　そうなんだ。じゃあ、死神を維持し続けるのは意外と難しいんだね」

「ああ。けど、そんなことは佐伯だって当然知ってるはずだ。その上で〝狩り〟をしようとしてるっていうなら、狙いなんか一つしか考えられない」

「……っていうと？」

「今しかないいんだよ。《伝承の塔》が進むにつれてカオス値も上がり続けるなら、そのうちの〝99％〟ってのはいつか途方もない数字になる。だけど今ならまだ序盤だから、カオス値の大半を失っても稼ぎ直すことが出来る。……佐伯が脱落させたいプレイヤーは二人いるんだよ。死神の力を一回借りるだけじゃ足りない」

「二人、ですか？　えと、それって、もしかして……」

「ああ——そんなの、俺と水上《おまえ》に決まってるだろ？　《ヘキサグラム》の総力を挙げて不正を証明したい7ツ星と、《ヘキサグラム》の掲げる正義に泥を塗った裏切り者。佐伯はこの《決闘《ゲーム》》を通して絶対に俺たちを始末しなきゃいけないんだ」

「な、なるほど……まさしく正面対決、ということですね」

ごくり、と唾を呑《の》み込《こ》む水上。多少の怯《おび》えはあっても気持ちは負けていないらしい。

「——ただ、さ。だとしたら一つ疑問があるよね？」

そこで声を上げたのは、しばらく黙っていた深弦《みつる》だった。彼は端末上に表示させたマップに目を遣《や》りながら、すみれと同じ薄ベージュの髪を微かに揺らして続ける。

「ボ、ボクたちは、どうしてまだ見つかってないいんだろう？　佐伯さんに阿久津《あくつ》さんに枢木《くるるぎ》さんに結川《ゆいかわ》さん……さすがに、あの中に一人も探索者がいないとは思えないんだけど」

「そうよ、そうよ！　狩りをするのに探索系のスキルが使えないんじゃ不便だもの！」

「ん……ああ、そのことか」

　そう言って、俺はゆっくりと首を横に振った。深弦《みつる》とすみれが疑問に思うのは無理もないが、それに関しては偶然というわけじゃなく、ちゃんと明確な理由があった。

「今まで探索スキルに捕まってないのは、俺が登録《セット》してるアビリティの効果だよ――《十人十色》。同じ陣営にどこの学区のプレイヤーがいるかで効果が変わる、っていう色付き《ユニークス》星《ター》絡みの特注品で、森羅《おまえら》と組んでる場合は《潜伏》の効果が発動する。索敵には引っ掛からないし、罠《わな》も一切発動しない……さっきみたいな偶然の遭遇は避けられないけどな」

「へえ……なるほどね。そっか、そういうことだったんだ」

　俺の説明を聞き、得心したように何度か頷《うなず》く深弦。

　そう――《カンパニー》に調整してもらったアビリティ《十人十色》。こいつは、俺の仲間になっているプレイヤーの所属学区に応じて計十種類もの能力を発現する対応力抜群のアビリティだ。森羅《しんら》のスロットに割り振られている効果は《潜伏》。シチュエーションは限定的だが、防御系のアビリティとしては申し分ない性能を持つ。

　そんなこんなで他陣営から探られること自体は避けられているものの、やはり死神のいる階層をうろつくのは怖すぎる……というわけで、俺たちはさっさと三階層へ上がってしまうことにした。幸い一時間もしないうちに昇降機部屋が見つかり、その起動条件に関しても水上《みなかみ》が華麗に解決《クリア》。極めて順調なペースで二階層を後にする。

「――ねえ、篠原《しのはら》くん」

微《かす》かに増した重力を全身が感じ始めた頃、不意に深弦が声を掛けてきた。雑談でも始めようとしているみたいな何でもない声。穏やかな表情のまま彼は小首を傾《かし》げて続ける。

「さっきのアビリティ……《十人十色》だっけ。あれって〝篠原くんと同じ陣営にボクとすみれが入ってるから《潜伏》効果が発動してる〟ってことでいいんだよね？」

「？　ああ、そうだけど」

「そっか。――じゃあ、こうすれば、ボクらの《潜伏》は解かれるってことだね」

理解の追い付かないその呟《つぶや》きに「……は？」と俺が眉を顰《ひそ》めた、刹那。

「〝一時離脱〟スキル取得、続けて発動。ボクとすみれを一時的に〝陣営無所属〟に」

目の前の深弦が微かに笑みを浮かべたままそんな言葉を口にした。探索系スキル〝一時離脱〟――約三時間、所属陣営を抜けて中立の立場で動けるようになるスキル。これによって革命陣営のプレイヤーが俺と水上だけになり、《潜伏》が強制的に解除される。

「!?　ど、どういうことですか、深弦先輩！　すみれ先輩!?」

「今に分かるよ、二人にも」

「そうね、そうね！　わたくし、とってもワクワクするわ！」

俺たち英明《えいめい》メンバーの混乱を乗せたまま、昇降機は瞬く間に三階層へと到着する。ガタン、と音がして足元の揺れが収まるのと同時、隣の姫路《ひめじ》が『っ……』と顔色を変えた。

『ご主人様。……罠《わな》、です。おそらくこの部屋へ踏み入った瞬間に発動するよう仕掛けられていたものかと思いますが……ＥＸＰを消費する行動が、全て封じられました』

（な……!?）

姫路からの報告を受け、内心で目を見開く俺。……が、考えてみれば妥当な方策ではあるのだろう。誰も通らない可能性のある通常の部屋とは違い、一フロアに数ヶ所《かしょ》しかない昇降機部屋は高確率で他の陣営も通過する。罠を仕掛けるならここしかない。

そして――当の仕掛け人は、すみれを庇《かば》うように立ちながら曖昧な笑顔で口を開いた。

「いやあ、焦《あせ》ったよ。せっかく準備してたのに罠が効かないとか言うんだもん。間に合って本当に良かった……ここまでやって失敗したら凍夜さんに合わせる顔がないし」

「……霧谷《きりがや》に？　じゃあ、お前はやっぱり――」

「うん、凍夜《とうや》さんとボクらが別々の目的で動いてるっていうのは真っ赤な嘘《うそ》だ。ボクらはちゃんとした〝仲間〟だよ――三人とも同じ組織に属してる。君とはなかなか縁があるみたいだね？　この前の《決闘《ゲーム》》じゃ倉橋《くらはし》さんもお世話になったみたいだしさ」

深弦《みつる》の発言に対し、俺は思わずぎゅっと拳に力を入れる。……霧谷凍夜の属する謎の組織。かつては十二番区の元学長・倉橋御門《みかど》も籍を置き、五月期交流戦《アストラル》の選抜段階から執拗《しつよう》に俺を追い回している厄介な連中だ。そして、目の前の深弦とすみれもそんな組織に属しているのだという。仲間、なのだという。

（深弦と霧谷がちゃんと連携してたなら、この襲撃を実行するのは別に難しいことじゃない……だって、霧谷たちの悪魔陣営はとっくに三階層へ上がってたんだ。待ち伏せの罠を仕掛けるなんていつでも余裕で出来たはず。……くそ、やられたな）

ふぅ、と息を吐き出してどうにか意識を切り替える俺。いつまでも気圧《けお》されていたって仕方ない。普段通りの不敵な笑みを張り付けて、余裕の態度で言葉を紡ぐ。

「いつか裏切られるとは思ってたけど、まさかこんなに早く動くとはな。もしかして、佐《さ》伯《えき》の《カウントダウン》に触発されたのか？」

「うん、そうだね。理由としてはそれが一番大きいと思う。ただ、もしかしたら篠原《しのはら》くんが想像してるのとは少しベクトルが違うかも。確かにボクがこの段階で動いたのは佐伯さんのせいもあるよ？　でも別に焦ってるってわけじゃない。むしろ怒ってるんだ」

「……怒ってる？」

「そう。だってこれじゃ、ボクらの作戦が目立たない」

曖昧な笑顔のままでそう言って、深弦は……否、深弦とすみれは同時に高く端末を掲げてみせた。するとその瞬間、強烈な光が扉も壁もお構いなしに塔全体へ大きく広がる。嫌な予感に襲われて端末の画面を覗《のぞ》き込《こ》んでみれば、そこには短いメッセージが浮かび上がっているのが見て取れた。曰《いわ》く――【〝残留不可制限〟が発動しました】。

それを見て、深弦《みつる》は微《かす》かに笑みを浮かべる。

「実は、ボクらも準備してたんだよ。その名も《残留不可制限》——一定時間同じ階層に留まってると問答無用で脱落する、っていう、ダンジョンRPGじゃ定番の縛りだ。もちろん、対象は森羅《しんら》以外の全学区。……凍夜《とうや》さんもそうだけど、ボクらは派手な勝負がしたいんだよね。コツコツ稼いだり共謀したり、そういうのには興味がない」

「っ……じゃあ、お前らも〝強制脱落条件〟ってことかよ」

「うん。だから嫌だったんだ。何で被《かぶ》せて来るかなあ、もう……」

やれやれと肩を竦《すく》める深弦だが、対する俺は内心で悲鳴を上げるしかない。ただでさえ佐伯《さえき》の《カウントダウン》が厄介すぎて《決闘《ゲーム》》が進めづらくなっているのに、その上から重ねられた《残留不可制限》。これが霧谷《きりがや》と佐伯の共謀を示すものなのか、あるいは二つの傍若無人がぶつかり合っているだけなのかはまだ分からないが。

「ちなみにだけど、今回の襲撃は凍夜さんじゃなくてボクらの発案だよ。凍夜さんは基本的に口を出さないことになってる。ボクとすみれが凍夜さんの仲間だっていうのは本当だけど、悪魔陣営に入れてもらえなかったのも事実だからね。君を倒せれば、凍夜さんもボクらの強さを認めてくれるかもしれない……要するに、大事な一戦なんだ」

「そうね、そうね！　わたくしたちの力でヒロトとトウヤにぎゃふんと言わせるわ！」

「ぎゃふんと、ね……でもお前ら、今は陣営無所属なんだろ？　それに、役職だって探索

者と後援者だ。使役者がいないんだから、そもそもまともな交戦にならない」

「ボクらだけならそうだね。だけど、当然ながらここの準備をしたのはボクじゃない」

言った、瞬間――深弦《みつる》の言葉に応えるように、室内にある三つの扉が同時にガチャリと開かれた。そこから姿を現したのは、他でもない悪魔陣営のメンバーだ。一つの扉からは襟付きマントをはためかせた久我崎晴嵐《くがさきせいらん》が、もう一つの扉からはかったるそうな表情の柳《やなぎ》壮馬《そうま》が、そして最後の扉からは眠たげな瞳の皆実雫《みなみしずく》が顔を出す。確かに霧谷《きりがや》の姿は見えないが、そんなことは些細《ささい》な問題だった。だって、全ての扉が他の陣営によって開放されたということは、すなわち俺と水上はこの部屋から出られなくなったということだ。逃げられなくなったということだ。

深弦は微《かす》かに笑みを浮かべる。

「さあ、篠原《しのはら》くん。ボクらと勝負だ。……ああ、せっかくだから一つだけ教えてあげようか？　ボクとすみれと、それから凍夜《とうや》さんが所属する〝組織〟の名前は――」

「――《アルビオン》。以後お見知りおきを、だわ！」

好戦的な笑顔と共に、口を揃《そろ》えてそんな言葉を言い放つ深弦とすみれ。

（っ……な、何だよこれ、いきなり絶体絶命じゃねえか!?）

対する俺は、余裕の態度で彼らの宣戦布告を受け止めつつも、こっそりと頬《ほお》を引《ひ》き攣《つ》らせ――《伝承の塔》の一日目が終了時刻を迎えたのは、そんな折のことだった。

第三章　加速する決戦

liar liar

♯

《SFIA《スフィア》》最終決戦《ファイナル》《伝承の塔》一日目夜——。

三階層へ上がってすぐに不破兄妹《ふわきょうだい》の裏切りに遭い、悪魔陣営に取り囲まれた俺と水上《みなかみ》だったが、幸か不幸か時刻はそこで十七時を迎え、《決闘《ゲーム》》は絶妙な場面で中断していた。

現在俺たちがいるのは《伝承の塔》の地下一階だ。《決闘《ゲーム》》開始時にも使った塔中央の全階直通エレベーターに乗り込み、スタッフに連れられて三階層から降りてきた。

地下一階の構造は、一階層以降のフロアとはかなり異なっている——まず中心部は広めの交流スペース。テーブルやソファが至る所に設置され、高級ホテルのラウンジのような様相を呈している。中央の一角にはビュッフェスタイルで料理も並んでいるようだ。そして、外周に当たる部分には各プレイヤーの専用個室が用意されている。

と、まあそれはともかく。

「——マリ、マリ！　ね、わたくしとお友達になってくれないかしら!?」

地下一階に辿《たど》り着《つ》くなりたたたっとこちらへ駆け寄ってきて、飛びつかんばかりの勢いで水上の手を取ったのは他でもない不破すみれだった。お嬢様めいた薄ベージュの長い髪がふわりと広がり、爽やかでフローラルな香りが隣にいる俺の鼻孔をもくすぐる。

「って……わわ、な、何でしょうか⁉　と、友達に……？」

「そうよ、そうよ！　わたくし、マリともっとたくさんお話したいの！　もちろんヒロトともよ？　いっぱい仲良くなりたいわ！」

「……いや、何でそうなるんだよ。ついさっきまでバチバチやり合ってた相手だろ？」

「だからこそよ！　一緒に《決闘》《ゲーム》した仲だもの、もう友達って言っていいはずだわ！」

無邪気に瞳を輝かせながらそんな言葉を口にするすみれ。聞き慣れない主張に俺と水上《みなかみ》が二人して戸惑っていると、遅れてやってきた深弦《みつる》がそっと声を掛けてくる。

「またそんなこと言って……ごめんね二人とも、すみれってば緊張感がなくってさ」

「違うわ、違うわ！　《決闘》《ゲーム》は《決闘》《ゲーム》、今は今よ？　ミツルとトウヤにたくさん褒めて欲しいから《決闘》《ゲーム》は頑張るけど、今はお喋《しゃべ》りしてもいい時間だわ！」

「まあ、それはそうなんだけど。……よっぽど水上さんが気に入ったんだね、すみれ」

「ええ！　だってわたくし、こんなに悪意のない人と会うのは初めてだもの！　だから絶対、お友達になりたいの！」

言って、ぐいっと水上に顔を近付けるすみれ。対する水上の方も、あわあわと動揺しながら「わわ、私で良ければ……！」なんて言っている。悪意を敏感に感じ取れるすみれにとって、その対極に位置する水上はとてつもなく懐き甲斐《がい》のある相手なのだろう。

そんな二人の様子を見て、深弦が小さく肩を竦《すく》めて続ける。

「すみれ。仲良くするのはいいけど、そういうのは《SFIA《スフィア》》が全部終わってからにしない？　篠原《しのはら》くんはとんでもない強敵なんだから、今は明日の作戦を考えなきゃ」

「あ……そうね、そうね！　確かにミツルの言う通りだわ！　わたくし、絶対ヒロトとマリに勝ちたいもの！　ええ、それはもう気合十分よ！」

深弦の言い分に対し、ぎゅっと拳を握りながら満面の笑みを浮かべるすみれ。……つまり、それが彼らのスタンスなんだろう。俺や水上に特段の恨みがあるわけではないが、だからと言って負けるつもりもない。というか、佐伯《さえき》や倉橋《くらはし》が異常なだけで《決闘《ゲーム》》とは本来そういうものだ。友好的な相手だからと言って油断していいわけじゃない。

「それじゃあ――」

「――二人とも、また明日ね！　とっても楽しみにしてるわ！」

最後にそんな言葉を言い残し、こちらに背を向ける深弦とすみれ。そのまま部屋へ向かうと思いきや、すみれにせがまれて二人してビュッフェに立ち寄っているのが窺《うかが》える。

「……やっぱり、そう簡単には退《ひ》いてもらえませんよね」

「ま、そりゃそうだ。俺たちも色々と考えておかないとな……」

言いながら軽く首を振り、俺はフロアの中心に設置されたスクリーンへと目を向ける。

そこに映し出されているのは、《ライブラ》による今日のハイライト映像及び一日目終は、後者の両陣営は悪魔と革命が三階層、天使と王国が二階層。ただ、後者の両陣営はあえて二階層に留《とど》まっているという話だったし、加えてつい先ほど深弦《みつる》による《残留不可制限》が発動したところだ。明日は間違いなく三階層以降の戦いになるだろう。

ちなみにだが、その他の情報としてはカオス値の順位表なるものも掲示されていた。具体的な数値こそ明かされていないものの、姫路《ひめじ》曰《いわ》くこれはいわゆる〝貢献度〟。順位が高ければ高いほど《伝承の塔》で活躍しているプレイヤーだということになる。

「う、うぅ……面目ないです、篠原《しのはら》先輩」

そんな一覧を見て申し訳なさそうに項垂《うなだ》れる水上《みなかみ》。改めて確認するまでもなく、彼女のカオス値はプレイヤー十六人中十六位――つまるところ、最下位だ。

理由に関しては、やはりよく分からないままだが……。

「まあ、その辺は明日の課題だな。カオス値を稼ぐ方法が見つかればそれで解決する話だし。んで、カオス値上位の面子《メンツ》は……ま、妥当な並びか。一位が佐伯《さえき》、二位霧谷《きりがや》、三位に深弦。まだ二階層にいる佐伯が一位ってことは、進行度は大して関係なさ――」

「――あれ？　もしかして、僕の話をしていますか？」

と……その時、俺の言葉を遮るように背後から優しげな声が投げ掛けられた。理知的かつ友好的で、何ならニコニコとした笑みまで見えてきそうな声。けれど隣の水上は一瞬にして身体《からだ》を強張《こわば》らせ、俺は俺で警戒に意識を張り詰めさせる。

そうして、浅い呼吸を一つ——俺は、静かに後ろを振り返ることにした。

「ああ……そうだよ。最終決戦《ファイナル》でも元気そうで何よりだな、佐伯」

不敵な笑みと共に一言。

そう、俺たちの視線の先に立っていたのは、長身に穏やかな笑みを張り付けた佐伯薫《かおる》だった。彗星《すいせい》学園の制服を嫌味《いやみ》なく着こなし、初見ならまず間違いなく〝好青年〟という印象を抱くであろう彼こそが、正義の組織《ヘキサグラム》のリーダーである。

それと、もう一人——

「……汚《けが》らわしい。野蛮人の分際で薫に舐《な》めた口を利《き》くなんて……」

(!?　いやいやいやいや、いくら何でも辛辣過ぎじゃない!?)

——佐伯の隣には《ヘキサグラム》幹部の一人である阿久津雅《あくつみやび》も控えているが、こちらは俺に興味なんて欠片《かけら》もないという顔でくすんだ銀灰色の髪を払っているばかりだ。

が、まあそれはともかく……佐伯は、俺の言葉ににこりと目を細めて笑った。

「もちろん元気ですよ。何せこの《決闘《ゲーム》》は、僕たち《ヘキサグラム》の正しさが証明される大事な舞台ですからね。僕が元気でなかったらみんなに心配されてしまいます」

「そうだな。まあ、証明されるのは正しさじゃなくて別の〝何か〟かもしれないけど」

「別の？　さあ、何のことでしょうか。僕たちは純粋な正義の組織なんですが」

「正義の組織、ね……よく言うぜ。だったら第4段階《セミファイナル》は何だったんだよ？　あれだけ大掛かりなことをして、俺が本物の7ツ星じゃない限り絶対に勝てないって状況を作ったんだろ？　だけど俺は今ここにいる。それはお前らの負けを意味するんじゃないのか？」

「そっ……そうです！」

そこで懸命な声を張り上げたのは、俺の隣で微《かす》かに俯《うつむ》いていた水上《みなかみ》だった。彼女は俺の身体《からだ》で半身を隠すようにしながら、それでもどうにか視線を持ち上げて続ける。

「篠原《しのはら》先輩は決して嘘《うそ》つきなんかじゃありません。悪いことをしているのは薫《かおる》さん……そして、《ヘキサグラム》の先輩方ですっ!!」

「……ふぅん？　立場が変わった途端に文句ばかり口にして、挙句の果てには僕たちの方が悪、ですか。とことん自分勝手な人ですね、摩理《まり》さんは」

「自分勝手……なのは、確かにそうかもしれません。で、でも！」

「でも、じゃないんですよ。……篠原くん、先ほどの質問にお答えしましょう。あれだけ大掛かりなことをしたのに、何故《なぜ》僕たち《ヘキサグラム》が君の最終《ファイナル》決戦進出を許したのか？　それは、偏《ひとえ》に僕たちを裏切った心無いメンバーがいたからです。第4段階《セミファイナル》における一番の裏切り者は——　〝人狼《じんろう》〟は摩理さん、君のことだったんですよ」

「そっ……んな」

攻撃的でこそないもののはっきりとした敵意を向けられ、微かに唇を震わせる水上。

だから、というわけじゃないが、俺は彼女を庇《かば》うように大きく一歩前に出る。

「へえ？　なら、俺にとっては最大の功績者ってことになるな。あとは俺じゃなくて《ヘキサグラム》の方が〝悪〟だって証明できれば、水上。お前は《SFIA《スフィア》》の英雄だ」

「！　篠原、先輩……」

「……あは。口が達者ですね、篠原くん。摩理さんが単純なだけかもしれませんが……」

そんなやり取りを見て、佐伯《さえき》は小さく肩を竦《すく》めてみせる。

「とにかく、僕が言いたかったことはそれくらいです。どちらにしても、もう〝次〟はない——《伝承の塔》を制した方が勝者であり、勝者の発言は絶対的な力を持ちます。7ツ星を偽るなんて最大級の不正……島外追放くらいで済むとは思わないことですね」

「はっ。その言葉、そっくりそのまま——って」

反射的に言い返そうとした辺りで、俺は微かな違和感に襲われて言葉を止める。

そもそもの話だが……佐伯は、どうしてここまで俺に執着しているんだ？　もちろん俺は（対外的には）7ツ星だし、しかも四色所持《クアドラカラー》だから、狙われる理由だけなら山のようにある。とはいえ榎本《えのもと》の調査によれば、佐伯は今までほとんど表舞台に姿を現していなかったはずだ。そんな彼が、危険を冒してまで俺を潰そうとする理由は一体何だ？

「……なあ佐伯。お前さ、どうして俺が不正をしてるだなんて勘違いをし始めたんだ？」

だから俺は、少しだけ迂回《うかい》してそんな質問をぶつけることにする。

「確かに転校してきてすぐに7ツ星ってのはお前にとって有り得ないことだったのかもし

れないけど、それでも学園島《アカデミー》の等級システムは絶対だ。破られることのない完璧なセキュリティ……そいつが俺を〝7ツ星〟だって言ってるんだから疑う余地がないだろ？」

「？　ああ、それなら――」

「――いいわ薫《かおる》。そこから先は、私が説明してあげる」

その瞬間、佐伯《さえき》の言葉を押し留《とど》めるようにそんなことを言ったのは、彼のすぐ隣に立つ阿久津《あくつ》だった。彼女は、こちらを見下すような冷たい視線と共に口を開く。

「篠原緋呂斗は嘘をついている――そうとしか考えられない。確たる証拠はまだ見つかってないけど、それでも状況証拠から明らかよ。他の可能性なんて吟味するまでもない」

「……状況証拠？　だから何のことだよ、それ」

「証拠は証拠。あるいは確信ね。だって……私は、赤の星の効果を知っているわ」

（――――――――!?!?!?!?）

そんな阿久津の言葉に、俺は心臓を鷲掴《わしづか》みにされたかのように息を詰まらせた。

赤の星の効果を知っている――それは、もしそれが本当なのだとしたら、《ヘキサグラム》が俺を疑うのも無理はない。だって、赤の星の効果は〝何でも一つだけ嘘《うそ》を成立させられる〟というクリティカルなものだ。それが彩園寺《さいおんじ》から俺へと渡った直後に〝史上最速の7ツ星〟が爆誕しているんだから、無関係だと思い込む方が難しい。

（でも……本気で言ってるのか、こいつは？　赤の星は、去年までずっと彩園寺家で死蔵されてたはずだ。ＳＴＯＣのログを遡ってもそれっぽい話は全く見なかった。だけど、もし本当ならマズいだろ。だって、俺だけじゃなくて彩園寺も――）

「……ふぅ」

と――俺の思考がそこまで至った辺りで、阿久津がつまらなそうに息を吐いたのが分かった。俺が微《かす》かに目を眇《すが》める中、彼女は突き放すような声音で続ける。

「違反者のくせに平静を装うスキルだけは一人前ね。今のは冗談よ。冗談というか、単に鎌を掛けただけ。《女帝》からあなたに〝赤の星〟が渡るのと同時に〝７ツ星の座〟まで移動した……それを元に効果を推測しただけ。だから、あなたと話すことで何か確証が得られればと思ったのだけど、これ以上は時間の無駄ね。本当につまらない男……」

「悪かったな。でもそれ、負け惜しみにしか聞こえないぜ？」

「いちいち煽《あお》って来ないで、相手をするのも面倒だから。……でも、まあいいわ。どちらにしても《ＳＦＩＡ《スフィア》》の勝者は薫以外に有り得ない。学園島《アカデミー》のトップに相応《ふさわ》しいのは薫だけ……だから、無駄な努力はやめて這《は》いつくばりなさい。あなたも、《女帝》も」

「……《女帝》？　何でそこで彩園寺が出てくるんだよ」

「何で、もなにもないでしょう？　違反者の分際で私を騙《だま》せるなんて思わないで。もし赤の星の効果がそういうことなら、あなたが《女帝》と組まない理由がない――違う？」

（こ、こいつ――）

刃《やいば》のように鋭い阿久津《あくつ》の問い掛けに俺が再び閉口した、刹那。

「全く、さっきから黙って聞いてれば……そんなわけないでしょ、もう」

強気な足音と共に、聞き慣れた声が割り込んできた。さらりと揺れる豪奢《ごうしゃ》な赤髪。百人中百人が可愛《かわい》いと評するであろう顔立ちをむっと歪《ゆが》め、呆《あき》れたように右手を腰へ遣《や》る。

そんな彼女――彩園寺更紗は、ちらりと俺に視線を向けながら言葉を継いだ。

「私とこいつが手を組んでる？　そんなの天地が引っ繰り返ったって有り得ないわね。篠《しの》原《はら》と組むくらいなら潔く切腹した方がいくらかマシよ」

「……急に出てきたかと思えば随分な言い草だな彩園寺《さいおんじ》。お前と協力なんてこっちから願い下げだ。学園島《アカデミー》最強の名が廃る」

「む……何よそれ。私と一緒に戦えるなんて凄《すご》く名誉なことなのよ？　まあ、無知で無能で無鉄砲な貴方《あなた》には分からないかもしれないけれど」

「俺が無知で無能で無鉄砲なら、それに負けたお前はもう《女帝》でも何でもないぞ」

「や……やめてください、先輩方！　喧嘩《けんか》はダメです、良くないことですっ！」

俺と彩園寺の口論に水上《みなかみ》が身体《からだ》を割り込ませるようにして介入してくる。同時、気付かれないように阿久津の方へ視線を遣れば、彼女は諦めたように肩を竦《すく》めていた。

（今のもブラフ……けど、鎌掛けにしろ推測にしろ、俺と彩園寺が繋《つな》がってるかもってところまでは読んでるのか。だとしたら、佐伯《さえき》が動いてるのも頷《うなず》ける……）

要は報酬《リターン》の問題だ。《ヘキサグラム》からすれば俺は単なる違反者だが、彩園寺は学園島の理事長に通じる超VIP。そんな俺たちに何かしら関係があることを掴《つか》んでいるのであれば、彼らにとって俺の嘘《うそ》を暴《あば》くことが――俺に〝違反者〟のレッテルを貼って潰すことが、最終的に島の覇権やら支配といった巨大な何かに繋がる可能性は充分にある。

ともかく、そんな一連のやり取りを見て佐伯は薄《う》っすらと目を細めてみせた。

「まあ――《決闘《ゲーム》》が始まっているんですから、理由だの動機だのはもういいじゃないですか。僕たちは篠原くんが嘘つきだと思っていて、だからこそ《SFIA《スフィア》》を通じてそれを白日の下に晒《さら》したい。《女帝》さんも、当然僕たちの味方ですよね？」

「ノーって言ったら私も違反者扱いされるわけ？　どっちも御免ね」

「いいですね、《女帝》として百点満点の答えだと思いますよ。……ではお二方、また塔のどこかで。革命陣営《そちら》のアバターの件もそうですが、くれぐれも不正なんてしようと思わないでくださいね――僕たちが、ちゃんと見張っていますから」

俺と彩園寺に酷薄な笑顔を向けながら――つまり水上には一瞥《いちべつ》もくれることなくそう言って、佐伯はくるりと身体を翻《ひるがえ》した。不破兄妹《ふわきょうだい》とは違ってビュッフェに立ち寄るようなこともせず、そのまま阿久津と連れ立って優雅に自室へと消えていく。

残された俺たちは、そんな姿をしばし見送って。

「と、とりあえず……先輩。私、とってもお腹《なか》が空《す》きました……！」

――遅ればせながら、並んだ料理に手を伸ばすことにした。

＃

午後八時を少し過ぎた頃。

彩園寺《さいおんじ》と共に――互いに牽制《けんせい》していただけでろくに会話もしていないが――軽く食事を取ってから、俺と水上《みなかみ》は外周部の一角、もっと言えば俺の個室へと移動していた。

「お、お邪魔します……」

俺の後に続いて、どこか緊張の面持ちで敷居を跨《また》ぐ水上。彼女は両手をそっと胸元に添えながら、きょろきょろと落ち着かない視線を辺りに向けている。

「その……恥ずかしながら私、男の人の部屋に入るのが生まれて初めてなんです。だから少し緊張していて……す、すみません」

「え？　ああ、いや……俺の部屋って言っても、今朝荷物を置きに入ったくらいだぞ？」

「そ、そうですけど、なんか、こう……あ、あるんですっ！」

ぎゅっと目を瞑《つぶ》って絞り出すようにそんなことを言う水上。……なるほど、何かあるなら仕方ない。ここが水上の部屋だったら俺だって絶対にソワソワしていただろうし。

「まあ、とにかく適当にベッドか何かに座ってくれ。悪いけど椅子は一つしかない」

「あ、は、はい。それでは、その、失礼します……」

小さく頷《うなず》いて、水上がちょこんとベッドに腰掛ける。それを見て、ふと〝誰の部屋だろうと制服姿の後輩女子がベッドに座っている図は限りなくアウトに近いのでは……？〟と不埒《ふらち》な思考が脳裏を過《よぎ》ってしまったが、そんなものは一切顔に出すことなく続ける。

「じゃあ、さっそく作戦会議と行きたいところだけど……その前に一つ試してみたいことがある。水上、ちょっと姫路《ひめじ》を召喚してみてくれないか？」

「え……〝アバター召喚〟スキルを使うってことですか？　でも、今は時間外ですよ？」

「だから試し、なんだって。それに多分、時間はあんまり関係ない」

俺の言葉に「……？」と首を傾《かし》げながらも、水上は素直に端末を取り出してみせる。

すると——次の瞬間、数時間前に《伝承の塔》内で見た光景が俺たちの前で再度実行された。水上の端末が煌々《こうこう》と輝き、ベッドやらデスクやらを貫通して複雑な魔法陣を描き出す。そうして直後、三角帽《ぼう》子《し》を被《かぶ》った魔女ルックの姫路白雪《しらゆき》が残光と共に現れた。

『——約二時間半ぶりの召喚ありがとうございます、水上様。ところで、わたしの目にはご主人様と水上様が今まさにホテルの個室でベッドを共にしようとしている衝撃の光景が映っているのですが、もしかしてわたしも混ぜていただけるのでしょうか？』

「へあっ!?　ち、違います、そんなのじゃありません！　それに、混ぜてって……！」

『冗談です』

「はぅあ！　な、何だ冗談ですか……って、ダメですよ白雪先輩！　冗談は嘘《うそ》つきの始まり、ひいては泥棒の第一歩ですから！　人を傷つけるのは良くないことですっ！」

『？　素晴らしくウィットに富んだ軽口のつもりでしたが、誰か傷ついていましたか？』

「え？　そ、それは……えと、多分、篠原《しのはら》先輩ががっかりしてます！」

「……してねえよ」

　嘆息交じりに返す俺。あまりにテンポが良くて口を挟む隙すらなかったが、ともかく。

「こんな時間に呼び出して悪いな姫路《ひめじ》。だけど、やっぱり思った通りだ。《伝承の塔》のスキルは時間外でも普通に使える」

　そう――実は、ルール文章《テキスト》の表現が少しだけ気になっていたんだ。【《伝承の塔》の塔内において、プレイヤーは無数のスキルを使用することが出来る】……ここでの指定は場所だけだ。つまり、時間外だろうが何だろうが、塔内にいればスキルは使える。

『はい、そのようですね』

　デスクチェアに座った俺のすぐ近くまで移動しながら、姫路がこくりと首を縦に振る。

《決闘《ゲーム》》が中断してからも《ライブラ》の通信室で待機していた甲斐《かい》がありました。お二人にお茶の一つもお出しできないのが残念なところではありますが……」

「まあ、それは俺も残念だけど……しばらく我慢するよ。今は通信できるだけで充分だ」

『そうですね。わたしも、ご主人様の声が聞けるだけでとても嬉《うれ》しいです』

「っ……そ、そうか」

不意に繰り出されたストレートな言葉に照れてしまい、しばし動揺が隠せなくなる俺。

再起動にたっぷりと時間を掛けてから、気を取り直して本題に入る。

「とりあえず、《伝承の塔》一日目が終わったわけだけど……課題は山積みって感じだな」

そんな俺の切り出しに「……はい」と神妙な顔で頷《うなず》きを返してくれたのは水上《みなかみ》だ。

「三階層には辿《たど》り着《つ》いているので、進捗だけ見ればそう悪くないと思います。でも、私のカオス値は0のままですし……それに、薫《かおる》さんの《カウントダウン》もあります」

「ああ。死神とはまた違う、見えない脱落条件――今のところ、俺も水上も何が禁止行動なのか見当もついてない。というか、そう簡単に特定できるわけがないよな」

『はい。ですので、これはもう《伝承の塔》の追加ルールだと考えた方が良いくらいでしょう。プレイヤーには何らかの禁止行動が設定されていて、それを既定の回数行ってしまうと塔から追放される。ただし、阿久津《あくつ》様を交戦で撃破すれば自身の脱落条件を解除することができ、ご主人様が脱落すれば全プレイヤーの脱落条件が消滅する、という』

「う……あ、あんまりです。こんなやり方のどこが正義だというんでしょう……？」

「お言葉ですが、水上様。もしもご主人様が本当に〝悪〟なら、それを討つために全力を尽くすのは紛《まぎ》れもなく〝正義〟の在り方ですよ。だからこそ《ヘキサグラム》も必死なのでしょう。あれだけ大口を叩《たた》いて負けるようなことがあれば、彼らの主張はもう二度と通らない――彼らの方が〝悪〟だった、ということになりますので』

「ま、そういうことだよな……」

俺が〝正義〟の属性じゃないのは確かだが、《ヘキサグラム》の〝自称正義〟だって相当なものだ。去年の英明《えいめい》のエース然《しか》り、放っておけば絶対に多大な被害が出る。

「ってわけで、当面は阿久津《あくつ》の撃破を目標にしつつ、禁止行動を踏み抜かないよう慎重に動くことが基本になる。けど……残念ながら、そういうわけにもいかなくなった」

「……《残留不可制限》、ですね」

自身の膝の上でぎゅっと両手を握る水上《みなかみ》。

今日の終わり際に深弦《みつる》が放り込んできたもう一つの制約、《残留不可制限》。姫路《ひめじ》の言い方に倣《なら》うならこれも新たな〝ルール〟の類《たぐい》だ。各プレイヤーは、一定時間を超えて同じフロアにいてはならない。この制限を犯した場合、当該プレイヤーは即座に脱落する。

「佐伯《さえき》の仕掛けと絡んでることもあって、こいつがかなり厄介だ。焦《あせ》って進めれば《カウントダウン》が、慎重にやれば《残留不可制限》が効いてくる」

『ですね。４ツ星の深弦様に使用できるアビリティとは思えないほど強力ですが……』

「そこは霧谷《きりがや》の〝黒の星〟で改造してるか、もしくは《アルビオン》ってのが一枚噛《か》んでるんだろうな。ったく……《ヘキサグラム》だけでも面倒な相手だってのに」

嘆息交じりに小さく悪態を吐《つ》く俺。正義の組織《ヘキサグラム》に続いて、謎に包まれた集団《アルビオン》――目的や考え方こそ異なるものの、どちらも明確に篠原緋呂斗《おれ》をターゲットにしている組織だ。必ずどこかでぶつかることになるだろう。

『とはいえ……当面の問題はそちらではなく、不破《ふわ》様による奇襲の方ですが』

　そこまで思考が行き着いた辺りで、隣の姫路が落ち着いた声音でそう言った。

『革命陣営からの離脱に加えて、悪魔陣営と連携を取った上での完璧な待ち伏せ。相当に準備されています。ご主人様たちのEXP《エクスポイント》を可能な限り搾り取り、足止めか何かを施して最終的に《残留不可制限》で潰す……それくらいは考えているでしょう』

「……だな」

　あれだけ大胆な裏切りは《決闘《ゲーム》》内で何度も出来るものじゃない。失敗したからまた仲良くやりましょう……なんて、そんな都合のいい展開は望めるはずもないだろう。深弦とすみれは、ここで革命陣営《俺たち》を終わらせるくらいの意気込みで動いているはずだ。

　ベッドの縁に手を掛けた水上が、記憶を辿《たど》るように上を向いて続ける。

「一階層で少しだけご一緒しましたが、皆実《みなみ》先輩は確か使役者だったはずです。壮馬《そうま》先輩と久我崎《くがさき》先輩の役職は……白雪《しらゆき》先輩、ご存じですか？」

『はい、《ライブラ》の放映部分で明らかになっています。柳《やなぎ》様と久我崎様は共に探索者ですね。悪魔陣営との交戦では主に皆実様と戦うことになるかと思います』

「ああ。ちなみにだけど……あいつ、強いぞ。並みの5ツ星だとは思わない方が良《い》い」

「……はい。第4段階《セミファイナル》のハイライトでも取り上げられていましたし、STOCでの通称も知っています。《凪の蒼炎》――既に熱狂的なファンが大勢いらっしゃるとか」

「………」

　そこまでは知らなかった。まあ、皆実雫《みなみしずく》という少女は常に眠そうな顔をしている割にめちゃくちゃ可愛《かわい》いので人気が出るのは頷《うなず》けるが。

「とにかく……こっちはまだ交戦系スキルを一つも取れてないし、深弦《みつる》の仕掛けた罠《わな》まで発動してる。普通にぶつかっても強敵なのに、そんな条件で勝てるわけない」

『ですね。つまり、考えられる方策は一つだけです――皆実様の引き抜き』

「……ほえ？」

　涼しげな顔のまま平然とそんな作戦を口にする姫路《ひめじ》。それに対してこてんと首を傾《かし》げた水上《みなかみ》に対し、姫路はぴっと人差し指を立てながら流れるように続ける。

『いいですか、水上様？　まず、悪魔陣営とまともに交戦をして勝てる可能性はほぼありません。このまま進めば、おそらく敗戦ペナルティで足止めされて《残留不可制限》で脱落……そうでなくとも、ＥＸＰ《リソース》を大量に失った上での再スタートとなります』

「ああ。しかもその場合、革命陣営に残るのは俺と水上の二人だけ。深弦の使った〝一時離脱〟は大体三時間くらいで効果が切れるけど、戻ってきたところで一緒に攻略を続けるなんて有り得ないから〝並行移動〟で陣営を分割することになる。だったら、最初から皆実の引き抜きを狙った方が数倍マシだろ？　〝一時離脱〟中は陣営無所属って扱いになるから、先に皆実の移籍を済ましちまえば後から弾《はじ》き出されることもない」

「な、なるほど……！　真《ま》っ直《す》ぐ倒しに行くのではなく、《伝承の塔》のルールを上手《うま》く利用した逆転方法！　す、凄《すご》いです、お二人とも！」

ふわぁああ、と感動したように目を輝かせる水上。……実際、そこが《伝承の塔》の肝になる部分だろう。自分に有利な作戦ならもちろん乗るが、相手の方が優勢になれば寝返ってもいい。戦況を都合よく〝演出〟できれば他陣営のプレイヤーだって動かせる。

まあ、皆実を勧誘するための方法については明日までに考えておく必要があるが……。

「……っと、そういえば」

作戦会議が一段落したところで、俺は小さく首を傾げながら隣の姫路に視線を向けた。

「外の調子はどうだ？　《ヘキサグラム》の壊滅に乗り出す、って話だったけど」

『はい。そちらは榎本《えのもと》様から随時状況を聞いていますが――とりあえず、今回の最終目標は《ヘキサグラム》に致命的なダメージを与えること、です。そのための準備として、今は告発者候補……現在進行形で《ヘキサグラム》の被害を受けている方にコンタクトを取っているところですね。以前の水上様と同じ境遇の方、ということになります』

「え……でも、《ヘキサグラム》の監視があるんじゃないですか？」

『第4段階《セミファイナル》の頃まではならそうでした。ですが、今は違います。《ヘキサグラム》のツートップが《伝承の塔》内に囚《とら》われていますので、監視が緩んでいるんです。榎本様も〝まるで見えない妖精が手伝ってくれているかのように上手《うま》くいく〟と仰《おっしゃ》っていました』

「……妖精、ね」

榎本《えのもと》の雰囲気とは似ても似つかない表現に俺は小さく口元を緩める。おそらく、加賀谷《かがや》さんと椎名《しいな》が裏でサポートしてくれているんだろう。スムーズに調査が進むはずだ。

『ともかく、そういった形で告発者は揃《そろ》いつつあります。他にも協力者として英明《えいめい》学園の元エースと呼ばれる方や、それに水上《みなかみ》様のお姉様にも手伝っていただいていますので』

「お、お姉ちゃんが⁉　学校にも行ってないのに、ですか⁉」

『はい。可愛《かわい》い妹のためなら、と張り切っていらっしゃいました。不思議と顔が利《き》く方ですので……もしかしたら管理部と直接交渉することも出来るかもしれません。もちろん、不十分な証拠で動いてくれるような組織ではありませんが……』

「……確実な証拠があれば、ってところか。なるほどな」

姫路《ひめじ》の話に得心して小さく一つ頷《うなず》く俺。

「それじゃあ、こっちからも伝言だけど……一応、榎本たちに警戒するよう伝えておいてくれないか？　佐伯《さえき》と阿久津《あくつ》はいなくても監視が全くないわけじゃない、って」

『……そうなのですか？』

「多分な。だって……さっき佐伯は、俺に姫路《アバター》のことを釘差《くぎさ》ししてきた。でも俺たちは《決闘》内で天使陣営には遭ってない。石崎《いしざき》から話を聞いたならともかく、塔から降りてきたばっかりの段階で知ってるわけがないんだよ。あいつらも外との通信が出来ない限り」

『！　では、《ヘキサグラム》もご主人様と同じことをしている可能性がある、と……確かに、それは伝えておかなくてはなりません。ありがとうございます、ご主人様』

三角帽子《ぼうし》を両手に持って静かに頭を下げる姫路。……考えることが多くてパンクしそうだが、それでも〝外〟の動きは重要だった。だって、俺たちはただ《決闘《ゲーム》》に勝つだけじゃなく、《ヘキサグラム》という組織を完全に潰し切らなきゃ終われない。あいつらが正義の味方として認められている限り、いくらでも今回のような事態が起こり得る。

ふと端末の時計に視線を落とせば、時刻は既に十時を回っていた。

「っと……じゃあ、とりあえず今日の作戦会議はここまでだな。皆実《みなみ》を引き抜くための方法はちょっと個別で考えてみようぜ。んで、明日の朝にもう一回打ち合わせだ」

「はい！　……はい？　えっと、その、個別でというのは……？」

「？　いや、だから自分の部屋に戻ってって意味だけど」

「あ……なるほどです。……うー……」

難解な数式でも突き付けられているみたいに顔をしかめる水上。そうして彼女は、ベッドに座ったまま微《かす》かに身を乗り出すと、恐る恐るといった口調でこう切り出す。

「あの！　じ、実はですね、私……その、一人だとあんまり眠れなくて」

「え」

「違います！　違うんです先輩、ちょっと眠りが浅くなっちゃうだけなんです！　何だか悪い夢を見ている感じと言いますか、三十分おきに目が覚めてしまって……お姉ちゃんと一緒に寝ている時だけ平気なんです。前はこんなことなかったんですけど……」

「……ちなみにそれ、いつからだ？」

「そ、その……先週、くらいです」

俺の問いに、水上《みなかみ》は言いづらそうに視線を伏せつつポツリと答える。……先週、つまり佐伯《さえき》に手酷《てひど》く裏切られたタイミングだ。そう考えれば分からない話でもなかった。俺たちの前では気丈に振る舞っているが、あの傷がたった数日で癒えるはずもない。

「あー……誰かが近くにいれば寝れるのか？　姉じゃなくても？」

「！　は、はい！　それはもう、ぐっすり眠れます。海の時も大丈夫でしたから。篠原《しのはら》先輩に近くにいていただけるだけで、その……凄《すご》く、安心します」

ぽお、っと微《かす》かに熱っぽい視線を持ち上げて、ふわふわした声音でそんなことを言ってくる水上。言葉の意味合い的に〝そういうこと〟ではないと理解はしているのだが、どうしてもドキドキするというか、無性に庇護《ひご》欲がくすぐられてしまう。

「ったく……分かったよ」

だから俺は、半ば白旗を上げるような感覚で肯定を返すことにした。第4段階《セミファイナル》での一幕を知っている身としては無下に突《つ》っ撥《ぱ》ねるのも憚《はばか》られる。

けれど、そんな俺の返事にむっと少しだけ唇を尖《とが》らせたのは魔女装束の姫路白雪《ひめじしらゆき》だ。

『ご主人様。事情はお察ししますが……同じベッドで寝るつもりではないですよね？』

「ひゃわっ⁉　お、同じベッドで……先輩と私が⁉」

「……まさか。それは、ほら……マズいだろ、色々と」

「そ、そうですそうです！　色々と！」

こくこくこくこくこくっと真っ赤になった顔で何度も首肯する水上。それを見ながら、俺はデスクチェアから立ち上がってそのままベッドの脇へ腰を下ろすことにした。ベッドと平行ではなく直角の向き。要はベッドの脚に背中を預けるような体勢だ。

「ここでもちゃんと〝近くにいる〟って判定になるか？」

「は、はい、もちろんです！　でも、それじゃ篠原先輩が……」

「俺は平気だよ。むしろ、水上が寝付けなくて《決闘《ゲーム》》に支障が出る方がよっぽど困る」

「ぁ……分かり、ました。……その、ありがとうございます、先輩」

そう言って、水上は流麗な黒髪を揺らしながらぺこりと小さく頭を下げる。直後――もしかしたら照れ隠しのつもりなのかもしれないが――彼女は「お先にお風呂いただきますね！」と言い放って勢いよくベッドを立った。

備え付けのユニットバスへと駆け込んでいく背中を見送りながら吐息を一つ。

「ふぅ……」

『可愛《かわい》らしい方ですね、水上様《みなかみ》。投影映像《アバター》でさえなければわたしが一緒に寝るという手もあったのですが、何かの不具合で映像が消えてしまったりしたら心細い目に遭わせてしまいますからね。ですので――本意ではありませんが――水上様の近くにいる役目はご主人様にお譲りします。その上で、わたしはご主人様の隣に座らせていただこうかと』

「え？　……もしかして、夜もずっと残るつもりなのか？」

『……ダメ、でしょうか？』

「いや、ダメっていうか……むしろ、姫路《ひめじ》が大変じゃないかって心配してるんだけど」

『いいえ、ご心配には及びません。ソファで本を読みながら寝落ちする、というのが以前の日課でしたので、座ったまま眠るのには慣れています。それに、ご主人様と水上様を二人きりになど出来ません。わたしにはご主人様の不貞を防ぐ義務がありますので』

「不貞って」

『冗談です。ただ……水上様ではありませんが、わたしも《ライブラ》の通信室に一人きり、というのはさすがに寂しいのです。加賀谷《かがや》さんや紬《つむぎ》さんの邪魔をするわけにもいきませんし。ですので、一緒にはいられなくとも、せめて隣に。……もう一度訊《き》きます、ご主人様。わたしが隣にいてはダメですか？』

「……ダメなわけ、ないだろ」

言いながら小さく首を縦に振る俺。その返事に姫路は微《かす》かに口元を緩め、聞こえるか聞こえないかくらいの声量で『失礼します』と囁《ささや》くと、俺の右隣にそっと腰を下ろす。そうして、半ばこちらへ寄りかかるような姿勢で目を瞑《つぶ》る。

もちろん、投影映像だから触れることは出来ないが――

何となく、温かいような気がした。

＃

《SFIA《スフィア》》最終決戦《ファイナル》《伝承の塔》――三階層。

二日目の《決闘《ゲーム》》開始と同時、俺と水上は再び悪魔陣営の面々と対峙《たいじ》していた。

「やっと仕切り直しだね」

そんな風に曖昧な笑みを浮かべているのは、悪魔陣営の側に立つ線の細い美少年・不破《ふわ》深弦《みつる》だ。所属としては俺たちと同じ革命陣営だが、今はスキルの効果で一時的に中立の状態を実現している。もはや革命陣営の側で勝利を狙うつもりなど微塵《みじん》もないのだろう。ここで俺たちからEXP《エクスポイント》を搾り取れば、悪魔陣営である霧谷《きりがや》の優位がさらに増す。

「そうね、そうね！　わたくし、もう待ちきれないわ！」

深弦の隣でぎゅっと拳を握り込んでいるのは、お嬢様チックにふわりと長髪を広げた不破すみれだ。昨夜の友好的な態度とは裏腹に俺たちを倒さんと意気込んでいる。

「この部屋はボクらが用意した〝罠《わな》部屋〟だよ。ここにいる限り、君たち二人はEXPを消費するあらゆる行動が出来ない。今持ってるスキルを使うことは出来るけど、新しく取得するのはNGだ。そして革命陣営は、この状況を切り抜けられるようなスキルなんて持ってない……正確には、取らなかった。罠《わな》に関するスキルは探索者《ボク》の担当だからね」

「凄《すご》いわ、凄いわ！　これでわたくしたちの勝利は決まったも同然ね！」

「そうだね、すみれ。色々と用意したおかげだ。凍夜《とうや》さんには〝尻拭いの準備はしといてやるよ〟なんて言われちゃったけど……絶対、そんなことにはさせないから」

すみれの称賛を受けて小さく肩を竦《すく》める深弦《みつる》。

そして――同時、彼と組んでいる悪魔陣営の中から、一人の少女がとことこと俺たちの前に歩み出た。聖《せい》ロザリアの眠れる妖精・皆実雫《みなみしずく》。彼女は相変わらず眠たげな表情のまま青のショートヘアをさらりと揺らして口を開く。

「あなたは、わたしを捨てたストーカーさん……久しぶり。元気、だった？」

「どんどん俺の認識が酷《ひど》くなってるな……ま、とりあえず元気だよ。そっちはどうだ？」

「意地悪な、質問。考えてみれば、分かること……こんなに可愛《かわい》い女の子が男の子三人の中に放り込まれたら、どうなるか。それはもう、トラウマ級の仕打ち……」

「ククッ……貴様、どちらの味方だ《凪の蒼炎》？」

ふるふると首を振る皆実に対し、呆《あき》れ声で反論を返したのは襟付きマントの久我崎《くがさき》だ。

「生憎《あいにく》、僕は生まれる前から《女帝》にしか興味がない。というか貴様、相手が男だからと言って臆するような柄ではないだろう。先ほどから不要なスキルばかり取得して……」

「む……それは、あなたの目が節穴なだけ。わたしの取ったスキルは、全部有用……百点満点。きっと、そっちのストーカーさんなら分かってくれるはず……」

「……例えば？」

「〝猫足歩行《ニャンソクホコウ》〟。使うと、アバターの足音が猫の鳴き声になる……可愛い」

無表情のままそんなことを言い放つ皆実に対し、俺は久我崎たちへの同情も兼ねて静かに首を横に振った。皆実雫は確かに強いのだが、扱いやすいプレイヤーとは言えない。

ともかく、可愛いスキルを手に入れてご満悦（？）の皆実は続けて口を開く。

「でも、それでEXP《エクスポイント》が減ったから……だから、あなたから奪う。可愛いスキルは、その布石……多分、島中が大喝采。……分かった？　分かったら、早く交戦……しよ？」

「……一応言っとくけど、今まで交戦が始まってなかったのはお前が関係ないこと喋《しゃべ》りまくってたせいだからな」

嘆息交じりにそんな言葉を返す俺。それから一転、隣の水上《みなかみ》に視線を向ける。

「水上、頼んだ」

「はいっ！　それでは、お願いします——白雪《しらゆき》先輩!!」

瞬間、水上はすっと自身の端末を身体《からだ》の前に突き出すと、都合三度目となる〝アバター召喚〟スキルを実行した。革命陣営のアバター・姫路《ひめじ》白雪。幻想的な白い魔法陣の中から現れた彼女は、手袋を嵌《は》めた指先で少しだけ三角帽子《ぼうし》の位置を整える。

『――お久しぶりですね、皆実《みなみ》様』

「む。メイドさんが、魔女さんに……可愛《かわい》い。でも、何で喋《しゃべ》ってるの……？　成長期？」

『ルールをよく読めば抜け道があることに気付けると思います。皆実様なら、確実に』

「ふぅん？　また、ストーカーさんの悪知恵……ただ、可愛さならこっちも負けてない」

姫路《ひめじ》の登場を受け、皆実が静かに端末を横に振った。同時、バチバチと稲妻のようなエフェクトが現れ、黒く歪《ゆが》んだ魔法陣が床一面に描かれる。そこから姿を現したのはどこか幼い顔立ちの少女だ。聖《せい》ロザリアの清楚《せいそ》な制服ではなく禍々《まがまが》しい黒衣を身に纏《まと》い、頭にはちょこんと角を生やしている。これが悪魔陣営のアバター、ということか。

「ふふん。モデルは、わたしの後輩……聖ロザリアの一年生。とっても可愛い……この子の可愛さを広めるために《決闘《ゲーム》》をしていると言っても、過言……過言じゃない？」

「俺に訊《き》くなよ。っていうか……なあ皆実、そんなに言うならここでの勝ちは俺たちに譲ってくれないか？　こう見えても水上《みなかみ》は、昨日の交戦で王国陣営の石崎《いしざき》に完勝してる。可愛い後輩がボロボロにやられるところなんか見たくないだろ？」

「？　それは、大丈夫……だって、わたしは多分負けない」

言って、皆実は身体《からだ》の向きを変える。眠たげな青の瞳が捉えたのは当然ながら水上だ。

「昨日のカオス値ランキング。あなたの順位は、最下位……だから、きっと強いスキルは取れてない。昨日の勝ちは、たまたま……違う？」

「うっ……そ、それはそうかもしれないですけど、でもＥＸＰ総量《ステータス》は！」

「それも、こっちが上だと思う……だって、わたしのアビリティは交戦特化。強い人と戦うために《ＳＦＩＡ《スフィア》》に参加してるから……だから、誰にも負けたくない」

淡々とした声の中に確かな闘志を揺らめかせながらそんなことを言ってくる皆実。おそらく、第４段階《セミファイナル》で彩園寺《さいおんじ》に軽く捻《ひね》られたことが強烈な刺激になっているんだろう。目覚めつつある元最強。スキルもステータスも使い手の力量も、水上では到底敵《かな》わないが。

「……望む、ところです」

それでも彼女は怯《ひる》まなかった。ぎゅ、と一度だけ強く拳を握り、覚悟の決まった声音で短い返事を口にする。それを受けて皆実が少し意外そうな顔をした気がしたが、彼女はそれ以上何か言うでもなく、静かに交戦の体勢へと移行する。

が、その時。

「――ちょっと待ってくれねえか？」

今まさに始まろうとしていた交戦に唐突な〝待った〟が掛けられた。声を上げたのは一連のやり取りを脇で見ていた《ヘキサグラム》メンバー・柳壮馬《やなぎそうま》だ。

「俺に一つ提案があんだけどよ。この交戦、少しルールを変えねえか？」

「……ルールを？」

「おう。《伝承の塔》のルールだと、交戦に勝った陣営は負けた陣営からＥＸＰ《エクスポイント》を半分奪い取れる――が、同じ陣営に連続で交戦を申請することは出来ねえ。だから今回の奇襲じゃまず悪魔陣営が革命陣営に交戦を仕掛けて、それが終わったら革命陣営に戻った不破《ふわ》が俺たち《おれたち》に申請を投げ返す、って算段だった。これなら永久にループできる」

「うん、そうだね。それじゃダメだった？」

「当たり前だ、スカシ野郎。……いいか？　俺たちは《残留不可制限》なんて爆弾がある、とは聞いてねえ。昨日のラストで端末に通知が来て、それで初めて知ったんだ。時間制限があるなら話は大分変わってくる。ここでダラダラやってたせいで悪魔も革命も同時に壊滅、ってのがお前ら《おまえら》の描いた下らねえシナリオじゃねえって証拠がどこにある？」

「ああ、そういうことか……うーん、そこまでシビアな時間設定じゃないんだけどなあ」

「いいや、信用できねえな」

深弦《みつる》の主張も虚《むな》しく、頑として首を縦に振らない柳。

「ってわけで、ここからが提案だ――俺の採用してるアビリティに《フリーレート》ってのがある。簡単に言や〝交戦で賭けるモノを自由に変更できる〟アビリティだな。本来の賭け額《レート》は所持ＥＸＰの半分とペナルティ付与ってだけだけど、これを使えば〝一発で何もかも搾り取るオールイン勝負〟だって成り立つわけだ。そっちの方が楽でいいだろ」

「……へえ、なるほど」

柳《やなぎ》に視線を向けられ、そっと右手を口元へ遣《や》る俺。一応、革命陣営側にもメリットのある提案だ。俺だって《残留不可制限》で脱落する可能性はなるべく潰しておきたい。

（でも、何か……）

「……んだよ、黙り込みやがって。まあ、別にいいけどな。《フリーレート》の発動には自陣営以外のプレイヤーから承認を受ける必要があるが、学園島最強《おまえ》にこだわる必要はどこにもねえ。ってわけで不破、ちょっとこっちに来てくれよ。大事な協力者だろ？」

「んー……いいよ、分かった」

対する不破は、一瞬だけちらりと傍《かたわ》らのすみれを見てから足を踏み出した。ポケットから端末を取り出しながら柳の前に立ち、右手を掲げる――が、その刹那。

「……待って、ミツル」

ポツリ、と小さな声が響き渡った。声の主は他でもない不破すみれだ。普段のふわふわキラキラとした雰囲気から一転、彼女はじっと真剣な瞳で柳と深弦を見つめている。

「いけないわ、いけないわ。ミツル、今すぐその方から離れなきゃダメ！　だって、その方からはミツルに対する強烈な悪意しか感じないもの！」

「……へえ？　だってさ。その辺どうなの、柳くん？」

「ッ……は、はあ!?　お前ら、二人揃《そろ》って何ふざけたこと抜かしてんだ！　《ヘキサグラム》所属の俺が嘘《うそ》でもついてるっていうのかよ!?」

一瞬で声を荒げる柳。彼は憤慨を露《あら》わにしながら深弦《みつる》に端末画面を突き付ける。

「見ろよ！　どこにお前らの不利益になるようなことが書いてある⁉　俺は単に効率を良くしてやろうと思って言ってんだ！　それ以上の意図は何もねえ！」

「……うん、確かにボクらを攻撃するようなアビリティじゃないみたいだね。第三者の承認を得ることで交戦における〝賭け額《レート》〟を書き換えられる効果……か」

「だからそう言ってんだろ⁉　お前からもあっちのバカ妹に何か言ってやって――」

「でもさ、柳くん。……ボクはね、何があってもすみれの言葉は絶対に信じることにしてるんだ。どんな場面でも、さ。柳くんのアビリティは確かに危険のないものだけど、それでもすみれは君から強い〝悪意〟を感じてる……ってことは、つまり」

すみれと同じ髪色のショートヘアを微《かす》かに揺らしてにこっと笑う深弦。

「それ、もしかしてボクの禁止行動と関係があったりするのかな？」

「ッ‼　そ……そんな、ことはっ」

「ビンゴ。……ダメでしょ、柳くん。そんなに分かりやすく反応したら。ボクの禁止行動は〝誰かと契約系アビリティを交わすこと〟……かな？　それにしてはカウント数に余裕があるような気もするけど、もしかしたら条項ごとに一カウントなのかもしれないね。それなら《フリーレート》に無駄な条件をいくつか付け足すだけでボクを葬れる」

「……っ！」

顔面蒼白《そうはく》の柳《やなぎ》に対し、深弦はもはや推測ではなく断定口調で言い放つ。……おそらく柳は、佐伯《さえき》から各プレイヤーの禁止行動を教えられ、それを誘発させるための係として動いていたんだろう。けれど、その企《たくら》みはすみれの〝共感性〟によって防がれた。

「それにしても……どうして《ヘキサグラム》がボクを潰そうとするのさ？　ボク、これでも君たちに協力してるつもりだったんだけど」

「……協力だぁ？」

瞬間、しばらく口を噤《つぐ》んでいた柳が吐き出すように声を漏らした。彼は剣呑《けんのん》な視線を持ち上げると同時に右手を振り下ろし、近付いてきた深弦に人差し指を突き付ける。

「ざけんな！　協力するってんなら作戦は先に打ち明けるべきだろうが！　《残留不可制限》なんてアビリティがあることを知ってたら最初からお前となんか組んでねぇ！」

「言うわけないでしょ、だってそれがボクらの切り札だもん。っていうか、君たちにとっても追い風のはずだよ？　みんなが〝禁止行動〟を踏む可能性が高くなるんだから」

「関係ねぇな！　《ヘキサグラム》が勝つのは端《はな》から決定事項だ、確率も何もねぇ——だから、問題は薫《かおる》さんに、もっと言えば俺に脱落条件が生まれちまったことなんだよ！　あくそ、有り得ねぇ！　俺は絶対勝てる《決闘《ゲーム》》しかしたくねぇのによォ！」

自分勝手な論法を振りかざす柳と、それを半ば冷めた目で見つめる深弦。

けれど……それでも、柳は引《ひ》き攣《つ》ったような笑みを浮かべる。

「あぁくそ、バレちまったもんは仕方ねえ——けどな、今さら遅《おせ》えよ不破《ふわ》。さっきの推理通り、お前に設定された禁止行動は【他プレイヤーと契約系アビリティを交わすこと／カウント4（条項一つにつき1回）】だ。もちろんお前は《フリーレート》の契約を蹴るつもりだろうが、俺には《強制執行》ってアビリティが————あ？」

端末を構えた柳が勝ち誇ったようにそんな言葉を紡いだ刹那、ブーっと低いブザーのような音が辺り一帯に鳴り響いた。音の出所を探ってみれば、喚《わめ》いているのは柳壮馬の端末だ。そうして直後、狼狽《うろた》える彼の頭上に見慣れた蛍光緑の文字列が表示される。

【八番区音羽《おとわ》学園／二年／4ツ星／悪魔陣営——柳壮馬《そうま》。ステータス：脱落】

【脱落要因：《カウントダウン》による強制脱落条件を満たしたため／禁止行動は〝他プレイヤーに設定された禁止行動の内容を明かすこと／カウント1〟】

「っ……は、はぁあああっ!?」

それを見て真っ先に声を上げたのは、他でもない柳自身だった。

「なんっ……ど、どういうことだよ、おい!?　脱落条件!?　俺に!?　何で《ヘキサグラム》の仲間にまで禁止行動を設定してるんだよ薫《かおる》さん!!　通信スキルはッ……くそ、起動しねえ!?　ま、マジで脱落したってのか……!?」

「…………」

「聞いてねえ、聞いてねえぞォオオオオオオオオオッ!!」

喉が壊れんばかりに凄《すさ》まじい咆哮《ほうこう》を上げる柳《やなぎ》。念のため深弦《みつる》が取得した〝威力偵察〟のスキルで確認してみれば、確かに悪魔陣営の一覧から柳壮馬の名前が消えている。

(《ヘキサグラム》のメンバーにも脱落条件が設定されてたのか……それも、内密に)

そんな光景を目《ま》の当たりにして、俺はぐっと強く唇を噛《か》んだ。……柳が脱落したことは俺にとっても悪い話じゃないが、代わりに佐伯《さえき》に対する警戒度はより強くなった。仲間を利用するだけ利用して、最終的には〝敵に使われるくらいなら消えろ〟と言わんばかりの呆気《あっけ》ない制裁。理には適っているのかもしれないが、それにしたってあんまりだ。

「クッソ……」

不貞腐《ふてくさ》れたように悪態を吐《つ》き、部屋の隅へと移動して乱暴な仕草で座り込む柳。本来ならすぐに《ライブラ》スタッフが迎えに来るはずだが、中央エレベーターが動いていないのは今が交戦中だからだろう。柳の回収よりも優先されるべきことが他にある。

「ん……」

そこで、ここまでの一部始終を興味なさげに眺めていた皆実《みなみ》が吐息のような声と共に俺たちの方へ身体《からだ》を向け直すのが分かった。彼女は青の髪をさらりと揺らして告げる。

「これで、やっと始められる……待ちに待った、交戦タイム。……準備、できてる？」

聖《せい》ロザリア女学院二年・5ツ星。元最強にして《凪の蒼炎》皆実雫《しずく》――。

彼女の淡々とした物言いに、水上《みなかみ》は気丈な声を張り上げた。

「はい。――負けません、皆実《みなみ》先輩！」

♭

（……マズったわね）


同時刻。《ＳＦＩＡ《スフィア》》最終決戦《ファイナル》《伝承の塔》三階層。

王国陣営に属する彩園寺更紗《さいおんじさらさ》と夢野美咲《ゆめのみさき》の二人は、絶体絶命の大ピンチに陥っていた。

「あは――これはこれは《女帝》さん、こんなところで会うなんて奇遇ですね？」

更紗たちの前に立っているのは天使陣営の面々だ。両手を広げて代表者面をしているのは《ヘキサグラム》リーダー・佐伯薫《さえきかおる》。彼の隣にはくすんだ銀灰色の長髪を靡《なび》かせる阿久《あく》津《つ》雅《みやび》が、扉の近くには逃走者を見張る看守みたいに鋭い視線の枢木千梨《くるるぎせんり》がそれぞれ控えている。結川奏《ゆいかわかなで》の姿が見えないのは、おそらく彼が天使陣営の〝別動隊〟として動いていたからだろう。他でもなく、更紗と美咲をここまで追い詰めるための。

（っ……何で、こんなことになってるのよ……）

前髪で表情を隠すようにしながらぎゅっと右の拳を握り締める。

ついさっきまで――《決闘《ゲーム》》内の時間だけで考えればほんの二時間ほど前まで、天使陣営は篠原《しのはら》たちの革命陣営を追い回していたはずだ。そんな彼らの標的が更紗たちへと向け直されたのは、当の篠原が三階層へ上がった直後……不破深弦《ふわみつる》による《残留不可制限》の通知が出回ったのとほぼ同時。だとしたら、その心理は推測できないこともない。

（多分、狙いを変えたんだわ……佐伯は元々、死神の力を使って〝狩り〟をしようとしてた。でも《残留不可制限》のせいで長いこと同じ階層にいられなくなったから、あっさりその方針を捨てたのね。さっさと強いパーティーを組んで〝上〟を目指すことにした）

そう考えれば納得は出来る。美咲は《SFIA》を代表するダークホースだし、更紗自身も《女帝》の名を冠する6ツ星プレイヤーだ。戦力としては申し分ないだろう。

ともかく——更紗は意識を切り替えるように長髪を払ってから口を開くことにする。

「奇遇、ね。よく言うわ、三階層に上がってからずっと追いかけてきていたくせに。女の子二人を追い回して悦に入るなんて、ちょっと性格が悪いんじゃないかしら？」

「あは、これは失礼。やはり気付かれていましたか。ですが、実は性格が悪くなってしまうのも仕方のないことなんですよ。何せ、今の僕は死神ですからね」

牽制《けんせい》じみた皮肉から入った更紗に対し、それを軽く流した上で一気に本題に切り込んでくる佐伯。すっと細められた目は間違いなく更紗をロックオンしている。

「単刀直入に言いましょう——彩園寺更紗さん、僕たちの陣営に入ってはいただけませんか？　君の……いえ、貴女《あなた》の力があれば、僕たちの勝利はより強固なものとなります」

「どうかしら。物凄《ものすご》く相性が悪い、って可能性もあるわ。大体、天使陣営は誰も抜けたりしてないじゃない。私の入り込む隙なんてどこにもないみたいだけど？」

「いえ、それがそうでもないんですよ。今ここにいないメンバー——奏《かなで》は、僕たち《ヘキサグラム》の勝利のためなら自分のことなどどうでもいい、と言い切れる素敵な仲間ですからね。僕がちょっと〝お願い〟すれば喜んで代わってくれると思います」

「……え、え!? わたしは!? 更紗《さらさ》さんをスカウトしたくなる気持ちは分かりますが、もう一人の主人公であるわたしは放置ですか!? 放置ゲーでもないのにっ!?」

「え? ああ……すみません、夢野《ゆめの》さん。この《決闘《ゲーム》》の陣営は四人用でして」

「い、嫌なヤツです! 悪党です! ガルルルル!」

やんわりどころか適当にあしらわれ、憤慨したように唸《うな》り始める美咲《みさき》。本当ならフォローに回りたいところだけれど、残念ながら更紗にもそんなことをしている余裕はない。

(当たり前だわ。今は穏便に交渉してくれてるけど、佐伯《こいつ》はあくまでも〝死神〟なんだから。あたしたちなんかいつでも脱落させられる……それが嫌なら要求を聞くしかない)

そう、そうだ。だって、もしも更紗が負ければそれだけで全てが台無しになる。本物の更紗は島に帰って来なきゃいけなくなるし、彩園寺《さいおんじ》家の評判は地に落ちるし、篠原《しのはら》との奇妙な共犯関係にも終止符が——打たれる、のは別に重要なことじゃないけれど、とにかく二人には揃《そろ》って社会的な死が訪れる。そんなのは絶対に、絶対に嫌だ。

赤の長髪を静かに揺らす。

「貴方《あなた》の要求は私が天使陣営に入ること……だったわね。ちなみに、その条件を呑《の》んだら私にどんなメリットがあるのかしら？」

「メリットしかありませんよ。だって、この話が蹴られてしまうのであれば、僕は貴女《あなた》に死神の力を使います。常勝無敗の《女帝》があっさり負けていいんですか？」

「いいえ。生憎《あいにく》だけど私、どんな《決闘《ゲーム》》でも緊急回避系のアビリティは必ず登録《セット》するようにしているの。攻撃するのは勝手だけれど、不発に終わっても知らないわ」

「そうでしたか。では……放置されているのが気に入らないということでしたし、代わりに同じ陣営のお仲間——夢野さんを脱落させるとしましょうか。貴女に陣営《スカウト》入りを断られたので、その戦力を削るために仕方なく……です。可哀想《かわいそう》な話ですねえ」

「……貴方、とことん最低ね」

「あはは、今のはもちろん喩《たと》え話ですよ。ただ、夢野さんが脱落してしまったら貴女も大変ですよね？　何せ、王国陣営の一人は《ヘキサグラム》の亜子《あこ》ですから」

　遠回しな言い方で更紗の退路を断ちつつ、佐伯《さえき》は穏やかに笑みを浮かべてみせる。

「もう少し分かりやすいメリットも提示しましょうか。もし僕たちの陣営に入ってくれるなら、貴女に課した《カウントダウン》はその時点で解除します。それに……」

「それに？」

「昨日の話です——僕たちは、赤の星の効果を知っている。もちろん今の時点では単なる推測ですよ？　ですが、僕たち《ＳＦＩＡ《スフィア》》が《ヘキサグラム》の勝者になれば、その推測は紛れもない真実になります。赤の星は〝虚偽〟の星——そう、篠原緋呂斗は偽りの7ツ星だ。じゃあ、貴女《あなた》はどうなんでしょうか？　貴女は何を隠していたんでしょう？」

口元を笑みの形に歪《ゆが》めながら、佐伯《さえき》は滔々《とうとう》と、あるいは見下すように言葉を紡ぐ。

「ねえ、彩園寺《さいおんじ》さん。聡明《そうめい》な貴女ならそろそろ分かっていただけたと思いますが……僕たちは、協力できると思いませんか？　貴女には何らかの事情があるはずです。だからこそ赤の星を使っていたし、だからこそ篠原《しのはら》くんと手を組んでいる」

「……さっきから妄想だけでよくそんなに喋《しゃべ》れるわね」

「推理力には自信があるもので。……ですが彩園寺さん。篠原くんの嘘は、残念ながらこの《決闘》の終幕と共に全て露わになります。つまり、貴女が組むべきは彼ではなく僕たちの方だ。貴女の事情が何であれ、僕たちならそれを覆い隠せる。僕たちは正義だ、そして正義の言葉は絶対なんです。貴女も、僕たちと一緒に理想の学園島《アカデミー》を作りませんか？」

絶対的な自信に満ち溢《あふ》れた佐伯の勧誘に対し、しばし口を噤《つぐ》む更紗《さらさ》。

多分、佐伯は最初からこれが目的だったのだろう——篠原に違反者のレッテルを貼って表舞台から追放し、その上で更紗に近付いて学園島《アカデミー》の中枢へと駒を進めること。彼はそのために《ヘキサグラム》を動かし、そのために《ＳＦＩＡ》《スフィア》を利用した。

そして……確かに、彼の話に乗れば更紗の嘘は守られるはずだ。赤の星が移る先は《ヘキサグラム》になるから、そこから〝偽物〟の嘘《うそ》がバレることは絶対にない。仮に篠原が何か訴えても、その意見は嘘つきのそれとして黙殺される。完璧な論理展開だ。

……けれど、それでも。

「いいえ。────残念ながら、間に合ってるわね」

佐伯の誘いを両断するかのように、更紗は赤の髪をさっと一振りしてみせた。

「妄想語りご苦労様。でも、何を言っているのか半分以上分からなかったわ。貴方《あなた》は〝正義の味方〟じゃなかったの？　理想の島を作るだなんて、まるで〝支配者〟じゃない」

「正義によって支配されるなら喜ばしいことじゃないですか。それに、支配という表現を用いるかどうかはともかく、頂点に立ちたいという感情は多くの人に共通する欲求だと思いますよ？　特に、学園島《アカデミー》の生徒であれば」

「そうね。でもそれって、誰かに叶《かな》えてもらうようなモノじゃないと思わない？　私は篠原に負けて7ツ星の座を奪われた。だから、それを取り戻すためにあいつを倒そうとしてる……それだけよ。他人の事情なんかわざわざ持ち込んで欲しくないわ」

有無を言わさぬ迫力で断言する更紗に、今度は佐伯が黙り込む。……ほとんど勢い任せのはったりだったけれど、一応は様になってくれているようだ。演技が得意な誰かさんのおかげだとしたら、少し……いや、かなり癪《しゃく》だけれど。

「……なるほど。貴女の言い分はよく分かりました」

そんなことを考えていたところ、目の前の佐伯が静かに端末を取り出した。

「今後のことも考えて穏便に済ませようと思っていましたが、埒《らち》が明かないので無理やり連れて行かせてもらいましょう。後援者限定スキル〝人質交換〟――自陣営のメンバー一人と、端末を触れさせたプレイヤー一人の所属陣営を強制的に入れ替えます」

言って、にこやかに更紗《さらさ》との距離を詰めてくる佐伯《さえき》。更紗は美咲《みさき》と共にじりじりと後ろへ下がるものの、すぐに壁――というか真っ白な扉に背中がぶつかってしまう。

（お願い、間に合って……っていうか、さっさと来なさいよ!!）

祈りにも似たそんな願望が脳裏を過《よ》ぎった、刹那。

「――悪ィな、《女帝》。石崎《いしざき》のヤツを撒《ま》くのに少し手こずった」

室内に響き渡ったのはドスの利《き》いた低い声――その直後、更紗と美咲の身体《からだ》が揃《そろ》って佐伯の視界から消え失《う》せた。いや、もちろん瞬間移動だとかそういうことじゃなく、単に背中を押し付けていた扉が開いたせいで支えを失っただけだ。そうして「「痛っ⁉」」と尻餅をつく更紗たちの横を無言で通り過ぎ、彼はとんっと佐伯の端末に触れる。

「⁉　っ、君は……」

「今のでオレがテメェらの陣営に移ったのか。……悪く思うなよ、佐伯。オレとしちゃ桜《おう》花《か》が勝つなら何でも良《い》いんだが、ウチのエースはテメェと肩を並べたくないらしい」

「……そう、でしたか。さすが彩園寺《さいおんじ》さん、死神相手に良い度胸ですね」

「ったりめェだ、何せ二年間オレの上にいやがる女だぞ？　テメェ如《ご》きで今さらビビるかよ。ちなみに、オレ自身も桜花の６ツ星だ。普段から《女帝》と比較されて二番手だの何だのって呼ばれてる。それで不満だってんなら相手になるが……どォするよ？」

脅しにも似た問いを投げ掛ける金髪の不良少年・藤代慶也《ふじしろけいや》。桜花の最終兵器が放つ剣呑《けんのん》な雰囲気に対面の佐伯はしばらく考え込んでいたものの、やがて結論が出たようだ。

「分かりました。……良いでしょう、強さだけなら君でも支障はありません。ですがそうなると、君たちに仕掛けた《カウントダウン》は当然解除できませんし……加えて、先ほどの〝人質交換〟で王国陣営へ移った奏《かなで》と、元々そちらにいた亜子《あこ》。この二人にはぜひ天使陣営の外部協力者として動いてもらいたいのですが、認めていただけますよね？」

「……ええ、もちろん。絶対に裏切ってくる相手と同行なんてこっちから願い下げだわ」

「そうですか。良い取引が出来て嬉《うれ》しいです——それではお二人とも、また上階で」

もはや興味は失せたとばかりに早々に話を切り上げ、佐伯はくるりと踵《きびす》を返す。そんな彼と共に部屋を出ていくのは、新たに組み直された天使陣営の面々……阿久津雅《あくつみやび》、藤代慶也、枢木千梨《くるるぎせんり》の三人だ。事実上〝最強〟を名乗っても良さそうな面子《メンツ》に加え、外部協力者だか何だか知らないけれど、王国陣営の二人まで連れていかれてしまった。

これで〝死神の力はまだ使っていない〟というのだから、本当にどうしようもない。

「っ…………はぁ」

ブゥン、という短い音と共に正面の扉が閉じ、佐伯たちの姿が視界から完全に外れた瞬間、座り込んだままの更紗《さらさ》はようやく溜《た》まっていた息を吐き出した。……一日分の集中力をまとめて使い切ったような感覚だ。しばらく休まないと気力が回復しそうにない。

「うぅ……どうしましょうか、更紗さん……？」

上体を起こしてこちらを覗《のぞ》き込《こ》んでいる美咲《みさき》も心細そうな顔色だ。今のやり取りを見ても全く闘志が死んでいない辺り、ある種の〝大物〟であることは間違いないけれど。

（それに……美咲が残ってくれたのは、あたしにとっても僥倖《ぎょうこう》ね）

桃色の髪が揺れるのを間近で眺めつつ、内心で静かに呟《つぶや》く更紗。……そうだ。最悪な遭遇ではあったものの、結末だけはどうにか最悪を免れた。だって彼女は——天音坂《あまねざか》のダークホースは、他の誰もが検討すらしていなかっただろうアビリティを採用している。

だから更紗は、不安に揺れる美咲の瞳を正面から覗き返すことにした。

「いい、美咲？　天使陣営はこれから真《ま》っ直《す》ぐ上を目指すと思うわ。陣営構築は終わったから、あとはただ攻略するだけ。もう一回ぶつかったらきっと見逃してもらえないわね」

「？　でも、主人公力の高い更紗さんは緊急回避のアビリティを持ってるんじゃ……」

「馬鹿ね、あんなのブラフに決まってるじゃない」

くすりと笑う更紗。今回の《決闘《ゲーム》》は強敵揃《ぞろ》いだ、そんな余裕はどこにもなかった。

「で、それを考えたら今すぐ四階層へ上がるのは危険すぎる——かといって、この階を探索し続けるのも悪手よ。《残留不可制限》がどれだけの時間で発動するのかはっきり分かっていない以上、無駄なリスクを負うわけにはいかないもの。それに……」

そこまで言って、更紗は不意に自身の端末へと視線を落とす。

「足りないと思うのよ。……このままじゃ、きっと最上階を突破するために必要なモノが揃わない。大体、変だと思わない？　入る度に構造が変わる不○議のダンジョンってわけでもないのに、昇降機は上にしか進んでくれない。昇降機なのに、よ？　つまり《伝承の塔》は、低い階層ほど探索が難しいの。普通のダンジョンとは違ってね」

「あ……じゃあ、もしかしてわたし、大活躍ですか!?　本物の主人公ですかっ!?」

「そういうこと。だって貴女《あなた》は、昇降機を逆向きに稼働させる《降下》のアビリティを持っている……つまり、私たちは四つの陣営の中で唯一〝下〟に向かって動くことが出来るということだわ。そしてもし最上階の攻略に特定の何かが必要なら、天使陣営《あいつら》がどんなに早く上に行っても関係ない。だって、そこで待ってるしかないんだもの」

だから……佐伯薫《さえきかおる》の猛進は、きっと篠原《しのはら》が止めてくれるはずだから。

あいつとも約束している通り、更紗は《伝承の塔》の脱出に必要なモノを全て集める。

「行くわよ、美咲。——一階層へ！」

#

【《伝承の塔》三階層D-1：悪魔陣営VS革命陣営：交戦開始】

【三階層攻略基準ＥＸＰ《エクスポイント》：９０００】
【悪魔陣営――皆実雫《みなみしずく》。アバター：遠野此花《とおのこのはな》。ＥＸＰ総量：１３５００】
【革命陣営――水上摩理《みなかみまり》。アバター：姫路白雪《ひめじしらゆき》。ＥＸＰ総量：９８００】

――《ＳＦＩＡ《スフィア》》最終決戦《ファイナル》《伝承の塔》三階層。

俺たち革命陣営と悪魔陣営との交戦は、こちら側がやや不利な状況から始まった。使役者である水上とアバターの姫路が置かれた境遇、もとい逆境は昨日からさほど変わっていない。ＥＸＰ総量に関しては意識して強化しているものの、水上のカオス値が０のまま動いていないため交戦系のスキルは未《いま》だに何一つ取得できていない状態だ。

加えて、俺たちが対峙《たいじ》しているのは〝あの〟皆実雫である。

「《数値管理《ステータス》》と《リサイクル》……一緒に、発動」

淡々とした声音で紡がれた、聞き覚えのある二種類のアビリティ。

それは、彼女が第４段階《セミファイナル》でも使用していた連携アビリティだ――《数値管理》に《リサイクル》を掛け合わせた半無限機関。互いが互いを補填《ほてん》する絶妙なバランスの上に成り立っており、通常の強化アビリティの数倍近い効果を実現している。

そんな強烈な支援を受けて、悪魔陣営側のＥＸＰ総量は次のように書き換わった。

【革命陣営——アバター：姫路白雪。累積ＥＸＰ：９８００】
【悪魔陣営——アバター：遠野此花《このはな》。改変ＥＸＰ総量：１３５００→６６２００】
【状況更新：アバター姫路白雪は両手を拘束】
【条件更新（遠野此花）：空中を舞っている間は一切ダメージを受けない】
【条件更新（姫路白雪）：相手アバターに攻撃することは一切出来ない】

「……ふ。交戦のコツは、レベルを上げて物理で殴る……それだけ」

（!?　ＥＸＰ６６２００……八階層相当!?　相変わらずとんでもねえな、こいつ!?）

あっという間に上書きされた状況と条件を見て内心で歯噛《はが》みする俺。……ＥＸＰ総量《ステータス》の差は歴然だ。石崎《いしざき》と立場が逆になったようなものと考えれば絶望感は半端じゃない。

が——そもそも、この交戦はまともにやって勝ち筋を見つけられるようなものじゃないんだ。昨日の作戦会議でも話した通り、皆実がこちら側に寝返ってくれない限り革命陣営《俺たち》の勝ちはない。陣営の上限人数は四人だが、今は深弦《みつる》とすみれが〝一時離脱〟しているため移籍は可能だ。故に、問題は〝どうすれば上手《うま》く勧誘できるか〟ということになる。

《伝承の塔》は陣営メンバーの入れ替えが常に可能な《決闘《ゲーム》》……だから、誰かを引き抜きたいなら〝こっちの陣営の方が強い〟って思わせるのが一番素直な方法だ）

なるべく冷静に思考を回す俺。移籍が可能だからこそ、より勝利に近い陣営であることを示せれば相手の方から近付いてきてくれる。理屈としてはそれで問題ない。

（ただ……皆実《みなみ》は、そもそも考え方が違う。あいつは、とにかく強いやつと戦うのが大好きなんだ。勝つことへの執着はもちろんあるけど、それよりも大事なのは相手が〝ちゃんと強い〟こと。強いやつと戦うために《決闘《ゲーム》》に参加してるって言ってもいい）

一階層でも話していたことだ。皆実の行動原理は、他のプレイヤーとは少し違う。

そして彼女は、どうでもいい相手との戦いで本気を出したりはしない。この連携アビリティが使われたのも第4段階《セミファイナル》では彩園寺《さいおんじ》戦の時だけだ。それを温存しなかったということは、皆実が水上《みなかみ》に対して警戒を、あるいは期待を抱いているということに他ならない。

だから、俺は口元へ遣《や》っていた手を降ろすと、不敵な笑みを浮かべながら小さく前に出ることにした。その動きに目敏《めざと》く気付いたようで、皆実がこてりと首を傾《かし》げる。

「……なに？　あなたも、生身で、電撃参戦……？」

「違う、そうじゃない。……なあ皆実、一つ良《い》いことを教えてやるよ。実はさ、ウチの水上は対《ヘキサグラム》専用の超強化アビリティを登録《セット》してるんだ。水上《こいつ》が独自の研究と調整で組み上げた〝最適解〟……制約を加えてる分、お前のコンボよりずっと強いぜ」

「え？　ち、違いますよ先輩。私だけじゃなくて、榎本《えのもと》先輩にもたくさん手伝って――」

「ふぅん……それ、わたしよりも水上ちゃんの方が凄《すご》いってこと？　……浮気？」

「元々お前に惚《ほ》れ込んでたつもりもねえよ。……けどま、この交戦には関係ないか。お前は《ヘキサグラム》じゃないし、水上の本気も味わえない。残念ながら、な」

「……水上ちゃんの、本気……」

俺の挑発を受け、皆実は微《かす》かに視線を下げたままポツリとそんな呟《つぶや》きを零《こぼ》した。傍《はた》で見ている深弦《みつる》とすみれは何のやり取りか分からず首を傾げているが、皆実にさえ意図が伝われば充分だ。勝敗よりも優先するものがある彼女はこの言葉で絶対に動く。

「ん……それは、ほっとけない」

そして、皆実は淡々とした声音でそう言うと、不意に身体《からだ》の向きを変えた。彼女はそのまま静かに歩き始めたかと思えば、壁際で座っていた柳壮馬の目の前で足を止める。

「じー……」

「……あ？　な、何だよお前、何か用か？」

「そう。……それ、貸して？　大丈夫……今だけだから。すぐ、返すから……多分」

「!?　ちょ、おまっ、おい！」

柳《やなぎ》が抵抗を示すより早く、プチっと器用にも片手でコトを済ませる皆実。

そう――彼女が奪い取ったのは、柳が制服の胸元につけていた《ヘキサグラム》の徽章《きしょう》だった。銀色の六角形を模したそれを、皆実はもぞもぞと自身の制服に付け直す。

「ふふん。これで、わたしも《ヘキサグラム》……正義の味方。似合う？」

得意げに言いながら俺たちの対面に戻ってくる皆実の姿を見て、俺は内心でぐっと拳を握り込んでいた。……狙い通り、だ。今の水上《みなかみ》が〝未完成〟であることを告げれば、皆実《みなみ》は絶対にその力を発揮させる方向に動いてくれると確信していた。

　むしろ、それを見て「へ……？」と目を丸くしたのは水上の方だ。

「ど、どういうことですか皆実先輩!?　そんな、敵に塩を送るようなこと……というか泥棒は犯罪です、悪いことです！　壮馬《そうま》先輩に返してあげてくださいっ！」

「さすが水上ちゃん……とっても、良《い》い子。でも、わたしは盗んだわけじゃない……ちょっとの間、借りてるだけ。それに、敵が強くなるなら塩くらい送るべき……違う？　わたしは、どんなゲームも最強の難易度でやりたいタイプ。多分、ドＭ……参考にして」

「……俺を見ながら言うんじゃねえ」

　普段から飄々《ひょうひょう》と弄《いじ》ってくるくせに実は受け身なのかよ、とか思っちゃうだろうが。

「とにかく……良いんだな、皆実？　お前が徽章《そいつ》を付けるなら今からお前も《ヘキサグラム》の一員だ。水上のアビリティは問題なく発動するぜ」

「いい。むしろ、して欲しい……水上ちゃんの実力は、こんなものじゃないはず」

「っ……」

　真《ま》っ直《す》ぐな青の瞳を向けられ、ぎゅっと拳を握る水上。

　そうして彼女は、流麗な黒髪を舞い散らせながら思いきり顔を持ち上げた。

「分かりました。では、お言葉に甘えて――《一点突破》!!」

決意と覚悟に満ちた宣言――同時、水上の端末が強烈な光を放ち始めた。対《ヘキサグラム》専用の超強化アビリティ《一点突破》。皆実が柳《やなぎ》の徽章《きしょう》を借り受けることで発動条件を満たした水上の〝秘策〟が、瞬く間に姫路《ひめじ》のＥＸＰ総量を塗り替える。

【悪魔陣営――アバター：遠野此花《とおのこのはな》。改変ＥＸＰ総量：６６２００】
【革命陣営――アバター：姫路白雪《しらゆき》。改変ＥＸＰ総量：９８００→９５７００、、、】
【条件更新（遠野此花）：空中を舞っている間は一切ダメージを受けない】
【条件更新（姫路白雪）：地面に立っている間は一切ダメージを受けない】

「む……意外、超えられた……」

更新された表示を見て、眠たげな表情の中に微《かす》かな驚きと歓喜を浮かばせる皆実。

ともかく――強化アビリティの応酬を経て、ようやく両アバターの条件が確定した。次はスキルの選択となるが、相も変わらず水上はデフォルトスキルしか選べない。加えて抽選結果は〝後攻〟だ。どう動くにしても、まずは最初の五分を凌《しの》がなきゃいけない。

「ってわけだけど……やれるか、水上？」

「はい、大丈夫です篠原《しのはら》先輩。この条件なら……！」

律儀《りちぎ》にこちらを振り返ってはこくりと頷《うなず》いてみせる水上。そうして彼女は、流れるような所作《モーション》で端末を手にすると〝防御〟スキルの選択に移ろうとする。同時、その一挙手一投足を見つめていた柳が何故か小さく「はっ……」と笑みを浮かべた気がして――刹那、

「だ、ダメ〰〰〰〰〰〰〰〰〰〰!!!!」

「え？　……って、ひゃわっ⁉」

目の前で展開された光景に、俺は思わず目を見開いていた。……が、まあそれもそのはずだろう。何せ、これまでじっと交戦の行方を見守っていたはずのすみれが悲鳴みたいな大声と共に部屋の中央へ飛び出し、そのまま床を蹴ってふわりと水上に抱きついたんだから。すみれが軽いおかげか二人して転んでしまうような事故には至らなかったものの、ともかくすみれは水上《みなかみ》の胸元にぎゅうっと顔を押し付けている。

「いけないわ、いけないわ！　そんなことをしてはダメよマリ！」

「へ、や、あの、あの……い、いけないのはすみれ先輩の方だと思いますっ！」

「いいえ、いいえ！　わたくしはいけなくなどないの！　それより聞いて、マリ――今マリがしようとしていたこと、あるでしょう？　それがマリの禁止行動なの!!」

「「「……えっ？」」」

そこですみれが言い放った一言に、室内にいるほぼ全員が呆気《あっけ》に取られたような反応を零《こぼ》した。純粋な驚きと、それから疑問。端的に言えば意味が分からない。

中でも、ある程度冷静さを保っていた深弦《みつる》が「はぁ……」と人差し指を額に当てる。

「ねえ、すみれ？　一つ訊《き》きたいんだけど、どうしてそれが分かったの？」

「簡単だわ！　だってわたくし、さっきからソウマのお顔をじーっと観察していたんだもの。それでね、それでね？　マリがスキルを選ぼうとした瞬間、ソウマからとっても強い悪意を感じたの！　きっとマリの禁止行動は〝防御系スキルを選択すること〟よ！」

「そっか。……うん、それは分かったけど、何で普通に言っちゃうのさ？　ボクら、篠原《しのはら》くんたちを裏切って罠《わな》にハメてる真っ最中なんだけど」

「……は！」

電撃に打たれたように目を見開いて、水上から身体《からだ》を離すや否やそそくさと深弦の近くへ戻っていくすみれ。……特に考えがあったわけではなく、思わず教えてしまったということか。ちらりと柳《やなぎ》の方へ視線を遣《や》れば、彼は彼で顔を真っ青にしている。

とにもかくにも——深弦は、申し訳なさそうな顔でパチンと手のひらを打ち合わせた。

「ごめんね、勝負に水を差しちゃって。《決闘《ゲーム》》中は我慢してってって言っておいたんだけど」

「許して欲しいわ、許して欲しいわ！　だって、とっても素敵な方なんだもの！」

謝る素振りを見せつつも水上にキラキラとした視線を向け続けるすみれ。彼女によって救われた、というところなのかもしれないが。

（ただ……その〝禁止行動〟は最悪だ。先に特定できたのはいいけど、《伝承の塔》のルール上、防御系のスキルを選ばずに交戦を進めることなんか絶対に出来ない。続ければ水上のカウントが減って、降参すれば陣営のＥＸＰ《エクスポイント》が極限まで搾り取られる……）

行き着くのはそんな二者択一だ。五分おきに攻守が入れ替わるという仕様上、皆実《みなみ》との交戦を続ける限り水上《みなかみ》は何度でも〝防御〟を選ばされる羽目になる。そうなれば、この場でカウントが尽きてしまう可能性すらあるだろう。深弦《みつる》や悪魔陣営の搾取を受けるのは御免だが、とはいえ水上を失えば俺たちが《ヘキサグラム》を倒す未来はない。

だから、

「────……私の、負けです」

ぎゅっと拳を握りながら、水上は微《かす》かに俯《うつむ》いたままそんな言葉を吐き出した。

それを見て、対面の深弦がほっとしたような笑顔と共に一つ頷《うなず》く。

「うん。これで、革命陣営の所持ＥＸＰが半分悪魔陣営に移動する。本来ならそこにペナルティを加えて終わり、なんだけど、その辺はさっき柳くんも言ってた通りだ。もうすぐボクらの〝一時離脱〟が時間切れになるから、今度は革命陣営から交戦申請を──」

「……？　ううん、残念ながら、それは無理……」

その瞬間、眠たげな声で深弦の台詞《セリフ》を遮ったのは皆実だった。彼女は青の髪を揺らしながら自身の端末を開くと、最上段に位置する陣営情報の項目を投影展開してみせる。

【プレイヤー：皆実雫《しずく》。所属：革命陣営】

「…………は？」

「今さっき、陣営移籍の希望が通ったところ……あなたたち二人が離脱してるから、革命陣営には空きがある。そこに、わたしがゴールイン……デッドスペースの、有効活用」

「いや、でも……どうして？」

「？　どうしても、何もない。さっきの交戦……あのまま続けてたら、多分わたしの負けだった。ストーカーさんが、何かしようとしてるのが見えたから……わたしは《ヘキサグラム》のアビリティに助けられただけ。なら、革命陣営にはわたしに勝てるプレイヤーが二人もいるということ……それは、凄《すご》い」

「ま、そうかもしれないな。……けど、お前は強いやつと戦いたいんだろ？　だったら俺たちとは違う陣営にいた方が良《い》いんじゃないのかよ」

「分かってる、くせに……あなたがそこまで準備をしているということは、相手はそれだけ強いということ。だから多分、あなたの仲間になった方が楽しい……それと、仕返しもしたいから。第4段階《セミファイナル》も、最終決戦《ファイナル》も……せっかく強い人と戦おうとしてるのに、その前に《ヘキサグラム《あの人たち》》が邪魔してくる。そう、わたしは恨み深い女……倍返し、したい」

「……そうかよ。そりゃ面倒な性格だな」

「知ってる。……邪魔なら、帰るけど？」

　皆実が挑発的に（無表情だが）首を傾《かし》げてくるが、もちろん邪魔なわけがない。というか、期待以上の反応だ。皆実に水上の強さを見せつけて、まずは自分と同格以上だと認めさせる。その先は言葉で誘導するはずだったのに、皆実《あいつ》は自分から汲《く》み取ってくれた。

だから——不敵な笑みを浮かべた俺が視線を向ける先は、当然ながら不破深弦《ふわみつる》だ。

「痛み分けだな、深弦。交戦はそっちの勝ちだけど、代わりに皆実《みなみ》はもらっていくぜ。ちなみに、お前らはどうするつもりだ？　革命陣営《こっち》にはあと一つ枠があるけど」

「……さすがにそこまで面の皮が厚い人間じゃないよ、ボクは。皆実さんがいないんじゃ交戦も出来ないし、ここは大人しく引いて……そうだね、ボクらは正式に悪魔陣営にでも入ろうかな。本当は篠原《しのはら》くんの脱落を手土産にするはずだったんだけど……」

「へえ？　こんな前哨戦《ぜんしょうせん》で脱落する相手だと思われてたなら心外だな」

「そうだね、うん。篠原くんに対する評価がまだまだ甘かったみたいだ。でも……だからって安心しないでね？　篠原くんの実力は分かったけど、それでもやっぱり凍夜さんの方がずっと強い。本命はここからだよ——最後に勝つのは、ボクら《アルビオン》だ」

言って、くるりとこちらに背を向ける深弦。同時に彼は——否、彼とすみれの両名は揃《そろ》って悪魔陣営に移籍申請を出したらしい。柳《やなぎ》と皆実が抜けたことで先方には二人分の空きがあるため、ルールに従って一分後にはその申請が受理される。

こうして——悪魔陣営との衝突は、文字通りの痛み分けという形で幕を下ろした。

《SFIA《スフィア》》最終決戦《ファイナル》《伝承の塔》――同時刻、三階層。

「……へえ？　壮馬《そうま》が脱落、ですか」

探索者・枢木千梨《くるるぎせんり》の使用した〝威力偵察〟スキルで《ヘキサグラム》の一員が脱落したことを知った佐伯《さえき》は、大して意外そうでもない声音で呟《つぶや》いた。

元々期待もしていなかった駒だ。脱落してもどうということはない……とはいえ、今は佐伯自身が〝死神〟であり、加えて《残留不可制限》はまだ発動した形跡がない。だとすれば、彼は《カウントダウン》の効果で塔から追放されたことになる。

「壮馬の禁止行動は【《ヘキサグラム》以外のプレイヤーに禁止行動を教えること】よ」

佐伯の隣に立つ阿久津雅《あくつみやび》が、緩やかな嘆息交じりにそう告げる。

「普通なら起こらない前提で組まれていたはずの条件だったのに……本当に、使えない手駒。どうせ他のプレイヤーに誘導されて喋《しゃべ》らされでもしたんでしょうけど」

「どうでしょう？　大胆な行動は慎むはずですが……ふむ」

言いながら、端末を開いてこれまでに調査したプレイヤーデータを眺める佐伯。組織の人脈を使い、決してクリーンとは言えないルートで収集したデータだ。一般に出回っているそれよりは遥《はる》かに情報量が多い。そして佐伯は、その中の一人に目を留めた。

「七番区森羅《しんら》高等学校二年、不破すみれ。非常に高い共感性を持ち、その視線は〝感情を読む〟とされるほど……ですか。悪意や敵意に敏感なら、壮馬の顔色くらい簡単に読めそうですね。おそらく、それを補助するアビリティも使っているでしょうし」

「そうね、だとしたらマズいわ。禁止行動に関する情報が流出すれば薫《かおる》の優位が少しだけ薄れる。……本当に面倒な連中ばかりね。私たちが《伝承の塔》に入った途端、外では探偵気取りの野蛮人共が蠢《うごめ》いているみたいだし……もちろん、手は打っているけど」

「ああ、それは良くない傾向ですね。今一度、知らしめないといけないかもしれません」

阿久津《あくつ》の言葉に同調するようにして静かに頷《うなず》く佐伯《さえき》。

そうして彼は、にっこりと目を細めて笑った。

「――それじゃあ、そろそろ狩りましょうか」

【《SFIA》《スフィア》最終決戦《ファイナル》《伝承の塔》――途中経過（二日目半ば）】
【天使陣営――阿久津雅《みやび》／佐伯薫／藤代慶也《ふじしろけいや》／枢木千梨《くるるぎせんり》】
【悪魔陣営――霧谷凍夜《きりがやとうや》／不破《ふわ》すみれ／不破深弦《みつる》／久我崎晴嵐《くがさきせいらん》】
【王国陣営――彩園寺更紗《さいおんじさらさ》／（石崎亜子《いしざきあこ》）／（結川奏《ゆいかわかなで》）／夢野美咲《ゆめのみさき》】
※石崎亜子と結川奏は天使陣営と同行
【革命陣営――篠原緋呂斗《しのはらひろと》／水上摩理《みなかみまり》／皆実雫《みなみしずく》】
【脱落者――柳壮馬《やなぎそうま》】

第四章　三つ巴の明暗

＃

《SFIA》最終決戦《伝承の塔》——二日目中盤。

深弦の〝裏切り〟と、それに伴う悪魔陣営との交戦をどうにか最小限の被害で切り抜けた俺たちは、しばらく順調に塔の攻略を進めていた。

特に大きかったのは水上の活躍だ。すみれのアシストによって彼女の禁止行動は〝防御系スキルを使うこと〟だと分かっているため、探索や扉の開放に関するスキルはノーリスクで使用できる。《伝承の塔》の仕様的にEXP《エクスポイント》の消費が必要になるのはスキル取得の時だけ、ということもあり、悪魔陣営に削られた所持EXP《リソース》もそれなりに回復していた。

「なのに、何ででしょう……?」

今もまた開放難度Vの謎解きをクリアしてみせた水上だが、直後に端末を開いて肩を落とす。……そう、彼女のカオス値は0のままだ。今はもう一人の使役者である皆実が加わっているから大きな支障はないのだが、それでもやはり疑問は残る。

「多分だけど……カオス値っていうくらいだし、稼ぐのに条件があるんじゃないか？　例えば他のプレイヤーを妨害するような行動にだけボーナスが与えられる、とかさ」

「む。聞き捨て、ならない……それは、わたしが人の邪魔ばっかりする子ってこと？」

「そうじゃねえよ。《伝承の塔》もそうだけど、大抵の《決闘《ゲーム》》は他プレイヤーの妨害をしないと優位に立てないようになってるんだ。けど水上《みなかみ》は、多分今まで一回もそれをやってない。デバフだのジャミングだのを使ってないのはもちろん、例えば〝謎解き〟ジャンルの扉を攻略する時も、水上は絶対に誰も傷付けないルートを選んでる」

「え……え？　そ、そうでしたか……？」

「ああ。ピンと来ないなら無意識なのかもしれないけど」

　真面目で正義感の強い水上は、その性格故に他人の妨害なんて考えもしない——だからこそカオス値が稼げない、というのはいかにもありそうな話だろう。彩園寺《さいおんじ》のような王道プレイヤーがカオス値ランキングの上位におらず、逆に《残留不可制限》を使用した深弦《みつる》が三位に名前を連ねていたことからもその可能性は高いように思える。

「でも、それなら私でもカオス値を稼げるということになりますよねっ？　例えば、深弦先輩が取得してくれた〝ジャミング〟のスキルを使えば——」

「ん……そう、なんだけど。……悪い水上、もう少しだけ我慢してみてくれないか？　これは単なる推測だけど、カオス値が〝貢献度〟とは違うものならただ闇雲に稼げばいいってわけでもないと思うんだよ。何なら低い方が有利な場面だってあるかもしれない」

「低い方が有利な場面……ですか？」

真面目な表情のままさらりと流麗な黒髪を揺らす水上。……言葉通り、現時点では何の根拠もない思い付きだ。何となく引っ掛かる、くらいの感覚でしかない。

「けど……まあ、皆実《みなみ》が入ってくれたおかげでとりあえず〝交戦系のスキルが取れない問題〟は解決してるんだ。だから、水上はこれまで通り――カオス値が上がらないように気を付けながら――扉の開放を、皆実は交戦系スキルの取得を頼む」

「は、はい！　頑張ります……！」

「がってん、しょうち……メイドちゃんに似合う可愛《かわい》い魔法、厳選する」

それぞれに肯定の返事を口にする水上＆皆実の使役者ペアと、そんな二人に『よろしくお願いいたします』と丁寧な礼をしてみせる姫路《ひめじ》。

方針が固まったところで、改めて状況を確認してみよう――現在、俺たちがいるのは四階層だ。交戦を終えてからしばし三階層を探索し、昇降機を見つけて上がってきた。

そうして、続く四階層の攻略。……三階層に入ってから抜けるまで四時間以上かかっていたことから、深弦の《残留不可制限》がそこまで厳しい制限ではない、というのは分かっている。けれど〝途中で他の陣営と遭遇したら〟や〝昇降機の起動条件がとてつもなく難しかったら〟といった不測の事態を考えればやはり油断は出来ない。

それに――こちらはまだ未確定だが、俺の〝禁止行動〟についても嫌な予測が立っていた。昨日の午後三時の時点で、俺の端末に表示されていた残りカウントは【5】。それが今朝の段階で【4】になり、今は【3】まで減少している。昨日から計二回やったことなんていくらでもあるが、夜の間にカウントが進行しているというのがポイントだ。昨日の午後五時以降に行った《決闘《ゲーム》》攻略に関すること……と考えれば、そんなの姫路の召喚くらいしか当てはまらない。アバター召喚スキルの使用、あるいはその容認。佐伯《さえき》は俺が姫路《アバター》を介して外と通信していることを知っているため、可能性としては濃厚だ。

「……だから、そろそろ阿久津を倒しておきたいんだよな」

そんな状況を頭の中で振り返って、俺はゆっくりと口を開いた。

「俺の禁止行動が本当に〝姫路《ひめじ》を召喚すること〟なら、遅くても今日か明日には《カウントダウン》を解除しておかなきゃいけない。それに、水上《みなかみ》の禁止行動だってそうだ。交戦が始まれば二ターンに一回は防御系スキルをセットしなきゃいけないんだから、ちょっと長引くだけで水上は勝手に脱落しちまう。その縛りはちょっと重すぎるだろ」

『はい。その通りですね、ご主人様』

俺の言葉に対し、白銀の髪を揺らして肯定を示したのは隣に立つ姫路白雪《しらゆき》だ。

『通常の交戦は皆実《みなみ》様にお任せすることも出来ますが、《ヘキサグラム》を相手取るには水上様の《一点突破》が絶対的に必要ですので、《カウントダウン》は今すぐにでも解除しておきたいところです。ただ……《ライブラ》の中継を見ている限り、阿久津《あくつ》様のアバターは少々とんでもない性能になっているようでして』

「と、とんでもない性能……白雪先輩、それってどのくらいですか？」

『そうですね。例えば、先ほど四階層へ上がる際に倒した中ボス――皆実様とわたしが挑んだ際は五分ほどかかりましたが、阿久津様は同じクエストを二秒で片付けています』

「はわ!?　そ、そんな……」

「……ふぅん？　それは、なかなかに生意気……」

　姫路の説明に対して純粋に驚く水上と、無表情ながら微《かす》かな敵意を露《あら》わにする皆実。

　おそらく、だが――阿久津のアバターが異常に強いのは、EXP《エクスポイント》もさることながら彼らの、カオス値がとんでもなく高いことが影響しているんだろう。《伝承の塔》のスキルには大抵【カオス値○○以上】という取得条件があるが、それは裏を返せば〝カオス値の高いプレイヤーほど取れるスキルの幅が広い〟ということでもある。RPGで言うところの奥義やら必殺技に当たる凶悪なスキルだって、彼らなら難なく取得できるわけだ。

「ん……そうなると、さすがに《一点突破》頼みってわけにもいかないか」

『ですね。それに、厄介なアビリティだと分かれば罠系のスキルで潰されてしまう可能性すらありますので。佐伯薫《かおる》も阿久津様も水上様の性格は熟知しているでしょうし……』

「そ、そんな……篠原《しのはら》先輩っ！」

　さぁっと顔を青褪《あおざ》めさせ、縋《すが》るような表情で俺に向き直る水上。……まあ、確かに姫路の言う通りだ。佐伯や阿久津が《一点突破》の存在を知っているとすれば、それを無効化する手を取ってくる可能性はかなり高い。

それでも俺は、不安に顔を曇らせる水上《みなかみ》に対して余裕の笑みを浮かべてみせた。

「あいつらがどんな手を取ってくるのかは知らないけど……水上、一つ良いことを教えてやるよ。そういう色んな状況に対処するためのアビリティこそが《十人十色》だ。相手が罠《わな》を張ってくるかもしれないなら、こっちはそれを躱《かわ》す力を用意すればいい」

『はい。索敵や罠の無効化……《潜伏》効果。それは、《十人十色》において七番区のスロットに割り振られた能力です。つまり、七番区森羅高等学校のプレイヤーが革命陣営に加われば、佐伯薫が〝罠〟を仕掛けてきても打ち消せる――ということになります』

俺の言葉を引き継ぐように、姫路《ひめじ》が澄んだ声音でそんな方針を口にする。

そう――陣営メンバーの所属学区に応じて効果が変わる《十人十色》。このアビリティがある限り、俺たちは条件さえ満たせばどんな状況にだって対応できる。その点、佐伯《さえき》に挑むにあたって〝森羅《しんら》と組む〟のはかなりアリな選択だろう。先ほどの深弦《みつる》と柳《やなぎ》の対立から、《ヘキサグラム》と《アルビオン》が繋《つな》がっている可能性はほぼ消えている。

「《十人十色》……さすがに、便利。……ちなみに、わたしの効果は？」

「聖《せい》ロザリアは《鉄壁》だな。一回だけだけど、スキルの効果を完全に無効化できる」

「一回だけ……地味……」

悪くない効果なのだが、どこか不服そうにそんなことを言う皆実《みなみ》。ともかく、彼女はちらりと手元の端末に視線を落とすと、青のショートヘアを微《かす》かに揺らして続けた。

「調べてみたけど……不破不破《ふわふわ》チームは、無理っぽい。マントの人と一緒に、天使陣営に追われてる……理由は多分、禁止行動がバレるから。ストーキングの、大流行……」

「……そうか、すみれか」

　皆実の話に得心して頷《うなず》く俺。確かに、すみれは佐伯にとって予想外の強敵だろう。感知系アビリティの補助を受けることで《カウントダウン》による禁止行動を読み解いてしまうプレイヤー。俺や水上とは違うベクトルで絶対に《決闘《ゲーム》》に残しておけない。

「ってなると、今コンタクトが取れる森羅のプレイヤーは霧谷《きりがや》だけってことになるな」

『……本気ですか、ご主人様？　霧谷様がご主人様と同じ陣営に入るなど、それこそ天地が引っ繰り返っても有り得ないように思いますが……』

「まあ、素直に協力してくれるとは俺も思ってないよ。だけど、どっちにしろ次にあいつと遭ったら交戦になるのは避けられないだろ？　なら、勝敗次第で力を貸せって要求は通るはずだ。断られたらペナルティで〝陣営移籍〟を申請させればいいだけだしな」

『なるほど……確かに、それなら』

「ああ。そうなれば、阿久津《あくつ》に勝つことだって夢じゃなく――――っ!?」

　――ガチャリ、と。

　唐突に鼓膜を撫《な》でた嫌な音に、俺は思わず言葉を呑《の》み込んだ。聞き間違えるはずもないだろう、今のは扉の解錠音だ。紛《まぎ》れもなく誰かがこの部屋に入ってこようとしている。

そうやって俺たちが緊張の糸を張り詰めさせる中……案の定、ブゥンと低い音と共に目の前の扉が開かれた。同時、俺たちの視界に入ったのは一人の女子生徒だ。くすんだ銀灰色の長髪。胸元に輝く六角形の徽章《きしょう》。そして何もかもを見下すような冷徹な視線。

「ねえ――もしかして今、私のことを呼んだかしら？　くだらない野蛮人の分際で」

……二番区彗星《すいせい》の6ツ星にして《ヘキサグラム》幹部・阿久津雅。

およそ最悪の邂逅《かいこう》と言って差し支えなかった。阿久津《あくつ》を倒さなきゃいけないのは事実だが、まだ何の準備も出来ていない。今交戦になればどうやったって俺たちが負ける。

そんなわけで、

「――……逃げるぞ、みんな」

俺は静かにそう告げると、傍《かたわ》らにあったもう一つの扉をEXP《エクスポイント》で強制開放した――。

♭

《SFIA《スフィア》》最終決戦《ファイナル》《伝承の塔》四階層。

天使陣営の――否、《ヘキサグラム》による狩りは、いよいよ終幕に近付いていた。

「あは……」

結末は最初から明白だった。だって、そもそも人数が違う。篠原緋呂斗《しのはらひろと》を追うために阿久津雅《みやび》のみ別行動をしているが、それでも天使陣営の正規メンバーである枢木《くるるぎ》、藤代《ふじしろ》に加えて外部協力者である結川《ゆいかわ》、石崎《いしざき》の計四人を自由に動かせる状況。探索系スキルも相当数取得できているため、狩りの効率はすこぶる良かった。

だから、

「三十五分と二十秒……ですか。よくこれだけの時間逃げ続けていられましたね？　さすがは《ＳＦＩＡ》最終決戦に進出するほどのプレイヤー、といったところでしょうか」

部屋の隅に追い詰めた三人を前に、佐伯薫《さえきかおる》は薄《う》っすらと目を細めてみせる。

「《我流聖騎士団》リーダー・久我崎晴嵐《くがさきせいらん》くん。……お会いできて光栄ですよ」

「ククッ……それはこちらの台詞《セリフ》だ、《ヘキサグラム》リーダー・佐伯薫。この僕に〝逃げる〟などという選択肢を取らせるとはな。喜べ、貴様は僕の歴史に刻まれたぞ？」

「あは、それはどうも。確かに君が敗走しているシーンはあまり記憶にないですね」

襟付きマントを靡《なび》かせて哄笑《こうしょう》する久我崎に対し、笑顔のまま首を横に振る佐伯。

「ですが、今回はどうやら僕の勝ちのようです。天使陣営も悪魔陣営も、お互いに使役者が別行動している歯抜けの陣営ですが……幸い、僕には〝死神〟の力がありますので」

「ククッ……死神、か。正義の組織《ヘキサグラム》の長が死神とはなかなか皮肉なものだが……」

そこで一旦言葉を止めて、久我崎は指先でかちゃりと眼鏡《めがね》を押し上げた。

「――問おう、佐伯薫。《我流聖騎士団》のトップにして音羽《おとわ》を背負うこの僕が、まさか死神に対する方策を用意していないとでも？　そう思われているのだとしたら心外だな」

「いいえ、そんなことは全く思っていませんよ――久我崎くんに対しては」

穏やかな笑顔を浮かべたまま、佐伯《さえき》は久我崎《くがさき》の問いを否定する。……〝不死鳥〟の異名を持つ音羽学園の5ツ星・久我崎晴嵐《せいらん》。彼が対〝死神〟の手立てを本当に持っているのかは不明だが、そんなことはどうでもよかった。だって、佐伯の狙いは彼じゃない。

「「ッ……！」」

そうして佐伯が視線を向けたのは、久我崎の隣――いや、正確にはそのさらに隣。兄に庇《かば》われるような位置取りでカタカタと足を震わせている不破すみれだった。その反応と顔色を見るに、おそらく彼女は佐伯の狙いが久我崎ではなく自分たちであると最初から分かっていたんだろう。共感性だか何だか知らないが、やはり厄介な性質だ。

ともかく、佐伯はにこりと笑ってみせた。すみれではなく、深弦に対して。

「ねえ、深弦《みつる》くん。《残留不可制限》のアビリティを管理しているのは君ですね？　あれは確かに僕たち《ヘキサグラム》にとっても追い風になり得る効果なんですが、やっぱり僕たちは確実に上へ行きたいんです。良かったら解除していただけませんか？」

「……そっか、それが目的なんだ」

佐伯の問いに答えるでもなく、どこか納得したように呟《つぶや》く深弦。彼はしばし考え込むようにじっと俯《うつむ》いていたものの、やがて顔を持ち上げてきっぱりと首を横に振る。

「嫌だ。……っていうか、ここで頷《うなず》くわけないでしょ。《残留不可制限》はボクらの作戦の中核になるアビリティだ。素直に解除するとでも思ってるの？」

「はい、何故《なぜ》なら僕は〝死神〟ですから。君がアビリティを解除するか、僕が君を脱落させることによってアビリティが自動的に解除されるか……結果としては同じことです」

「全然同じじゃないよ。だって、佐伯さんがボクを脱落させたら〝死神〟の役職は誰かに移る。凍夜《とうや》さんとすみれのためにも出来るだけ良《い》い形でパスを回したいからね」

「……なるほど、深弦くんは聡明《そうめい》ですね。そして、なかなかの減らず口です」

圧倒的に弱い立場にも関わらず怯《ひる》むことなく返答を突き付けてくる深弦に対し、佐伯は笑顔のまま自身の端末を持ち上げた。死神限定の役職スキル〝裁きの大鎌〟発動――同時に拡張現実《AR》機能で佐伯の端末を覆ったエフェクトは、まさに死神の鎌のようなそれだ。この切っ先が触れたプレイヤーは問答無用で《伝承の塔》から追放される。

「では、君の要望にお応えして後者の方法を選んであげましょう。全ては篠原《しのはら》くんの不正を暴《あば》くため……良かったですね？　君は、僕たちの正義の礎《いしずえ》に――」

「――――ダメっ、っ、っ、っ、っ!!」

刹那。

佐伯の鎌が深弦を切り裂くよりも早く、後ろで震えていたはずのすみれがドンっと思いきり彼の身体《からだ》を突き飛ばした。もちろん前にではなく、部屋の隅へ。転んだまま呆気《あっけ》に取られる兄を横目に彼女はすっと一歩前に出て、死神の鎌に自らの手を触れさせる。条件達成――処刑執行。すみれの頭上に、蛍光緑の文字色で【七番区森羅《しんら》高等学校／二年／４ツ星／悪魔陣営――不破《ふわ》すみれ。ステータス：脱落】と無慈悲な宣告が刻まれる。

……全ては佐伯が思い描いた通りに、だ。

「あは……」

そんな光景を見下ろして、佐伯《さえき》は苦笑交じりに目を細めた。

「申し訳ありません、すみれさん。お兄さんの方を狙っていたんですが、急に飛び出してくるものですから制止が間に合いませんでした。何とも悲しい事故ですね」

その言葉に神経を逆撫《な》でされたらしく、ダンっと拳を床へ振り下ろす深弦《みつる》。ハッとしたようにすみれが彼に駆け寄るが、悔しげに俯《うつむ》いた深弦は何も応えられない。

「うーん……ですが、困りましたね。《残留不可制限》はここで解除しておきたかったんですが……って、ああ。そういえば、深弦くんの禁止行動は能動的に踏ませやすいものでしたね。他プレイヤーと契約系アビリティを交わすこと――あれなら、すぐにでも」

「――ククッ。その辺りにしておけ、《ヘキサグラム》の」

と……その時、佐伯の前に進み出たのはしばらく口を噤《つぐ》んでいた久我崎晴嵐《くがさきせいらん》だった。

「死神の力を行使したことで貴様のカオス値は激減した。そして――昨日のカオス値ランキングを覚えているか？　次に〝死神〟となるのは霧谷凍夜《きりがやとうや》か、そうでなければここにいる不破深弦だ。貴様のすべきことは一刻も早くこの場を立ち去ることだろう？」

「そうでしょうか。一刻も早く彼を脱落させてしまうこと、では？」

「ククッ……馬鹿を言え、佐伯薫《かおる》。悪魔陣営が手に入れた断章によれば、死神の力が行使されてから次の死神が誕生するまでの時間は〝約三十分〟だ。そして僕は、貴様相手にたった三十分も稼げないほどつまらないプレイヤーになった覚えはない」

襟付きマントをはためかせて――見ようによってはそのマントで深弦とすみれを庇《かば》うようにして――佐伯との交渉を続ける久我崎。茶化《ちゃか》すような口振りではあるもののその目には本気で対抗の意思が込められていて、佐伯はそっと肩を竦《すく》めることにする。

「……分かりました。では、この場は見逃してあげましょう――また後ほど」

呪いを植え付けるようにそう言って、くるりと踵《きびす》を返す佐伯と天使陣営の面々。その中で、ポニーテールの少女……枢木千梨《くるるぎせんり》だけが何か言いたげに深弦たちを振り返り、ほんの一瞬端末に手を遣ったような気がしたが、佐伯に呼ばれて彼女もすぐに去っていく。

そして――そんな彼らの背後では、深弦がぐっと両の拳を握り固めていた。

＃

《ＳＦＩＡ《スフィア》》最終決戦《ファイナル》《伝承の塔》四階層――否、六階層。

「――っ、分かりました！　答えは【〝天空飛翔《ひしょう》〟スキル↓〝轟雷《ごうらい》〟スキル】の連続使用です！　これで、誰もやられずに追手から逃れることが出来ます！」

「おお……すごい、さすが水上《みなかみ》ちゃん。開放難度Ⅶの謎解き扉も、余裕……」

「い、いえ、その、余裕というほどでは……えへへへへ」

「照れてる水上ちゃんも、かわいい……これは、永久保存版」

俺たち革命陣営は、休む間もなく天使陣営の追手・阿久津雅《あくつみやび》から逃げ回っていた。

四階層で遭遇した彼女から交戦を申請されるより早く扉を閉め、階を跨《また》いで数時間ばかりデッドヒートを続けているような状況だ。一度開放した扉は一定時間その陣営にしか通れない、という縛り《ルール》から《伝承の塔》での追いかけっこは逃げる側に分があるが、とはいえ別ルートから回り込まれれば即アウト。無我夢中でフロアを駆けていく。

そんな半ば無理やりな逃走劇が成立しているのには、当然ながら理由があった。

『本当に冴えていますね、水上様……3ツ星の範疇《はんちゅう》をとっくに超えている気がします』

皆実《みなみ》と一緒に次の扉に挑む水上の後ろで、姫路《ひめじ》がこっそりと耳打ちしてくる。

そう――水上摩理《まり》。嘘《うそ》が嫌いで冗談に弱く、ブラフなんて有り得ない……という性質を持つ彼女だが、代わりにこうした〝対戦相手のいない思考戦〟はお手の物だった。姫路や皆実ですら若干の思考を要する謎解き扉をほぼノータイムで開放していく。

『これでも本気になったお姉ちゃんには全然敵《かな》わないんですけど……』

などと謙遜していたが、相当にハイレベルな才能と言って差し支えないだろう。

　ともかく、そうして突き進むことしばし。

「お……やっと引っ掛かったか。水上、ここの隣が昇降機部屋みたいだ。一気に行くぞ」

「はいっ、篠原《しのはら》先輩！」

　俺の言葉に黒髪を揺らして振り返り、嬉《うれ》しそうな笑顔で返事をしてから扉の前に駆け寄る水上。子犬っぽいというか何というか、素直な後輩という感じでとても良《い》い。

「えっと……？　交戦扉か。出てくるモンスターを一ターンで倒し切る、ってのが勝利条件。で、失敗するごとに十分間の〝移動禁止〟ペナルティが発生する」

「交戦……なら、わたしの出番。水上ちゃんは、下がってて……」

「は、はい！　お願いします、皆実先輩……！」

　青のショートヘアを揺らす皆実に指示されるままトトっと後退《あとずさ》りし、俺の隣でごくりと唾を呑《の》み込《こ》む水上。この辺りも俺たちの間で取り決めた方針だ。万が一にも防御系スキルを選ばされてしまうことがないよう、水上は極力交戦に参加させない。

　もちろん、皆実一人の手に余るくらい凶悪な相手なら話は別だが――と、俺が下を向いてしばし思考に耽《ふけ》っていると、当の皆実がくるりとこちらを振り返ってきた。

「ぶい」

「え。……まさか、もう勝ったのか？　今の一瞬で？」

「見てなかったの……？　それは、ひどい。猛抗議……出るところに、出てもいい」

「そ、そうですよ篠原《しのはら》先輩！　今、今凄《すご》かったんです！　皆実《みなみ》先輩の鮮やかな手腕！」

「そう……水上《みなかみ》ちゃんは、分かってる。男の子が見たら、わたしのファンにならざるを得ない……それくらいの、可憐《かれん》な攻勢。お色気シーンも、あった気がする……」

「ありましたか⁉」

俺に対する文句を変化球で突き付けてくる皆実と、そんな彼女の小ボケをいちいち拾ってあげる水上。タイプはまるで違う二人だが、意外と良《い》いコンビなのかもしれない。

「ま、とにかくお手柄だ皆実。可憐だのお色気だのは見てなかったから知らないけど」

「むむ……扱いが、雑。どうせわたしは、サブヒロイン……物語の途中で悲運の死を遂げて主人公の心を一生捉えて離さない系、女子……」

「……謙虚に見せかけてめちゃくちゃ属性を盛るんじゃねえ」

そんな突っ込みを入れつつ、とはいえ本当に落ち込んでいるような気がしないでもないため、改めて「ありがとな」とだけ言ってみる。すると彼女は無表情のままこくりと頷《うなず》いて、それから明らかに機嫌を良くして俺に背を向けた。

まあ、とにもかくにも——探索スキルも示していた通り、扉を抜けた先は七階層へ至る昇降機部屋だ。随分上まで来たものだが、それでもまだまだ先は長い。

「えと、昇降機の起動条件は……って、え？　な、何でしょうか、これ……？」

そこで、提示された文章を見た水上が困惑気味の声を上げ、不思議そうな表情のまま俺たちの方を振り返った。……が、そうなるのも無理はないだろう。目の前に表示された蛍光緑のテキストは、これまで突破してきた昇降機の起動条件とは一線を画している。

【起動難度0――ジャンルなし。条件：〝覚悟を決めて乗り込むこと〟】

「……どう思う、姫路《ひめじ》？」

咄嗟《とっさ》には意味が分からず、思考を整理するためにも隣の姫路へ話を振る俺。彼女は三角帽子《ぼうし》の鍔《つば》を少しだけ持ち上げると、いつも通りの涼しげな口調でこう切り出す。

『おそらくですが、起動条件が書き換えられているのだと思います。既に上階へ行っているプレイヤー――霧谷《きりがや》様が通過した際はこのような内容ではありませんでしたので』

「起動条件の書き換え……でも、六階層《ここ》まで辿《たど》り着いたのは俺たちで二組目だよな？　ってことは、必然的にその書き換えをしたのは霧谷だってことになる」

『その通りです。そして、既に《ライブラ》の放送では明らかになっていますが、七階層は少し特殊な構造になっていまして……端的に申し上げますと、交戦を回避するのはほぼ不可能です。そして霧谷様は、数時間前からそこを動いていません』

姫路の説明を聞き、思わずひくっと頬《ほお》を引《ひ》き攣《つ》らせる俺。……今まで最速攻略を極めていたのに何故《なぜ》か立ち止まっているという霧谷。交戦を回避できない特殊なフロア。書き換えられた昇降機の起動条件。ここまで条件が揃《そろ》っていれば答えは一つしかないだろう。

「熱烈、歓迎……もしくは、求愛？」

「……もしくは、の後は要らないけどな」

一応否定はしておくが、まあ要するにそういうことだ。霧谷凍夜《きりがやとうや》は俺を待っている。待ち構えている。もう焦《じ》らされるのはうんざりだと——ここで決着をつけようと。

(だったらもう少し準備でもしておきたいところだったけど……いや、ダメだ。阿久津《あくつ》がすぐ近くまで迫ってきてる。とんでもない挟み撃ちだな、おい……)

心の中でそんな悪態を零《こぼ》しながら、俺は切り替えるように小さく頭を振った。……分かってる。俺がこの《決闘《ゲーム》》で勝つためには、どの道《ヘキサグラム》も《アルビオン》も攻略しなきゃいけないんだ。加えて、今の俺たちの目標は〝森羅《しんら》のプレイヤーを革命陣営に引き入れること〟。霧谷との対面はむしろ望むところだと言っていい。だから、

「——行こうぜ、みんな。覚悟なんて、ここに来る前からとっくに出来てる」

俺は不敵な笑顔でそう言って、躊躇《ちゆうちよ》なく昇降機の床を揺らすことにした。それに姫路《ひめじ》と水上《みなかみ》が続き、最後に皆実《みなみ》がマイペースな歩調でとんっと乗り込んでくる。

そうして、鈍い駆動音と共に持ち上げられること十秒余り。

「へえ……」

昇降機が七階層に到達した瞬間、俺は感心にも似た微《かす》かな吐息を零していた。

特殊な階層——ああ、そう評されるのも当然だろう。何せ、七階層の内周部には小部屋がない。全ての部屋がぶち抜かれていて、外周部分の三つの部屋へ繋《つな》がる扉だけが見えて

いる。要はフロア全体で四つしか部屋がないわけだ。確かにこれでは逃げられない。

そして……そんな異質な空間で俺たちを待ち受けていたのは、たった一人の戦闘狂《プレイヤー》。

「ひゃはっ――よく来たな、篠原《しのはら》」

〝絶対君主〟霧谷凍夜が、愉悦に満ちた笑みを浮かべてそこにいた。

♯

《SFIA《スフィア》》最終決戦《ファイナル》《伝承の塔》七階層――。

俺たち革命陣営は、悪魔陣営を率いる6ツ星の暴君・霧谷凍夜と対峙《たいじ》していた。

「よう霧谷、一階層ぶりだな。こんなところで俺を待っててくれるとは殊勝なもんだ」

「まーな。何せ――見ろよ、このフロア？　まるでオレ様たちがぶつかり合うために用意された特設会場みてーだろ。本当は最上階で、とも思ったんだけどな、面倒なことにそっちはそっちで余計な邪魔が入りそうな気配がプンプンしやがる。ってわけで、その前にてめーとオレ様の勝負にケリを付けようぜ？　どっちが上か証明するためにもな」

「どっちが上か、ね……」

言いながら、俺は口角を上げるようにして小さく笑う。

「その誘いには乗ってやってもいいけど、だとしたらお前に一つ残念なお知らせがある」

「あぁ？」

「どうしても振り切れなくてな。……俺たち以外に、もう一人お客さんがいるんだよ」

そんな言葉を紡ぎ終わるのとほぼ同時、唸《うな》るような音と共に俺の背後にあった昇降機が再び稼働し始めた。そいつは、間髪《かんぱつ》容れずに次なるプレイヤーを乗せてくる。

その参加者《プレイヤー》というのは、他でもない――

「あら……身の程も弁《わきま》えない野蛮人が下らない論争で盛り上がっているようね」

――《ヘキサグラム》の6ツ星幹部・阿久津雅《あくつみやび》。

彼女は七階層に辿《たど》り着《つ》くなりそう言うと、固い足音を響かせながらコツっとフロアに降り立った。落ち着き払った冷酷な態度。銀灰色の長髪がさらりと彼女の後を追う。

「本当なら、貴方《あなた》たちの低俗な争いになんて関わりたくもないんだけど……薫《かおる》の頼みだから仕方ないわ。それ、私も混ぜてもらえる？」

「……へえ？　佐伯《さえき》がお前を派遣したのかよ」

「ええ、私は薫の指示以外では動かないから。でも、この件に関しては単独でも同じことをしたでしょうね。《伝承の塔》は薫の勝利で終わっていい。篠原緋呂斗《しのはらひろと》は薫に負けて醜態を晒《さら》す悪役として配置されているだけだし、霧谷凍夜《きりがやとうや》はそれを妨害するもう一つの悪としてスパイス気味に投じられているだけ。だから、働きとしてはもう充分よ――貴方たちは、ここで静かに果てなさい」

俺と霧谷に対して等しく冷徹な言葉を叩《たた》き付ける阿久津。……こんなところまで部下任せ、というのがいかにも佐伯らしいところだが、ともかく阿久津の狙いは明白だ。

「それで……どうなんだよ、霧谷？　わざわざ待ち構えてたんだから何かしら用意はあるんだろ。そいつは一対一じゃなきゃ出来ないことなのか？」

「あ？　おいおい、つれねーな篠原。せっかくオレ様とてめーとの頂上決戦だってんのに他人を入れることに何の抵抗もねーのかよ？」

「あるわけないだろ。っていうかお前、まさか阿久津にビビってんのか？」

「煽《あお》んなよ、オレ様は最初っからやる気だ。……ま、別にいいぜ？　てめーがオレ様や篠原とタメ張れるほどのプレイヤーなら喜んで参加させてやる」

「……随分と舐《な》めた口の利《き》き方ね。野蛮人のくせに上から目線で喋《しゃべ》らないでくれる？」

「ひゃはっ……おいおい、このイベントが始まる前にてめーらの方からオレ様を誘いに来たのを忘れたのかよ？　手を組んで篠原を潰そうだの何だのっていう、センスの欠片《かけら》もねー協力要請だ。そいつを蹴っただけでちと扱いが変わりすぎじゃねーのか？」

「当たり前ね。薫は貴方を認めているようだけど、私としては貴方を〝仲間〟と呼ぶだなんて絶対にお断りだから。それくらいで調子に乗らないで」

「……前言撤回だ、クソアマ。てめー、是が非でもオレ様と篠原の勝負に参加しろ。お高く留まったてめーらに〝格の違い〟ってやつを思い知らせてやるよ」

「暑苦しい……というか、野蛮人に格なんて言葉を使われると尚更《なおさら》腹立たしいわね」

低い声で威嚇する霧谷《きりがや》と、それを絶対零度の口調で突き放す阿久津《あくつ》。もちろん、どちらも相手を侮っているわけではないのだろう。二色持ち《ダブルカラー》の6ツ星である霧谷の強さは言わずもがなだが、阿久津もまた非常に強力なプレイヤーだ。二番区彗星《すいせい》の学区代表クラスであり、《ヘキサグラム》の中心メンバー。実戦経験は他のプレイヤーを圧倒する。

そんな彼女の参戦を正式に認め、霧谷は「……ひゃはっ」と愉《たの》しげに口元を歪《ゆが》めた。

「じゃあ、こっからが本題だ――今からオレ様たちは、この七階層《フロア》で交戦をする。ただし普通の交戦じゃねー、オレ様好みにルールを弄《いじ》った〝特殊交戦〟だ」

『……一つ伺ってもよろしいでしょうか、霧谷様？　《伝承の塔》の交戦ルールは予《あらかじ》め決められています。改変することなど出来ないはずですが……？』

「普通はな。だがてめー、オレ様が何のために先行してここまで来たと思ってやがる？」

『それは、当然目立つため……いえ、もしかして何かの準備をするためでしょうか』

「そういうこった」

言って、霧谷はニヤリとした笑みを浮かべたままタンッとフロアの床を蹴ってみせた。

「この七階層にはとあるアビリティの効果が付与されてる――《再構成・改《リジェネレート》》。色付き星《ユニークスター》の特性をまとめて突っ込んだ二色混合のアビリティだ。こいつが効いてる限り、この階層で行われる交戦はルールも仕様も報酬も何もかもオレ様の気分次第で設定できる」

「ふぅん……？　つまりは、俺ルール……さすがに、横暴。暴虐の、極み……」

「うるせーガキ。しれっと悪魔陣営《オレ様》を裏切っといてこのくらいで文句言ってんじゃねー」

「……む、意外にも正論」

無表情のまますらりと青の髪を揺らして早くも口を噤《つぐ》んでしまう皆実《みなみ》。

彼女の言う通り、確かに暴虐の極みではある――が、俺にとっては悪くない展開でもあった。現状で阿久津《あくつ》と通常の交戦を行った場合は俺たちの勝ち目などないに等しいが、三つ巴《どもえ》の特殊交戦ならルール次第でどうにでもなる。

そこまで思考を巡らせてから、俺は話を本題に戻すことにした。

「ともかく……要は、この三組で交戦をするってことだよな。《決闘《ゲーム》》内《決闘《ゲーム》》とかじゃなくてあくまでも〝交戦〟なら、負けた時のペナルティなんかもそのままか？」

「ああ、所持EXP《エクスポイント》の半分と選べる一つの足枷《あしかせ》だ。……と思ってたんだけどな、やっぱりそれじゃイマイチ味気ねー。だから、勝った場合の報酬を何でも一つ設定できることにした。例えばオレ様の要求は――【篠原緋呂斗および阿久津雅の脱落】だ」

「……言ってくれるな」

「ひゃはっ、オレ様は強えやつにしか興味がねーんだ。オレ様以下なら要らねー」

霧谷《きりがや》のストレートな言い分に対し、俺は「そうかよ」と小さく肩を竦《すく》める。

「なら、俺の要求はこうだ――霧谷。俺が勝ったら、お前には俺の仲間になってもらう」

「……あ？　どういうこったよ、それは？」

「分かってるだろ？　俺の敵はお前だけじゃない。《ヘキサグラム》を倒すにはまだまだ戦力が足りないんだ。だから、俺が勝ったら革命陣営で扱《こ》き使《つか》わせてもらうぜ」

そんな俺の宣言に対し、霧谷はしばらく妙な顔で黙り込んでいた。俺が心の中でその反応を訝《いぶか》しんでいると、やがて彼は堪《こら》え切れないといった様子で笑い始める。

「ひゃはっ……ひゃははは！　やっぱりてめー、死ぬほど面白《おもしれ》えな！　あーあー、これだから《決闘《ゲーム》》はやめられねー……いいぜ、篠原《しのはら》。もしもオレ様が負けたら、この《伝承の塔》が終わるまでオレ様はてめーの軍門に下ってやる。んで、てめーはどうすんだ阿久津？　支配者気取りのてめーらのことだし、さぞかし苛烈な――」

「――【私が勝ったら、二人とも佐伯薫《さえきかおる》に跪《ひざまず》いて崇拝の言葉を投げること】」

「「…………」」

「もちろん《ライブラ》の中継に映っている場所で、ね。私は貴方《あなた》たちに何の価値も感じていないから、せめて薫の価値を上げられるよう身を削って尽力しなさい」

「……下手したら脱落よりも嫌だな、それ」

「同感だが、別に構いやしねーよ。オレ様の要求以外はどうせ実現されねーんだ」

阿久津の発言に苦い顔で感想を零《こぼ》す俺と、好戦的に口角を釣り上げる霧谷。

が……まあ、とにもかくにも、これで準備は整った。

「ひゃはっ。んじゃ、待ちきれねーしそろそろ始めるぞ――バトルの時間だ」

悪魔陣営VS天使陣営VS革命陣営——。

《伝承の塔》の命運を大きく揺らす三つ巴《どもえ》の特殊交戦が、今まさに始まろうとしていた。

＃

【《SFIA《スフィア》》最終決戦《ファイナル》《伝承の塔》七階層——特殊交戦】

【各陣営は、交戦に挑むプレイヤーを一名ずつ選出する。選出されなかったプレイヤーはこの交戦に一切干渉することが出来ず、また途中でのプレイヤー交代は不可とする】

【七階層には四つの部屋が存在し、各部屋には三つの扉が設置されている。そして、これらの扉は全て〝開放条件を任意に書き換えられる〟ようになっている】

【交戦は、三名の参加者から一名が〝出題者〟に、他の二名が〝回答者〟になって進行するターン制のものである。出題者が一巡した段階で各プレイヤーの所持pt（後述）を比べ、最も多くのptを所持していたプレイヤーがこの交戦の勝者となる】

【出題者：三つの扉の開放条件を個別に設定する。ジャンルは〝条件付き戦闘《クエスト》〟とし、世界観や舞台設定などは全てのプレイヤーで共通。そして、出題者が設定した開放条件を元に、各扉にはⅠからⅩの〝攻略難易度〟が割り振られる】

【回答者：各扉の〝攻略難易度〟のみが判明している状態でいずれかの扉を選択し、その開放に挑む。攻略にはアバターを用いるが、役職間の有利不利をなくすためスキルは一切使えないものとする。ただし、ＥＸＰ総量《ステータス》は反映されるほか、各アバターはスキルの代わりにこの交戦限定の〝アイテム〟を使用できる】

【アイテム：扉の攻略を補助するもの。全てのクエストに対して十種類のアイテムが用意されており、プレイヤーが〝抽選〟を行う度にその中から一つが該当アバターへ与えられる。希少度《レアリティ》はＳからＣの四段階で、当選確率は《Ｓ：Ａ：Ｂ：Ｃ＝１：２：３：４》。Ｓランクのアイテムはそれだけで開放条件を達成できる程度の力を持つ】

【アイテムの抽選が行われたのち、プレイヤーは〝すぐにクエストに挑む〟か〝アイテムの抽選をもう一度行う〟かを選択することが出来る。クエストを開始しない限りアイテムの抽選は何度でも実行でき、その間に排出されたアイテムは全て使用可能とする】

【ｐｔについて：扉の開放に失敗した場合、プレイヤーに与えられるｐｔは０となる。逆に成功した場合、プレイヤーには《扉の攻略難易度（Ⅰ～Ⅹ）》と《抽選ＢＯＸに残ったアイテムの個数（1～10）》を掛け合わせた数のｐｔが与えられる。
例：攻略難易度Ⅷでアイテムを七つ残してクリアした場合→８×７で56ｐｔ】

「……ふぅ」

霧谷凍夜《きりがやとうや》によって仕掛けられた三つ巴《どもえ》の特殊交戦。

提示されたルールを頭の中に叩《たた》き込み、姫路《ひめじ》と軽く言葉を交わして最低限の作戦会議を済ませた俺は、集中も兼ねて静かに息を整えていた。

「が、頑張ってください、篠原《しのはら》先輩！　それに、白雪《しらゆき》先輩も……！」

そんな俺にエールを送ってくれるのは水上《みなかみ》だ。頬《ほお》は微《かす》かに上気していて、ぎゅっと握られた拳には震えが見受けられる。きっと、見ていることしか出来ない状況が歯痒《はがゆ》いんだろう。これから始まる交戦は三陣営のぶつかり合いであり、参加できるプレイヤーは各陣営から一人だけ。そして、この交戦だけは誰かに任せるわけにもいかない
だから俺は、彼女の不安を取り去るようにニヤリと笑みを浮かべてみせる。

「ああ——というか、そもそも俺が負けるわけないだろ？　何せ〝学園島《アカデミー》最強〟だぞ」

「っ……は、はい、そうでした！　では、私は皆実《みなみ》先輩と一緒に応援しています！」

「？　わたしは、別にどっちでもいい……だって、陣営はいつでも変えられる」

「おい」

「……心の声が、漏れただけ。ほんとは、ちょっとだけ応援してる……」

すっと視線を逸《そ》らしてそんな言葉を零《こぼ》しつつ、水上に連れられるような形で壁際へと移動していく皆実。本気と冗談の区別がつかないやつだが、まあ素直に受け取っておこう。

『では――参りましょうか、ご主人様』

魔女装束になっても立ち位置は変わらない姫路の言葉を受け、俺は改めて身体《からだ》を反転させる……と、視界に飛び込んできたのは既に臨戦態勢となった二人のプレイヤーだ。七番区森羅《しんら》高等学校三年・6ツ星二色持ち《ダブルカラー》の霧谷凍夜と、二番区彗星《すいせい》学園高等部三年・6ツ星にして《ヘキサグラム》幹部でもある阿久津雅《あくつみやび》。そんな彼らと対等、いや彼らよりも格上である絶対的な〝7ツ星〟として、俺は今から二人を蹴散らさなきゃいけない。

（大変だけど……）

やるしかないんだ。こんな交戦《モノ》は、佐伯薫《さえきかおる》を倒すための前哨戦に過ぎないんだから。

「ってわけで――待たせたな、二人とも。革命陣営からは俺が参加する」

「ひゃはっ、ったりめーだ。ここで篠原以外の誰かが出てきてたとしたら、オレ様は〝死神〟の力で即刻てめーを脱落させてるっての」

「死神？　って……もしかして、佐伯からお前に移ったのか？」

「ああ、ついさっきな。大方、あいつが誰かを脱落させたんだろーが……ま、そんなことはどうでもいい。死神なんざいなくても、この交戦が終わりゃてめーらは脱落する」

「…………」

「んじゃ、早速一人目の出題と行こうじゃねーか――抽選だ」

霧谷《きりがや》がそう言った瞬間、俺たちの前に巨大なルーレット盤が投影展開された。ピンッと勢いよく回り始めた針がやがて緩やかに減速し、ピタリと止まって一人を指し示す。

【第一出題者――悪魔陣営：霧谷凍夜《とうや》】

「ひゃはっ！　いいねえ、オレ様が最初の出題者か。なかなか悪くねー展開だ」

「悪くない……？　順番に優劣でもあるってのか？」

「いいや？　それはねーよ。けどな、この交戦でｐｔを獲得できるのは〝回答者〟の時だけ……つまり、出題者ってのは守る側なんだよ。んで、オレ様は勝つのが大好きだ。逆転するならともかく、されるのは全く趣味じゃねー」

「……はいはい、そうかよ」

真面目に聞こうとした俺が馬鹿だった。

ともかく、最初の出題者である霧谷には一定時間の猶予が与えられ、この間に彼は三種類の開放条件を設定する。ジャンルは〝条件付き戦闘《クエスト》〟なら何でもＯＫだ。設定された開放条件に応じて扉には〝攻略難易度〟が振られ、回答者側はそれを見て扉を選ぶ。

『――ですので、簡単に言えば選択式のチキンレースのようなものですね』

と、そこで、姫路《ひめじ》が白銀の髪をさらりと揺らして囁《ささや》くような声を掛けてきた。

『まず出題者は、難易度の高い扉を用意すれば攻略される可能性は下げられますが、逆にクリアされてしまった場合のリスクが高くなります。そして回答者側にも選択肢があるのがポイントです。低い難易度の扉ならクリアは容易かもしれませんが、ｐｔの伸びは見込めません。ですが、高難度の扉を選んでアイテム運が悪かった場合が最悪です』

「だな……アイテムってのは、要するにソシャゲのガチャみたいなもんだ。十個のアイテムからランダムに一つが手に入る完全な運ゲー。んで、入手ｐｔは攻略難易度と残りアイテム数との掛け算なんだから、良《い》いアイテムが引けなきゃどんどん削られることになる」

『そうですね。状況次第、といったところかもしれませんが……』

手袋を嵌《は》めた指先をそっと唇の辺りに触れさせながら考え込むように呟《つぶや》く姫路。

そして――そんな俺たちの対面で、準備を終えた霧谷が静かに端末を掲げてみせた。

「よお、待たせたな。たった今、この部屋にある三つの扉にオレ様の作った開放条件がセットされた。攻略難易度は左からⅢ、Ⅴ、Ⅹだ。まずは一人ずつ扉を選べ」

「ああ。……って、そういや霧谷。回答者二人が同じ扉を選んだ場合はどうなるんだ？」

「どうにもならねーよ。抽選で順番だけ決めて同じクエストに挑んでもらう。アバターの性能もアイテムも違うんだから他人のやり方を見たって参考になんかなりゃしねー」

「……なるほど」

扉の選択が被った場合のペナルティは特にないらしい。となれば、阿久津の出方なんかは関係なく、完全に自分の都合で選んでいいということになる。

（姫路《ひめじ》も言ってた通り、扉の選択はめちゃくちゃ重要だ……アイテムの運も絡んでくるから、ただ闇雲に高難易度の扉を選べばいいってわけでもない。けど……）

そこまで考えた辺りで小さく首を一つ振る俺。そして、

「悩むまでもないな——俺は、攻略難易度Ｘの扉を選ぶ。それ以外に選択肢はない」

「ひゃはっ！　いいねえ、７ツ星！　やっぱ学園島《アカデミー》最強はそうでなくっちゃなあ‼」

「……いや、等級は関係ないだろ」

呆《あき》れたようにポツリと呟《つぶや》く。……見栄《みえ》がどうこうではなく、単純に入手できるｐｔに格差がありすぎるんだ。攻略難易度Ｘの扉でアイテムを四つ使った場合のｐｔが【60】であるのに対し、攻略難易度Ｖの扉はアイテムなしでクリアしても【50】ｐｔしか入手できない。これなら、運ゲーに賭けてでも高難易度の扉を選んだ方がマシだろう。

「……じゃあ、私もそれで。野蛮人と選択が被るのはあまり気分が良くないけれど」

ふぅ、と仕方なさそうな溜《た》め息《いき》と共にそんな言葉を口にする阿久津。言い方には棘《とげ》がある（どころか攻撃をしているようにしか感じられない）が、ともかく選択は出揃《でそろ》った。二人ともが最高難度の扉を選んだため抽選が発生し、俺が〝先攻〟ということになる。

「ひゃはっ――んじゃまあ、逝《い》ってきやがれ！」

そうして霧谷《きりがや》が大きく片手を振り上げた――瞬間、世界が変わった。

（は……？）

広大な平原、荒れ地に森林、果ては山岳地帯に城下町――。

あらゆる地形を一望に出来る丘の中腹に、魔女装束の姫路が一人で立っている。

拡張現実《AR》で作られた映像が部屋全体に拡大されたのだ、と理解するまでしばしの時間が必要だった。ＲＰＧの王道的要素をありったけ抽出したような世界。ただし牧歌的な雰囲気というわけでもなく、見上げた空は赤紫に染まっているし、遠くから地鳴りのような音すら聞こえてくる。強い風に攫《さら》われそうになり、姫路がきゅっと帽子《ぼうし》を押さえた。

そして……俺の目の前には、見慣れた蛍光緑のテキストメッセージが表示されている。

【――あなたは、とある理由からこの世界を統《す》べる龍《りゅう》を怒らせた】

【龍は、あなたの命を狙っている。それを捧《ささ》げない限り龍の怒りは決して鎮められない】

【あなたは無謀にもその運命に反逆し、龍を打ち滅ぼさんとしている。彼《か》の龍の心臓を一突きに出来る〝聖なる矢〟すらまだ見つかっていないのに、だ】

【その上であなたが龍に挑もうというのなら、武器を取れ】

【七階層攻略基準ＥＸＰ《エクスポイント》：４９０００】

【〝この世界を統べる龍《りゅう》〟——ＥＸＰ総量：２５００００】

（!?　25万……十階層の基準値越え!?　エンディング後の裏ボスかよ!!）

開示された敵の強さを見て、俺は内心で頬《ほお》を引《ひ》き攣《つ》らせた。……有り得ない。阿久津《あくつ》との逃走劇を繰り広げている最中もアバター強化は常に行っていたものの、姫路《ひめじ》のＥＸＰ総量は現在４７０００。階層の攻略基準をやや下回るレベルであり、龍との差は歴然だ。

それでも俺は、冷静に状況の分析を開始する。

「心臓を一突きに出来る〝聖なる矢〟……多分、これがＳランクアイテムなんだろうな」

開放条件のテキストに含まれている重要な単語《ワード》——龍を打ち滅ぼす、と明言されているくらいだから、これこそが十分の一の確率でしか手に入らない切り札《キラー》的なアイテムなのだろう。引き当てることが出来ればその時点で龍を倒せることが確定する。

『はい、その理解で間違いありません。その他のアイテムも戦闘の役に立つものや、あるいは劣勢を打破するためのものですので、アイテム次第では充分に勝てるはずです』

「だな……じゃあ、とりあえず良《い》いアイテムが出るまで粘ってみるか」

こくり、と頷《うなず》いてくれる姫路に後押しされ、俺はアイテムの抽選に挑むことにする。

抽選ＢＯＸは、俺の目の前に浮かぶ真っ黒な立方体だ。これに端末を翳《かざ》すと即座に抽選が開始され、ＢＯＸ内にあるアイテムのうち一つが拡張《ＡＲ》現実世界のアバターに与えられるという仕様らしい。同時に、俺の端末にはそのアイテムの詳細情報が表示される。

「っと……」

一つ目に出たのは攻撃を一度だけ無効化できるBランクアイテム【聖者の羽衣】だ。ただ、防御だけじゃどうにもならないと判断し、二度目の抽選――排出されたのは相手の動きを一瞬止めるCランクアイテム【光煙筒】。悪くはないが、やはり決定打に欠ける。

そして、

「三つ目……よし、来た」

Sランクアイテム【紫電の弓矢】――。

テキスト内で明言されていた最強のアイテムを引き当て、俺は迷わず次の抽選を放棄すると端末の画面を一撫《な》でしてクエストの開始を宣言した。すると、先ほどは杖《つえ》を持っているだけだった姫路が、いつの間にか雷光を纏う大きな弓矢を構えている。傍《かたわ》らには【聖者の羽衣】や【光煙筒】なんかも転がっているが、わざわざ使う必要はなさそうだ。

そうこうしているうちに、拡張現実世界《AR》ではだんだんと風が強くなってきていた。竜巻じみた突風がそこかしこで発生し、空は地獄のような紅蓮《ぐれん》に染まっている。そして、そんな中から神の如《ごと》く舞い降りてきた怒り狂った龍は――

『えい』

……姫路の放った矢により致命的なダメージを受け、一瞬にして墜落した。

【革命陣営：篠原緋呂斗《しのはらひろと》——開放条件クリア】
【獲得pt：攻略難易度X×残りアイテム数7＝70pt】

（お、おおお……すげえ）

微《かす》かな安堵《あんど》とそれを掻《か》き消すくらい迫力のある映像に内心でそんな声を零《こぼ》す俺。……とりあえず、これで霧谷《きりがや》の仕掛けた開放条件はクリアだ。ptとしても悪くはない。

が——傍《はた》で見ていた阿久津雅《あくつみやび》は、何やら少々不満げな様子だ。

「全く、つまらない作戦ね。もし三回目の抽選でSランクアイテムが出ていなかったらどうするつもりだったの？　今のやり方なら1ツ星のプレイヤーでも再現できる」

「……へえ？　品評とは随分余裕だな、阿久津。次はお前の番だぜ」

「はぐらかさないで、って何度言ったら伝わるのかしらね。……でも、まあいいわ。貴方《あなた》との会話に価値なんてないし——それに、身の程を弁えてもらう良い機会だから」

突き放すようにそう言って、阿久津は静かな足取りで部屋の中心へ進み出る。彼女が自身の姿を模したアバターを召喚すると、同時に世界が再び塗り替えられた。龍《りゅう》の死骸こそなくなっているものの、落下地点と思わしき場所に大きなクレーターが残されている例の拡張現実世界《AR》。姫路《ひめじ》の使った【紫電の弓矢】も近くに転がっている。

（ん……そうか、舞台設定が共通だから前のターンで起こった内容はそのまま引き継がれるのか。まあ、さすがにアイテムの効果は消えてるんだろうけど……）

特殊交戦のルールを思い返しながら密《ひそ》かにそんな思考を巡らせる俺。

と――その時、阿久津の前に立つアバターを見ていた姫路がこくりと息を呑《の》んだ。

『そ、んな……』

「……どうした、姫路？」

『いえ、その……ご主人様。阿久津様の使役しているアバターですが、ＥＸＰ総量が20万を超えています。アビリティで強化しているのだとしても、この数値は……』

（っ…………は、はあ!?）

とんでもない発言が聞こえて思わず思考を止める俺。

ＥＸＰ総量20万――それは、最上階の攻略基準値すらも遥《はる》かに超えた数字だ。控えめに言って規格外。もしこれがアビリティによる一時的な強化なのだとすれば、その性能は水上の《一点突破》を凌駕している可能性すらある。

（じゃあ、あいつも何かしらの〝制約〟を入れて効果を底上げしてるのか……？　回数制限か、もしくは別のデメリットがあるのかもしれないけど……）

どちらにせよ――阿久津雅のアバターは、確かに龍を倒し得る。

「まずはアイテムの抽選、ということだけど……これは、選ばないことも出来るのね」

「……へえ？　アイテムなしで勝てる、ってことか？」

「そう言っているのよ。だってあの龍、かなり愚鈍だわ。さっきの戦いでも、致命傷になる矢を避《よ》ける素振りすらなかったじゃない。早さだけなら私のアバターが勝《まさ》っている」

「いや……だからって絶対に勝てるとは限らないだろ」

「いいえ、絶対に勝てる。だって……《伝承の塔》のルールには、疲労によってEXP総量が減衰するなんて記述はないわ。つまり、もし早さで上回っているなら、何時間戦っても相手の攻撃は当たらない。それだけの時間があれば、あの龍《りゅう》の墜《お》とし方くらい簡単に見つけられる。……《決闘《ゲーム》》って、そうやって愉《たの》しむものでしょう？」

ゾクッ、と来るほど冷たい声音でそんなことを言い放つ阿久津《あくつ》。

そうして彼女と彼女のアバターは、宣言通りアイテムを持たずして龍に挑み……たった一時間で攻撃パターン、弱点、癖を全て見抜いて、いたぶるように撃破した。

【――天使陣営：阿久津雅《みやび》。開放条件クリア】

【獲得pt：攻略難易度X×残りアイテム数10＝100pt】


（……マズいな）

それから、さらに時間が経過して。

二人目の出題者に選出されたのは俺だった。扉の攻略難易度はⅠ、Ⅶ、Ⅹとしたが、霧《きり》谷《がや》と阿久津が選んだのはいずれも難易度Ⅹの扉。力業では攻略できない類《たぐい》のお題を出してみたものの、霧谷はアイテム五つ、阿久津に至っては八つ残してクリアしてしまった。

よって、現時点での所持ｐｔをまとめるとこんな感じになる。

【阿久津雅――180pt】

【篠原緋呂斗《しのはらひろと》――70pt】

【霧谷凍夜《とうや》――50pt】

「ふぅ……それで、どうするの？」

蛍光緑のｐｔ表記を見つめながら、阿久津は退屈そうに銀灰色の髪を掻《か》き上《あ》げる。

「この交戦で獲得できるｐｔは、一つの出題に対して１００ｐｔが限度。つまり、貴方《あなた》たち二人が私の設定する開放条件を完璧にクリアしたとしても、得点状況は決して引っ繰り返らないわ。それでも続きをやる意味ってある？」

「あ？　言ってる意味が分からねーな」

けれど、それに心底呆《あき》れたような声を返したのは霧谷だ。

「やっぱりお呼びじゃねーんだよ、てめーみたいな一般《ノーマル》は。この程度で何を勝ち誇ってやがんだ？　一回の挑戦で１００ｐｔが限度、なんて、んな盛り上がりに欠けるルールをこのオレ様が作るわけねーだろうが。オレ様が決めたのは〝獲得ｐｔは扉の攻略難易度とアイテムの残り個数を掛け合わせた値になる〟ってとこまでだ。それ以上はてめーの決め付けに過ぎねー……っつか、良《い》いところなんだから部外者が邪魔するんじゃねーよ」

「不良のくせに長々と語らないで……それに、良いところ？　何が？」

「あぁ？　んなもん、オレ様と篠原《しのはら》との頂上決戦に決まってんだろうが。次が最後の出題だぞ……？　しかも二人とも回答者で、得点差はたったの20ｐｔだ。ひゃはっ、これ以上アガる展開はねーよ。なあおい、篠原？」

「……ま、そうだな」

阿久津雅《あくつみやび》など眼中にない、というくらいの勢いで告げる霧谷《きりがや》に対し、俺も静かに頷《うなず》いて同意する。阿久津が強敵であることに間違いはないが、少なくともこの交戦で警戒すべきは彼女じゃない。ルールを熟知し、その穴を突いてくる霧谷の方だ。だから、

「やってみろよ、霧谷——お前が何百点稼ごうが、俺はお前の上に行く」

「……ひゃはっ!!」

俺の答えが気に入ったのか、これまで以上に愉《たの》しげな笑みを浮かべる霧谷。

そんな俺たちに対して、阿久津雅は微《かす》かに苛立《いらだ》ちの感じられる表情で口を開いた。

「そう……分かった。もういいわ、野蛮人に何を言っても無駄みたいだし。私が用意した扉の攻略難易度は、左からⅠ、Ⅱ、Ⅹ——本当は低難易度の扉で統一した方が無難なのだけれど、そんなつまらない方法じゃ倒してあげない。貴方《あなた》たちには彗星《すいせい》の、《ヘキサグラム》の強さを叩《たた》き込む……だって、正義に盾突くのは〝悪いこと〟だから」

流れるようにそう言って、阿久津は冷たい表情のままパチンと指を打ち鳴らした。

「貴方たちでは、私のアバターが何故《なぜ》ここまで飛び抜けた性能を持っているのか理解でき

ていなかったでしょう。よく聞きなさい――私が採用しているのは《制御暴走》というアビリティよ。モノや状況を〝暴走〟させ、限定的に数値を跳ね上げる効果を持つ。効力が高い代わり、私は《決闘《ゲーム》》が始まってから三日と経《た》たずに行動不能に陥るわ」

「……やっぱりデメリット付きのアビリティかよ。いいのか？　そんなの暴露して」

「問題ないわ。だって、《ヘキサグラム》は薫《かおる》さえいれば成立する。私が戦えなくなったって平気なのよ。アバターを引き継ぐ準備もしてあるし、ね」

含みを持たせたような言い方で俺の指摘を否定する阿久津。

「ともかく――話を戻すけど、攻略難易度Xの扉はこの《制御暴走》アビリティで一通り歪めているわ。言うなれば天変地異級の大災害。排出されるアイテムは普通に攻略難易度X相当のものなのに、解決するべき状況はその難易度を遥《はる》かに超えている。……この状況で何か小細工が出来るなら、貴方たちの価値を多少は認めてあげてもいいけれど」

「っ……せ、先輩！」

阿久津の放った宣告を受け、背後から水上《みなかみ》の祈るような声が聞こえてくる。その必死さが示す通り、現状が完全に阿久津のペースであることは確かだが――しかし、

何度も言っているように、これは俺と霧谷との戦いだ。

「――んじゃあ、まずはオレ様からでいいな篠原？」

「良《い》いも悪いも、順番は抽選で決まってるだろ。二人とも同じ扉を選んだんだから」

「ひゃはっ！　まあ、そりゃそうか。こんなもん、逆転の方法は数えるくらいしかねーと思うが……てめーとオレ様、どっちが上か量るにはちょうどいい」

「……え？」

阿久津《あくつ》が小さく眉を顰《ひそ》める中で、霧谷《きりがや》は嘲笑《あざわら》うようにニヤリと口角を持ち上げて――

「《欲張りな躯・改》アビリティ――発動！」

――端末を振り下ろしながらそんな言葉を言い放った。すると直後、彼の選んだ攻略難易度Ｘの扉だけでなく、残り二つの扉に刻まれた開放条件も同時に開示される。

【難易度Ⅰ：迫りくる脅威から住人（一人以上）を救え】

【難易度Ⅱ：迫りくる脅威から街（一つ以上）を救え】

【難易度Ｘ：迫りくる脅威を叩《たた》き潰《つぶ》せ】

【〝迫りくる脅威〟――ＥＸＰ総量：計測不能】

「全ての扉が、同時に……？　まさか、これ――っ！」

「ああそうだ！　《欲張りな躯《むくろ》・改》は一度に選択できるモノの数を極限まで増幅させるアビリティ――最初から言ってんだろ？　この交戦における獲得ｐｔは〝開放した扉の攻略難易度〟と〝アイテムの残り個数〟との乗算だ。なら、開ける扉の数を無理やり増やしちまえば手に入るｐｔも跳ね上がる！」

「っ……！」

初めて驚愕《きょうがく》に近い感情を露《あら》わにする阿久津を置き去りに、霧谷は早速自身のアバターを召喚した。大振りな角を生やした黒衣のアバター。そうして彼は、抽選ＢＯＸを無視して端末に手を遣《や》ると、アイテムを排出することなく条件付き戦闘《クエスト》の開始を宣言する。

「……アイテムなし？　舐《な》めた真似《まね》をしてくれるわね。どうやって勝つつもりなの？」

「あ？　んなもん決まってんだろうがクソアマ。既に暴走してる脅威なんざ放っておけば勝手に潰れる。オレ様がわざわざ手を下してやるほどの価値もねーんだよ。住人だの街だのがどれだけ壊されるかは知らねーが、一つでも残ってりゃオレ様の勝ちだ」

　霧谷の暴力的な正論に「……っ」と苛立《いらだ》ち交じりの無言で返す阿久津。

　そうして、しばしの後――分不相応なほどの強化を受けた〝迫りくる脅威〟は霧谷の狙い通りに自ら崩壊し、霧谷は三つの扉の開放条件を同時にクリアした。アイテムの残り個数は十個で、そこに扉の攻略難易度を全て乗算すると１×２×10×10――２００ｐｔ。よって、霧谷の所持ｐｔは阿久津のそれを大きく上回る【２５０ｐｔ】と相成った。

　一連の光景を目の当《ま》たりにして、阿久津が少しだけ悔しげに腕を組む。

「１００ｐｔ以上の獲得……本当に出来たのね。いえ、最初からこれを狙っていた……」

「ま、そういうこった。けど、てめーこそ食えねえな。三つも扉を選べば攻略に掛かる時間は自然と長くなる――そうすりゃてめーらが勝手に《残留不可制限》でくたばるって寸法だったんだけどな。てめー、わざと敵が自壊する仕様にしやがっただろ？」

「当たり前でしょう？　すぐに視野が狭くなる野蛮人と一緒にしないで。大体――」

「あーあー、悪いけど今はてめーと問答してる暇はねー。……来いよ、篠原」

低い声音でそう言って、霧谷《きりがや》は好戦的な視線をこちらへ向けてきた。俺が〝何か〟してくることを期待しているような、秘策があることを望んでいるような表情。俺を強敵だと認めた上で、それを正面から叩《たた》き潰《つぶ》してやらんとする凄惨な笑み。

けれど――

「ああ……言われなくても分かってるよ、霧谷」

――２５０ｐｔ程度なら、俺の勝ちだ。

微《かす》かに口元を緩めながらそう言うと、俺は最後の回答者として扉の前に歩み出ることにした。俺が70ｐｔしか持っていないのに対し、阿久津《あくつ》は１８０ｐｔで霧谷に至っては２５０ｐｔ。ここからの逆転は本来不可能だ。けれど、霧谷は〝複数の扉を選択する〟ことでそれを覆《くつがえ》してみせたし、他にも策は存在する。

『基本的には、先ほど霧谷様が仰《おつしや》っていた通りです――』

俺の隣で三角帽子《ぼうし》にちょこんと触れながら、姫路《ひめじ》が涼しげな声音でそう切り出す。

『この交戦における〝獲得ｐｔ〟は、扉の攻略難易度とアイテムの残り個数を掛け合わせた数値で表されます。掛け算ですので、仮に扉を複数選択できる手段を持っているのであれば、それが最も分かりやすくｐｔを大量獲得できる方策となります』

「ああ。だけど、俺の登録《セット》してるアビリティじゃそんなこと出来ないし、それに霧谷と同じことをやったって面白くない。だから、弄《いじ》るとしたらもう一つの方だ」

『はい。扉の攻略難易度とは別の得点要素——すなわち、アイテムです』

そこまで言って、展開された拡張現実世界《AR》へと静かに足を踏み出す姫路。俺の前に浮かぶ抽選ＢＯＸにちらりと視線を向けてから、彼女はどこかを目指して歩き始める。

『アイテムによる補整は〝抽選ＢＯＸ内の残りアイテム数〟で計算されます。抽選ＢＯＸには元々十個のアイテムが入っていますので、抽選を一回だけ行っていれば残りアイテム数は九、二回なら八……となり、徐々にｐｔが減少していきます。ただ厳密に言えば、抽選を何回行ったか、という情報は獲得できるｐｔと何の関係もありません。計算に使われるのは、あくまでも〝ＢＯＸ内に残っているアイテムの個数〟ですので』

「だな。ってことはつまり、抽選ＢＯＸ内のアイテムが最初の個数よりも増えてればアイテムによる補整が10ｐｔ以上になることもあるってわけだ。なあ、霧谷？」

「……けっ、そういう理屈か」

俺の問い掛けに対し、霧谷はそんな悪態を吐《つ》きつつも忌々しげに頷《うなず》いてみせる。

「その認識で間違いねーよ。アイテムの個数が十を超える、なんてパターンは想定しちゃいねーが、どんな数値になろうが得点計算の方法は統一だ」

「っ……待って、ちょっと待ちなさい。貴方《あなた》たち、さっきから延々と仮定の話をしてどうしたの？　理屈は分からないでもないけど、アイテムの個数を増やすなんて――」

「――なあ、阿久津《あくつ》」

　そこで、俺は阿久津の問いを封じるように短く言葉を差し込んだ。銀灰髪を揺らす彼女が苛立《いらだ》ったような表情で口を噤《つぐ》む中、俺はニヤリと笑みを浮かべて続ける。

「ルールにも書いてあるから、お前にとっては今さらかもしれないけど……この交戦、ク、い、エストの舞台がずっと同じ場所なんだよ。しかも、ただ背景とか設定が一緒ってだけじゃなくて、ちゃんと地続きになってる。例えば霧谷《きりがや》の出題の時、姫路《ひめじ》の作ったクレーターがお前のターンでも残ってたり……な」

「……それが、どうしたの？」

「どうもこうもあるかよ。同じ場所で戦ってるなら――前のプレイヤーが残した結果を引き継いでるなら、使い終わったアイテムだってその辺に転がってるはずだろ？」

『はい。……ありました、ご主人様』

　俺の言葉にさらりと肯定を返すと同時、その場でしゃがみ込んだ姫路が〝何か〟を拾い上げた。それは、ついさっき怒り狂う龍《りゅう》を墜《お》とし、役目を終えた【紫電の弓矢】だ。

『これに加えて【聖者の羽衣】や【光煙筒】も発見いたしました。霧谷様や阿久津様のものも含めれば、この交戦で排出されたアイテムは計十個。これらを全て抽選ＢＯＸへ戻すことが出来れば、残りアイテム数は二十個――補整は〝20ｐｔ〟となります』

「っ……なるほどね。でも、既に排出されたアイテムを〝抽選前〟の状態に戻すアビリティ？　時間操作系……いいえ、そんな大それた効果を何度も使えるアビリティなんて、いくら７ッ星だからって端末の容量が足りるはずないわ」

「いや、別にそんな大層なアビリティじゃなくたっていいんだよ」

そう言って、俺はちらりと背後の皆実《みなみ》に視線を遣《や》った。無表情のまま青髪を揺らして首を傾《かし》げる彼女に内心で感謝を告げながら、俺は静かに口を開く。

「《劣化コピー》発動……こいつの効果で、皆実の《リサイクル》を複製する。皆実《あいつ》は普段から《数値管理》と複合させて使ってるけど、《リサイクル》単体の効果は〝一度使われたモノの再資源化〟だ。この状況にぴったりのアビリティだろ？」

「──────っ」

俺が煽《あお》るようにそう言った──刹那、阿久津は静かに目を瞑《つぶ》って、観念したように深く息を吐き出した。……どうしようもない、と悟ったのだろう。皆実の「おー……」という気のない感嘆が耳に届く中、俺は姫路を通じてアイテムの《リサイクル》を開始する。先ほど姫路も言っていた通り、拡張現実世界《AR》に散らばっているアイテムは十個だ。それらを全て抽選ＢＯＸに叩《たた》き込めば、現状で得られる最大のｐｔを入手することが出来る。

と……その時、諦めに近い表情を浮かべた阿久津がふと咎《とが》めるような声を掛けてきた。

「……ねえ、もしかしてアイテムを全部《リサイクル》するつもり？　さっきの彼と同じ方法でクリアしようとしているのかもしれないけど、私たちがこの階に来てからそろそろ三時間よ。また〝脅威〟の暴走なんて待ってたら《残留不可制限》で脱落するわ」

「分かってるよ。だから、当然そっちも対策済みだ。一分もかけずに終わらせてやる」

「一分で……？　冗談でしょ？」

「ひゃはっ……あぁ、それが本気《マジ》ならさすがのオレ様も驚愕《きょうがく》だな」

微《かす》かに目を見開いた阿久津《あくつ》の呟《つぶや》きに同意して、霧谷《きりがや》が獰猛《どうもう》な笑みをこちらへ向ける。

「てめー、一体何をしやがった？」

「……いや？　別に大したことじゃねぇよ」

それに対し、俺はニヤリと笑って小さく首を横に振った。

「お前らさ、俺が出題者の時——三つの扉に開放条件を仕込んだ時、二人とも迷いもせずに攻略難易度Xの扉を選んだよな。まあ、こっちもそのつもりで条件を作ってはいたんだけど……とにかく、お前らは他の扉の開放条件を知らない」

「ったりめーだろ。この交戦はそういう仕様だ」

『そうですね。だからこそ、ご主人様はそれを利用したのです——実は前問、攻略難易度Ｉの扉に設定された開放条件は、阿久津様のクエストに登場する〝迫りくる脅威〟と同等の敵を倒せ、という類《たぐい》のものでした。ＥＸＰ総量は同じく【計測不能】です』

「……あぁ？　なら、どういう理屈で攻略難易度がＩになってんだよ」

『はい。それは、出題がこう続くからです――【ただし、この世界には何もかもを薙《な》ぎ払う〝最強の呪文〟が存在する】【それは、とある言葉を口にするだけで誰にでも扱える神の御業《みわざ》だ。あなたが選ばれし存在である必要はない】【あなたが一度それを唱えれば、いかなる脅威もあなたの前では無力だろう】……と。そしてこの後に、呪文の発動キーとなる特定の文章が記載されています』

「ッ……!?　じゃあてめー、まさかそれを繰り越して――ッ!?」

「そうだよ。俺の出題で攻略難易度Ⅰの扉を選ばなきゃ知らないことだけど、この世界には〝迫りくる脅威〟ですら一撃で倒せる最強の呪文が存在する。正確には、そういう呪文を俺が作った。扉の開放条件を何でも自由に設定できるってことは、自分が出題者側の時だけこの手のチートをいくらでも作り出せるってことだからな。あとは、それを回答者のターンでも使えるように〝引き継ぐ〟方法を考えておくだけでいい」

――そう。

　種を明かしてしまえば簡単なことだ。俺は自身が出題者となった際、低難易度の問題を作るために〝敵を控えめにする〟のではなく〝アバターに最強の力を与える〟方向で調整を行った。そして、その力を〝発動キーを唱えれば誰でも使える呪文〟とすることで、出題者が変わっても問題なく使えるように準備しておいたんだ。何もかもを薙ぎ払う最強の呪文――それは姫路白雪《ひめじしらゆき》の力となって、迫りくる脅威を押し潰す。

衝撃は一瞬。

「……終わった、な。これで、俺の得点は270pt、だ——満足したかよ、霧谷《きりがや》?」

全てが崩壊していく世界の中で、俺は静かな笑みを浮かべながらそう言った。対する霧谷の方はと言えば、しばらくの間じっと黙り込んでから、

「あぁ……やっぱり、まだ届かなかったか」

ポツリ、とそんな言葉を口にする。心の底から悔しそうな、腹を立てているような、けれど同時に安堵《あんど》しているようにも感じられる表情だ。そうして彼は、オールバックの黒髪を掻《か》き上《あ》げながら微《かす》かに口角を持ち上げて——

「認めてやるよ、篠原《しのはら》。……今回だけはてめーの勝ちだ」

——全く負けを認めていない口調で、吐き捨てるようにそう言った。

#

天使、悪魔、革命——三陣営の入り乱れた特殊交戦は、革命陣営《おれたち》の勝利で幕を閉じた。

特殊交戦とはいえ阿久津《あくつ》を撃破したことで、俺と皆実《みなみ》と水上《みなかみ》に設定された《カウントダウン》の効力は無事に解除される運びとなる。また、交戦前に取り決めていた〝報酬〟に従い、霧谷が悪魔陣営を離れて革命陣営へと移籍する。

そんな様子を無言で見守ってから、敗者となった阿久津は嘆息交じりに口を開いた。

「私を倒して《カウントダウン》を振り切った上で、薫《かおる》ですら警戒していた森羅《しんら》の６ツ星を仲間に引き入れる……ええ、認めざるを得ないみたいね。貴方《あなた》、そこそこ優秀よ」

「そりゃどうも。ま、普通の交戦なら手も足も出せずに負けてただろうけどな」

「仮定の話で自分を慰めたって仕方ないわ。……で、これから一体どうするのかしら。性根の曲がった貴方たちのことだから、用済みになった私は言葉汚く罵ってから処刑でもしておく？　ちょうど、そっちには〝死神〟もいるみたいだし」

「あ？　あーいや、残念ながらそいつは無理な相談だな」

冷たい視線を向けられた霧谷は、片手を首筋へ遣《や》りながら阿久津の言葉に否定を返す。

「何せ、今のオレ様は死神じゃねー。……交戦の途中で役職が切り替わったんだ。どっかの誰かが暴《あば》れてカオス値を激増させやがったんだろうな」

「誰かが……ふうん？」

そう言って、怜悧《れいり》な表情のまま銀灰色の髪を振ってみせる阿久津。色々と思考を巡らせているような素振りだが、おそらく彼女には〝誰か〟が誰を示すのか――そしてどんな経緯で〝死神〟の役職が移ったのか、ある程度の見当が付いているんだろう。

「そう。それなら、私がここに留《とど》まる必要はないみたいね。貴方たちも野蛮人なりに見どころはあったけれど……やっぱり、足りない。勝つのは薫に決まっているわ」

一切躊躇《ためら》いのない口調で言い切ると、阿久津はそれ以上何も言うことなくくるりと踵《きびす》を返した。そうして、コツコツと一定の歩調で壁際へ近寄ると、扉に背を預けるようにしてそっと両の目を閉じる。……交戦敗北のペナルティとして〝一時間の移動不可〟が課されているため、彼女はすぐには動けない。が、それが終われば阿久津《あくつ》はすぐにでも上へと向かうつもりだろう。死神がいない以上、その歩みを止めることはもはや出来ない。

（それにしても、一体誰が〝死神〟を……）

微《かす》かな焦《あせ》りを覚えながら右手をそっと口元へ遣《や》る俺。いや——まあ、阿久津の反応を加味すれば、答えはほぼ一つに絞られる。けれど、一度死神の力を使ったプレイヤーが再びその基準《ライン》までカオス値を稼ぎ直すなんて、常識的に考えて有り得ないはずだが。

「……あの、先輩。実は、ちょっと見ていただきたいものがあるんですけど……」

と——その時、いつの間にか近くに歩み寄ってきていた水上《みなかみ》がおずおずと声を掛けてきた。彼女は少し思い詰めたような顔をしながら端末の画面をそっと俺に向けてくる。

「その……ついさっき、こんなメッセージが届きまして」

「メッセージ？　……って、これ」

水上の端末を覗《のぞ》き込《こ》みながら微かに顔色を変える俺。……彼女がこんな表情をするのも納得だ。これは、今すぐ対応を考える必要がある。

俺がそんなことを思った……刹那、

「——おい篠原《しのはら》、てめーに一つ相談だ」

追い打ちを掛けるようにして、霧谷《きりがや》が不意にそんなことを言ってきた。思わず視線を返してみれば、彼は彼で自身の端末画面を俺に向けている。映っているのは〝遠隔通信〟スキルによる交信画面《コンタクト》だ。そして、発信者欄にある名前は悪魔陣営の不破深弦。

彼が霧谷に連絡を取ってきた事実と、水上に届いたメッセージを見比べて――俺は、

「場所を移そう。……今すぐだ」

阿久津雅《みやび》の視界から外れるため、陣営全体で八階層へと上がることにした。


『っ……すみれが、やられた』

――《SFIA《スフィア》》最終決戦《ファイナル》《伝承の塔》八階層。

そこへ移動してすぐ、スピーカーモードにされた霧谷の端末から聞こえてきたのは、前置きも何もなく紡がれた端的な言葉だった。

精神的にボロボロで、逃げ出したくて、諦めたくて、それでもどうにかしがみついているといったギリギリの声だ。記憶の中にある穏やかで飄々《ひょうひょう》とした雰囲気とは似ても似つかないが、それは間違いなく森羅《しんら》の二年生――不破深弦《ふわみつる》が発したものに相違ない。

深弦は掠《かす》れ切った声で続ける。

『もう、随分前のことだけど……佐伯《さえき》だ。《ヘキサグラム》のリーダーが、死神の力ですみれを《決闘《ゲーム》》から追い出した。ボクの目の前で、ボクを庇《かば》わせてすみれを……っ！』

「…………」

『それだけじゃない。あの人、自分の仲間を切り捨てたんだよ。ボクらを追い詰めるために協力させてた王国陣営の二人……石崎《いしざき》さんと結川《ゆいかわ》くん、だっけ？　あの二人を脱落させた。特定の言葉を口にするのが〝禁止行動〟だったみたいでね。……凄《すご》いよ、うん。最初はボクらの作戦と似てる、なんて思ってたけど、そんなの思い上がりだった。だって《カウントダウン》は能動的に条件をクリアすることが出来るんだ。《残留不可制限》よりよっぽど〝強制脱落条件〟として優れてる』

「……あぁ、そうだろうな。てめーと佐伯《さえき》じゃ腹黒さのレベルが違う」

深弦《みつる》の独白に対する霧谷《きりがや》の返答を聞きながら、俺は密《ひそ》かに状況を整理する。

流れとしてはこうだ――非常に高い共感性により《カウントダウン》の脅威を排除してしまいかねない少女・不破《ふわ》すみれ。彼女を〝処分〟するために佐伯は死神の力を使い、そのため死神は霧谷へ移った。けれど佐伯は、もう一度死神の役職を引き寄せる術を用意していたんだ。それこそが〝味方殺し〟……あえて禁止行動を取らせることで《ヘキサグラム》の仲間を脱落させ、莫大《ばくだい》なカオス値を稼ぐ荒業である。

「けど深弦、てめーは何でそこまで知ってんだ？　すみれが脱落したのはてめーの目の前だったとしても、他の二人は違うだろ。まさか同じ部屋で見学してやがったのか？」

『違うよ凍夜《とうや》さん。そっちは、天使陣営の人――枢木《くるるぎ》さんが教えてくれたんだ。直近で遭遇した参加者《プレイヤー》にメッセージを送れる〝救難信号〟スキルでね。多分、仲間が脱落させられるのを見て危険を感じたんだと思うけど……とにかく、知ってる限りのことを話してくれた。で……それによると、佐伯さんはもう《決闘》を終わらせようとしてる』

「……あ？　どういう意味だ？」

『そのままの意味だよ。あの人は、何重にも作戦を張り巡らせてたんだ――まずは《カウントダウン》の禁止行動でみんなの進行を遅らせて、その間に一人でも脱落すれば儲《もう》けもの。ダメなら次はセカンドプランだ。例の〝条件指定〟の色付き星《ユニークスター》……あれを使って、佐伯さんは最上階への特急券を準備してた。条件《キー》は〝人数〟だ、《カウントダウン》の効果で脱落したプレイヤーが三人に達したら条件達成。そして、同時に解放される効果はショートカット――《伝承の塔》の中央エレベーターを自由に動かせる権限だよ』

（なっ……何だよ、それ!?）

どうにか顔には出さずに済んだものの、動揺と驚愕《きょうがく》に襲われてぎゅっと拳を握り締める俺。……塔の中央エレベーター。一日の《決闘《ゲーム》》開始と終了のタイミングでだけ乗ることが出来る、一見すれば〝《決闘《ゲーム》》の外〟に存在する移動経路《システム》だ。起動条件なんて提示されていないし、そこへ通じる扉だって見当たらない……が、確かにあれも〝塔内に存在する昇降機〟には違いないだろう。であれば、条件さえ満たせば起動することが出来る。そして何より、あのエレベーターは地下一階から最上階までの直通だ。

『一応——効果が強力すぎるからかもしれないけど——今すぐに起動できるってわけじゃないみたいだ。でも、明日になったら……明日の《決闘《ゲーム》》が始まって佐伯《さえき》さんがエレベーターの起動条件を満たしたら、《伝承の塔》はクリアされたも同然だよ』

「ひゃはっ……ま、そうだろうな。佐伯のヤツが動くのは勝負を決める時だけだ」

好戦的な笑みと共にそんな言葉を口にする霧谷《きりがや》。……ああ、その認識で間違いないだろう。明日になれば佐伯は塔中央のエレベーターを起動し、俺たちを追い越して最上階まで辿《たど》り着く。《カウントダウン》や阿久津《あくつ》による攪乱《かくらん》で他の陣営を足止めし、その間に勝つための条件を整えていた、というわけだ——完璧としか言いようがない。

黙って思考を巡らせる俺を他所《よそ》に、深弦《みつる》は霧谷に対して自嘲気味に笑う。

『本当にさ、ボクがこんなに弱いとは思わなかったよ。凍夜《とうや》さんの補佐をするはずだったのに勝手に出しゃばって、なのに篠原《しのはら》くんを倒すどころか戦力も削れなくて、下手に《ヘキサグラム》に喧嘩《けんか》を売って、最後にはすみれを脱落させた。……最低だよ、ボクは。すみれの〝共感性〟は《ヘキサグラム》にとっても脅威に映るものだった……なら、ボクが身を挺《てい》してでも守らなきゃいけなかったのに』

「……身を挺してでも、ねえ」

『うん。……あのさ、凍夜さん。はっきり言って、ボクは凍夜さんのことがあんまり好きじゃない。自分勝手だし、自己中心的だし、目立ちたがり屋だし、勝つことしか考えてないし……でも、凍夜さんはそれだけ強い。ずっと前からボクの憧れなんだよ。だからボクは、凍夜さんの隣に立って戦いたかった。認めてもらいたかった。でも、そんな我儘《わがまま》がこの結果に繋《つな》がった……だから、そんなことはもう願わない。だって、ボクの失態で凍夜さんが負けるようなことになったら、ボクは――』

「ひゃはっ！　……ったく、んなくだらねーことで悩んでたのかよてめー」

けれど霧谷は、深弦の言葉を一言で切り捨てた。そうして獰猛《どうもう》な笑顔で続ける。

「てめーのせいでオレ様が負ける？　思い上がりも甚だしいなおい。んなことには未来永劫《えいごう》ならねーし、なったとしても連帯責任ってもんだろ。補佐だとか適当な言葉使って責任逃れしてんじゃねー。てめーもすみれも、とっくにオレ様の〝仲間〟だっつの」

『え？　……で、でも、そんなの』

「うるせー、黙れ。そもそもオレ様は仲間でもない人間に重要なアビリティなんざ託さねーよ。勝つための計画をろくに信用できない他人に任せる、なんてのは馬鹿と雑魚のやることだ。オレ様は――いいや、《アルビオン》はそのどっちでもねー」

『っ……』

霧谷の反論を最後まで聞き、端末の向こうからは深い深い沈黙だけが返ってくる。おそらく、霧谷凍夜に認められていたという強烈な実感が、困惑や驚愕《きょうがく》と共に襲ってきているんだろう。……そして、

「もう一つ、だ。佐伯《さえき》に一泡吹かせてーなら、相談する相手が間違ってる」

霧谷《きりがや》は、そう言って俺に身体《からだ》を向け直した。

「よぉ篠原《しのはら》。聞いての通りだ——今からオレ様たち《アルビオン》はてめーに力を貸してやる。本来ならてめーの指揮下で動くなんざ有り得ねーけど、《ヘキサグラム》の連中にはオレ様も苛々してるからな。要するに、対佐伯の特別戦線ってわけだ」

「……へえ、なるほどな」

『へ？　……って、え⁉　し、篠原くんがそこにいるの⁉』

驚いたような深弦《みつる》の声が端末から漏れ聞こえてくる中、俺は静かに一度頷《うなず》いた。……このまま進むと、《伝承の塔》は間違いなく天使陣営の勝利で終結する。だから、協力して連中を止めるというなら俺としても全く異論はない——というか、水上《みなかみ》に届いたメッセージの内容を信じるなら、佐伯の勝利を止めるには深弦の協力が不可欠だ。

「それなら、遠慮なく力を貸してもらうぜ。俺たち革命陣営と、お前たちの悪魔陣営。そして彩園寺《さいおんじ》たち王国陣営……《ヘキサグラム》を止めるには、《SFIA《スフィア》》に残ってる全プレイヤーの協力が必要だ」

『っ……ボクらだけじゃなく、王国陣営も？　全プレイヤーで……？』

「ああ。いいか深弦、ここから先は総力戦だ——俺たち全員で天使を墜とす」

ごくりと息を呑《の》む深弦に対し、不敵な笑みを浮かべながらそんな宣言を言い放つ俺。

《ＳＦＩＡ》最終決戦《ファイナル》《伝承の塔》二日目終盤——佐伯たち天使陣営は既に最上階までのショートカットを確定させており、《カウントダウン》で押さえつけられていた他陣営は完全に出し抜かれた形になっている。普通なら絶望的と言わざるを得ない状況だが、しかし逆転の可能性はまだ残っていた。いくつかのピースを集めれば——何もかもを完璧にこなせれば、佐伯薫《かおる》に敗北を突き付けるのは決して不可能なことじゃない。

だから、俺は。

「さあ——覚悟を決めろよ、みんな。クライマックスはもう始まってるぜ？」

その場にいる全員の顔を見渡しながら、ニヤリと笑ってそう言った。

【《ＳＦＩＡ》最終決戦《伝承の塔》——途中経過（二日目終了間際）】

【天使陣営——阿久津雅《あくつみやび》／佐伯薫／藤代慶也《ふじしろけいや》／枢木千梨《くるるぎせんり》

（現在地：阿久津雅のみ単独で七階層／他三名は五階層）】

【悪魔陣営——不破深弦《ふわ》／久我崎晴嵐《くがさきせいらん》（現在地：五階層）】

【王国陣営——彩園寺更紗《さらさ》／夢野美咲《ゆめのみさき》（現在地：一階層）】

【革命陣営——篠原緋呂斗《ひろと》／水上摩理《まり》／霧谷凍夜《とうや》／皆実雫《みなみしずく》（現在地：八階層）】

第五章　不正の報復

♯

《SFIA《スフィア》》最終決戦《ファイナル》《伝承の塔》二日目最終盤——。

霧谷《きりがや》を陣営に加えた俺たちは、八階層へ上がってすぐの部屋で作戦会議を行っていた。

議題はもちろん〝佐伯薫《さえきかおる》の倒し方〟だ。明日にはショートカットを発動し、最上階へと辿《たど》り着《つ》いてしまう天使陣営。彼らの勝利を食い止めるには今すぐ動く必要がある。

話し合いに参加しているのは、俺と水上《みなかみ》と皆実《みなみ》と霧谷——すなわち革命陣営の正規メンバーと、アバターである姫路《ひめじ》を加えた五人。そこに先ほどから引き続き、端末越しの通信という形で悪魔陣営の深弦《みつる》と久我崎《くがさき》が参加している。

そして、先ほど深弦にも話した通り、協力者はこれだけというわけじゃなかった。

『——もしもし？　こちら、王国陣営の彩園寺更紗《さいおんじさらさ》よ。そっちは……あら、少し息が荒いようだけれど、もしかして私の声が可愛《かわい》くて緊張しちゃったのかしら？』

「そんなわけないだろ、彩園寺。もし呼吸が乱れてるように聞こえるならそりゃ緊張じゃなくて溜《た》め息《いき》だ。せっかくなら今大注目のダークホースと喋《しゃべ》りたかったってな」

『む……ダメよ、絶対ダメ。学区こそ違うけれど、将来有望な一年生を篠原《しのはら》の毒牙に掛けさせるわけにはいかないもの。貴方《あなた》は私の声だけ聞いてればいいの！』

　ふん、と鼻を鳴らしながらそんな悪態を吐《つ》いてくるのは、他でもない彩園寺更紗だ。そう——俺と彼女は、最初から密かに手を組んでいた。《伝承の塔》は四人までしか勝者になれない仕様のため、どちらかが《決闘《ゲーム》》に負けるだけで破滅を迎える俺と彩園寺にとっては相当キツい条件戦となる。だからこそ俺は真《ま》っ直《す》ぐに攻略を進め、彩園寺は最上階突破のための条件探し……すなわち〝謎解き担当〟ということになっていたんだ。

　そんな彼女に対し、俺は一通りの状況をざっくりと伝えておく。

「——ってわけだ。だから、今すぐ手を打たないと《伝承の塔》はもうじき終わる」

『ふぅん……なるほどね。基本は足止め用だけど、仲間を切り捨てることでショートカットの起動条件にも出来るってこと。全く、そこまで下種《げす》だと呆《あき》れて物も言えないわ』

　豪奢《ごうしゃ》な赤髪を揺らしているのが見えてくるような声で呟《つぶや》く彩園寺。……実際、佐伯のやり方は人としてかなりギリギリだ。けれど、少なくとも《伝承の塔》のルールには抵触していない。違反でさえなければ、どんな行為も〝正義〟の名の下に正当化される。

「ちなみに……彩園寺、そっちの成果はどうなんだ？　天下の《女帝》様だってのに、まさか〝まだ何も掴《つか》めてません〟なんて泣き言が出てきたりしないだろうな？」

『あら、馬鹿にしないでもらえる？　篠原みたいに運よく7ツ星になっただけの一発屋じゃないんだから、情報はちゃんと集まってるわ。そっちこそ泣いて感謝することね！』

「………」

７ツ星と元７ツ星との敵対関係を演出するためにあえて煽《あお》るような言い方をした俺に対し、即興とは思えないくらい嬉々《きき》とした声で反撃してくる彩園寺《さいおんじ》。天才お嬢様としてのロールプレイが続き、それなりに気疲れが溜《た》まっていたのかもしれない。

「……それで？　何なんだよ、お前が掴《つか》んだ情報ってのは」

『一言で言えば《伝承の塔》の脱出条件に関することね。この塔に散りばめられている断章から読み解くに、最上階にも一台の昇降機があるの。それを起動することで、プレイヤーは塔の外に出られる……つまり、この《決闘《ゲーム》》をクリアすることが出来る』

「へえ……なるほど。ただ最上階に辿《たど》り着《つ》けばいいわけじゃない、ってことか」

『そういうこと。そして、塔の中にあるのだから、その昇降機にも〝起動条件〟が設定されているわ。条件は全部で三つ。最初の一つはアイテムで、私たちのいる一階層にそれを手に入れるためのクエストがある。で、次の条件もアイテムなのだけど、これに関しては既に天使陣営が獲得しているみたいね。交戦で奪い取るしかないわ』

「一つは一階層のクエストで、もう一つは天使陣営の所有物か。……それで彩園寺、三つ目は？　そんな区切り方をしたってことは単なるアイテムじゃないんだろ」

『そうね。三つの起動条件の中で、一番ネックになるのは最後の一つかもしれないわ。というか、これが分からないからまだ探索を続けてたのよ』

　そこで一旦言葉を止める彩園寺。彼女は、微《かす》かに声を潜めて続ける。

『【〝聖戦の剣〟と〝破邪のタリスマン〟――これらを手にした〝囚《とら》われの少女〟が塔の最奥に踏み入りし時、塔はその勇姿を讃《たた》えて千年の封印を解くだろう】。……剣とタリスマンが昇降機の起動に必要なアイテムだっていうのは分かるのだけど、最後の一つが何だか曖昧なのよ。囚われの少女……この部分は、一体何を指しているのかしら？』

「囚われの少女、か……」

　思考に耽《ふけ》る彩園寺の囁《ささや》き声を聞きながら、俺も同じく頭をフル回転させ始める。と、そんな俺たちの傍《かたわ》らで、水上《みなかみ》が流麗な黒髪をさらりと揺らして顔を上げた。

「囚われの少女と言えば、あれですよね？　確か、この《決闘《ゲーム》》の設定《フレーバー》に出てきた……」

『そうですね。天使、悪魔、王国、革命の全陣営が狙っている少女です。死神によって塔へ閉じ込められており、彼女を助け出した者こそがこの世界の覇者になる――という』

「あ、それです白雪《しらゆき》先輩！　だとしたら、その方も一緒に最上階へ行かないと脱出する意味がなさそうです。どんな見た目をしているのかも分かりませんけど……」

　そこまで言って、水上はこてんと小さく首を傾《かし》げる。

「でも、それなら薫《かおる》さんはどうやってこの塔を脱出するつもりなんでしょう？」

「ん……それは、簡単なこと。ＥＸＰ《エクスポイント》で、無理やり突破……」

『ですね。全ての扉はＥＸＰで強制開放できる、というのが《伝承の塔》のルールですので。ただ、STOCに流れている試算では20万近いEXP《エクスポイント》が必要になるようですが』

「な、なるほど……せっかくの《決闘《ゲーム》》なのにもったいない気もしますけど、納得です」

皆実《みなみ》と姫路《ひめじ》の解説にそんな感想を零《こぼ》す水上《みなかみ》。

そして、俺はと言えば、無言のまま思考を巡らせ続けていた。……囚《とら》われの少女。今のところ、誰かがそんな人物と接触したなんて話は全く聞いていない。探索が足りていないだけという可能性もあるが、しかし俺の頭にはもう一つの説が浮かび上がっていた。

「なあ水上――随分前に手に入れた断章、覚えてるか？　少女と死神が出てくるやつだ」

「え？　……あ、はい、覚えています！　【断章14――囚われの少女は、本質的に死神と同種の存在である】ですっ！」

俺の問いに対し、端末画面を開きもせずにすらすらと暗唱してみせる水上。あの時はまるで意味が分からなかったが、今ならもう少し深く解読できる。

「これさ、要するに囚われの少女を見つけるためのヒントになってるんじゃないか？　これだけじゃ何も特定できないけど、断章ってのはそもそも〝情報の欠片《かけら》〟なんだから」

「な、なるほど……！　ということは、皆さんの持つ断章を重ね合わせれば！」

そう言って、水上はパッと黒髪を散らすようにして近くにいた霧谷《きりがや》へと身体《からだ》を向け直した。霧谷は「あ？」とでも言いたげに面倒そうな顔をしていたが、わくわくと表情を輝かせた水上が一歩も譲ろうとしないのを見て小さく肩を竦《すく》めてみせる。

「悪いが覚えてねーな。今のオレ様は革命陣営の一員だ、悪魔陣営の握ってる情報なんざ閲覧できねー。っつか、訊《き》くなら他にちょうどいいのがいるだろうが」

「は、はい！　では深弦《みつる》先輩、あのですね――」

『大丈夫、聞こえてるよ。ボクら悪魔陣営が持っていて〝囚われの少女〟に関係がありそうな断章は二つだけだ。【断章9――囚われの少女は、塔内のどこに存在する場合もある】【断章2――死神の力で囚われの少女は倒せない】』

「どこに存在する場合もある、ですか……？　む、むむ……難問ですね、これは」

困ったような表情で唸《うな》り声《ごえ》を上げる水上。確かに、深弦の話から〝囚われの少女〟の詳細を割り出すのは難しい。死神の力で倒せない云々《うんぬん》は背景設定《フレーバー》にしか聞こえないし、塔内のどこに存在する場合もあるという情報は探索をより困難にしているくらいだ。

（でも……もしかしたら、そういうことじゃないのかもしれない。どこに存在する場合もあるってことは、特に居場所が決まってるようなモノじゃない――つまり移動してるってことだ。その上で〝本質的には死神と同じ〟なんだから…………って、それ）

そこまで思考を巡らせた辺りで、俺は小さく目を見開いた。……そうだ、そう考えればしっくりくる。《伝承の塔》における〝囚われの少女〟というのは、要するに――

「『――プ、レ、イ、ヤー』」

瞬間、端末越しに聞こえてきた彩園寺《さいおんじ》の声と俺の呟《つぶや》きがほぼリンクした。そのことに思わず口角が上がってしまいそうになりながらも、俺はあくまでも平然と続ける。

「彩園寺《さいおんじ》と同じ意見ってのが癪《しゃく》だけど……ま、そういうことだろうな。この《決闘《ゲーム》》において、死神ってのはプレイヤーに与えられる特殊な役職のことだ。それと〝本質的に同じ存在〟なんだから、囚《とら》われの少女もプレイヤーじゃなきゃ矛盾する」

『そうね。篠原《しのはら》と同じ意見なのが気に食わない、って部分も含めて同感よ。囚われの少女はプレイヤーのうち誰か……そして、実はそれを特定するための断章も手に入ってるの』

「わ……！　そ、それは一体どういった情報なんでしょうか!?」

『ふふっ、そんなに焦《あせ》らなくても教えてあげるわ。【断章20――囚われの少女とは、最も清らかな存在である】。……さっきの話を踏まえると、これって〝死神とは最もカオス値の高いプレイヤーである〟っていう断章と同じ読み方が出来るのよ。囚われの少女とは最も清らかな存在である……つまり、最もカオス値の低いプレイヤーである、ってね』

「っ……そうか、水上《みなかみ》か」

「へ？　……わ、私ですか!?!?」

俺と彩園寺の話を受け、身を乗り出していた水上が素っ頓狂な声を上げる――が、二日目終了時点での順位表《ランキング》を待つまでもなく、そんなことは確定事項だろう。徹底的に他者の妨害をしなかった甲斐《かい》もあり、彼女のカオス値は今現在も0のままだ。

そう――つまり、水上摩理《まり》こそが〝囚われの少女〟。

《伝承の塔》の最上階を攻略するために必要不可欠な存在ということになる。

「ってことは、俺たちがしなきゃいけないことは二つだな。まず一つは、一階層にあるっていうアイテムをきっちり手に入れること。で、もう一つは、佐伯《さえき》たちが最上階の昇降機を起動させる前に追い付いて、天使陣営《あいつら》に交戦を吹っ掛けること。それに勝てばEXP《エクスポイント》を奪えるからあいつらは昇降機を動かせなくなって、ついでに敗北ペナルティで剣だかタリスマンだかを奪えば俺たちの方が先に脱出条件を揃《そろ》えられる」

『ええ、そういうことになるわね。……だけど、一体どうするつもり？　道筋が見えているとはいっても、《伝承の塔》の二日目はもうすぐ終わりよ。天使陣営が明日の朝すぐに最上階へ辿《たど》り着《つ》くなら、どんなに急いでも間に合わないんじゃないかしら』

「普通に考えればそうだ。けど——って、彩園寺。それにしてはやけに余裕だな？」

『ふふっ、まあね。だって、佐伯薫《かおる》を止めるのは私じゃなくて貴方《あなた》の仕事だもの。私を倒した7ツ星にそれくらい出来ないはずがないじゃない？』

　くすっと冗談めかした笑みと吐息が耳朶《じだ》を打つ。……どうやら彼女は、本気で俺を信じてくれているようだ。俺が〝彩園寺ならやってくれる〟と半ば無条件で確信していたのと同じように、彼女の方も俺を頼ってくれていた。俺に賭けてくれていた。

　なら——それに応えないわけにはいかないだろう。

「俺たちが勝つためには、とにかく佐伯に追い付かなきゃいけない。でも、彩園寺の言う通り、《伝承の塔》の二日目は残り数分だ。普通なら絶対に間に合わない……けど」

『……けど？』

「正直に答えてくれ、深弦《みつる》。お前は――いや、お前とすみれは、この《決闘》に特殊なアビリティを持ち込んでるよな？　それも、使い方次第でこの状況を打開できるものだ」

『っ⁉　な、何で篠原《しのはら》くんがそれを……⁉』

「俺が、ってわけじゃない。……水上《みなかみ》に教えてもらったんだ」

言いながら水上に視線を向ける俺。彼女は、おずおずとマイクに口を近付ける。

「は、はい。実は……その、篠原先輩と霧谷《きりがや》先輩が交戦をしている時に、すみれ先輩からメッセージが送られてきたんです。後援者の限定スキル〝遺書〟――《決闘《ゲーム》》から脱落した際に任意のメッセージを自動送信する、というスキルを介したものでした」

『……そこに、ボクらのアビリティのことが書いてあったの？』

「はい。『わたくしたちのとっておきを教えてあげるわ』とありました。そして『マリならきっと悪用しないって信じてるから』『お願い、ミツルを助けて！』……と」

水上の発言に対し、端末の向こうの深弦が『っ……』と言葉を失う。

そう――俺が霧谷や阿久津《あくつ》と戦っている際、佐伯《さえき》に脱落させられたすみれが〝遺書〟スキルで水上に送ったメッセージ。そこには真《ま》っ直《す》ぐなSOSと共に彼らの持つ切り札に関する情報が記されていた。深弦に隠れて送信の準備をしていたのか内容は飛び飛びのものだったが、だからと言って彼女の想《おも》いが薄れるわけでは全くない。

「姫路《ひめじ》に調べてもらったけど、お前らがそいつを使ったって記録は一つも見つからなかった。多分、隠して……というか温存してたんだろ？　ここぞという時に使うために」

『……うん、そうだね。その通りだ』

「なら、今がまさに〝ここぞ〟だろ。最終決戦《ファイナル》の最終局面。ここまで来たら出し惜しみはなしだ——安心しろよ、深弦。お前とすみれの〝とっておき〟は絶対無駄にしないから」

端末越しに投げ掛けた俺の協力要請。

それを受けて、深弦は思い詰めたようにしばらく黙り込んでいたが——

『……分かった。すみれが君を信じてるなら、ボクも信じてみることにするよ』

やがて、抗《あらが》う覚悟を決めたのだろう。小さな吐息と共に自らの秘密を語り始めた。

『実はボク、というかボクらは色付き星《シングルカラー》所持者なんだ。桃色の星っていうのを持ってる』

「桃色？　それは、初耳……聞いたこと、ない」

『だと思うよ。篠原くんも言ってたみたいに、ちょっと〝特殊〟な星なんだ——二人で一つ、とでも言えばいいのかな？　桃色の星の所持者はボクでありすみれでもある』

曖昧なんだよね、と苦笑する深弦。……なるほど、それは特殊な状況だ。

『それで……二人で一つ、だからかな。この星はボクかすみれ、どっちか一人だけが《決闘》に残っている状態になって初めてアビリティとして使えるようになるんだ。その効果は、時間外行動――《エクストラターン》。《決闘《ゲーム》》の実施時間外に〝《決闘《ゲーム》》が続行している〟ものとみなしてプレイを続けられる、っていうアビリティだ。強いけど、もちろん代償もある。《エクストラターン》で動いていた時間の分だけ翌日の《決闘《ゲーム》》可能時間が削られる、っていう……要は、今から時間外行動で一時間使ったら、明日は午後五時までじゃなく四時までしか《決闘《ゲーム》》に参加できないんだ。残りの一時間は無防備になる』

『……何よそれ。とんでもなく強力なアビリティじゃない』

『そうだね。だけどボクは、怖くていつも使えない。《エクストラターン》中に他のプレイヤーに干渉する行動は出来ないって縛りがあるから、どうしても勝利を確定させるところまでは持っていけないいんだ。あとで逆転されたらって思うと怖くてさ……』

少し自嘲交じりの声音で深弦《みつる》はそんな言葉を口にする。

彼の言っていることももちろん分からないではない――が、この状況に限っては躊躇する必要なんかどこにもないだろう。逆転も何も、今動かなきゃ佐伯《さえき》の勝利で《決闘《ゲーム》》終了だ。リスクを負ってでも〝時間外行動〟に手を出す価値は充分にある。

「代償のことを考えれば、《エクストラターン》で動ける時間はせいぜい四時間……それ以上は明日の《決闘《ゲーム》》に影響が出る。なら、せめて一階層《した》と八階層以上《うえ》とで二手に分けたいところだな。深弦、《エクストラターン》が対象に取れるのは何人までだ？」

『四人だね。一応、ボクは入ってないといけない』

「四人ですか……じゃあ、全員で最上階へ乗り込むというのは少し難しいですね」

「いや、そうでもないぜ？　後援者の限定スキルに〝扉開放〟ってのがある。通ったばっかりの扉を、次のプレイヤーが通るまで開けっ放しにしておけるスキル——こいつで道を作れるんだよ。上を担当する二人が八階層と九階層の探索をしながら〝扉開放〟を、下を担当するやつが八階層から一階層まで駆け下りながら〝扉開放〟を……って開通しておけば、明日の朝には一階層から最上階まで綺麗に道が繋がってる」

「ふわぁ……！　す、凄《すご》いです、篠原《しのはら》先輩っ!!」

俺の発言に興奮した様子でキラキラと目を輝かせる水上《みなかみ》。

それに対し、端末の向こうの彩園寺《さいおんじ》も『……そうね』と素直に同意する。

『貴方《あなた》の作戦には大体賛成よ。その理屈なら、少なくとも上は誰でもいい……けど、不破《ふわ》くんが必須ということだし、森羅《しんら》の二人に任せてもいいかしら？』

「けっ、オレ様をパシり扱いとは良《い》い度胸だなてめー……と思ったが、まあいい。オレ様は別に構わねーぜ？　高階層の攻略に適したプレイヤーが他にいるとも思えねーからな」

『ボクも賛成。今はまだ五階層だけど、なるべく早く凍夜《とうや》さんと合流するよ』

彩園寺の提案にそれぞれ肯定を示す霧谷《きりがや》と深弦。これで八階層以降を攻略するメンバーは固まったわけだが、続けて彩園寺が難しい声音で口を挟んだ。

『問題は下の攻略ね。さっきは言い損ねたのだけど、一階層のクエストには役職の縛りがあるのよ。使役者と後援者のペアでしか挑めない……つまり、使役者の私はともかく、探索者の美咲《みさき》には挑戦権がないってこと』

「ああ、だから後回しにしてたのか。なら、結局は後援者——俺か久我崎《くがさき》のどっちかが一階層まで降りなきゃいけないってことになる。だけど、《伝承の塔》の昇降機は上向きにしか動かない……なあ彩園寺《さいおんじ》、お前はどうやって下に降りたんだ？」

『美咲のおかげよ。あの子、昇降機を逆向きに起動する《降下》のアビリティを採用していたの。そのおかげで、王国陣営のメンバーだけがこの塔を下向きに移動できる』

「……そういうことか」

彩園寺の説明に得心する俺。理屈は分かった、が——

（夢野《ゆめの》がいれば……というか、あいつと同じ王国陣営に入れれば《降下》が使えるようになる。だけど【陣営移籍】のコマンドは、その陣営のプレイヤーが一人は同じ部屋にいないと使えない。王国陣営のメンバーは彩園寺、夢野、石崎《いしざき》、結川《ゆいかわ》の四人だから、一階層にいる二人以外はもう脱落してる……つまり、現状で王国陣営に移る方法はない。……じゃあ、無理だってのか？　この作戦は、最初から破綻して……）

そんなことを思った——瞬間だった。

「…………え？」

ふと妙な音が鼓膜を叩《たた》いた気がして、俺は思わず頭を持ち上げた。それは、低い振動を伴う昇降機の駆動音だ。ただ、阿久津雅《あくつみやび》に課した移動制限《ペナルティ》はまだ解けてなどいない。このタイミングで七階層から上がってくるプレイヤーなんて存在しないはずだが。

そうやって、息を呑《の》みながら待つこと十数秒……昇降機は、意外な人物を乗せてきた。

「ふぅ……やれやれ、おっかない階層だったよ。まさか、横を通っただけであんなに心ない暴言を吐かれるなんて……僕でなければ危うく泣いているところだった」

「……お、前……」

「そして——やあ、君たちは革命陣営の諸君だね！　こんなところで逢ったのも何かの縁だ、僕が君たちの仲間になってあげよう！　というか、後生だから仲間に入れてくれ！」

十五番区茨《いばら》学園三年・結川奏《かなで》——。

そう、七階層から上がってきたのは彼だった。第4段階《セミファイナル》の途中で《ヘキサグラム》に引き抜かれ、《伝承の塔》では佐伯《さえき》の手駒として動いていた爽やか風イケメン。そして、ついさっき《カウントダウン》で脱落させられたはずの〝犠牲者〟の一人でもある。

「……何で生きてるんだよ、お前」

「何でとは失敬だね。こんなこともあろうかと、僕は《一度きりの復活》アビリティを採用していたんだよ。ふっ、茨のエースがそう簡単に倒せると思ってもらっては困る！」

「へえ……何ていうか、しぶといやつだな」

呆《あき》れ半分、感心半分で告げる俺。

いや──というか、そんなことはどうでもいい。今はもっと重要なことがある。

「なあ、結川《ゆいかわ》。これはめちゃくちゃ大事な質問なんだけど……お前、どこの陣営だ？」

「僕かい？　僕は、もちろん誇り高き王国陣営だけど……それが？」

「──……最高かよ」

たった今、ピースが全て繋がった──。

そんなわけで、俺たちは最低限の作戦会議だけをその場で行って。

深弦《みつる》がアビリティを使用すると共に、《伝承の塔》二日目は既定の終了時刻を迎えた。

＃

《SFIA《スフィア》》最終決戦《ファイナル》《伝承の塔》──二日目《エクストラターン》。

不破《ふわ》深弦の持つ色付き星《ユニークスター》の効力で〝時間外行動〟を可能にした俺は、すぐに彩園寺《さいおんじ》のいる一階層を目指して動き始めた。道中の扉はノータイムで開放できるものを除いてEXP《エクスポイント》で強制開放しつつ、例の〝扉開放〟スキルを使って開けっ放しで固定する。《決闘《ゲーム》》時間外ということで《ライブラ》の配信は停止中だ。視線を気にする必要は全くない。

そうして、時刻にして午後六時十二分──。

「……遅いわよ、バカ篠原《しのはら》」

一階層へ辿《たど》り着《つ》いた俺にそんな悪態を吐《つ》いたのは、当然ながら彩園寺更紗《さらさ》だった。

見慣れた桜花《おうか》の制服にお嬢様然とした豪奢《ごうしゃ》な赤髪。むっとしている内心を表すかのように右手は腰に添えられ、意思の強い紅玉の瞳はじとっと俺に向けられている。

「もう、こんなに待たされるとは思わなかったわ。女の子を一時間以上一人っきりにさせるなんて、あんたには人の心ってものがないのかしら」

「悪かったって……でも、仕方ないだろ？　八階層からここまで降りてきたんだ。いくら最短ルートが分かってるって言ってもそれなりに時間はかかる」

「知ってるわよ、そのくらい。だから、今のは何ていうか……愚痴よ、ただの愚痴。別に寂しかったとか早く来て欲しかったとか、そういうことじゃないんだから」

「…………」

「っ、な、何黙ってるのよ篠原！　あんたにそんな反応されたらまるであたしが恥ずかしいこと言ってるみたいな――」

『――あの』

「「!!」」

瞬間、涼しげな声が会話に差し込まれ、俺と彩園寺は揃《そろ》って肩を跳ねさせた。

声の主は、もちろん魔女装束の姫路白雪《ひめじしらゆき》だ。《伝承の塔》におけるアバターは正規のプレイヤーではないため《エクストラターン》の人数上限にも抵触しない……故に、ここにいることが出来る。俺の〝駆け下り〟を手助けしてくれたのも当然ながら彼女だった。

ともかく、姫路《ひめじ》は静かにこちらへ近付きながら三角帽子《ぼうし》の鍔《つば》をちょこんと下げる。

『確かに、リナに気を遣って〝少しの間二人きりに……〟と画策したのはわたしです。ですが、再会して数秒でそこまでイチャイチャすることはないのでは？』

「し、してないわよイチャイチャなんか！　こいつに文句言ってただけじゃないっ！」

『それにしては顔が赤くなっているような気がしますが……』

むむ、と少しだけ頬《ほお》を膨らませながら彩園寺《さいおんじ》に歩を寄せる姫路。澄んだ碧眼《へきがん》に見つめられた彩園寺は「〰〰〰っ！」としばらく悶《もだ》えていたが、やがて豪奢《ごうしゃ》な髪を一度だけ振ると、切り替えるように——あるいは誤魔化《ごまか》すように声を上げた。

「と、とにかく！　今は遊んでる場合じゃないわ。私たちは《エクストラターン》が終わるまでにアイテムを手に入れなきゃいけないんだから」

前置きのようにそう言って、彩園寺は頬を赤く染めたままこほんと一つ咳払《せきばら》いする。

「問題のアイテムがあるのはこの先よ。周囲三つの部屋ならどこから入っても同じなのだけれど、開放条件になってるクエストがちょっと厄介だったのよね」

『ふむ……【開放難度EX／ジャンル〝クエスト〟】【限定条件：使役者と後援者の二人組でしか参加できないものとする】ですか。……それにしても、一階層だというのにどうして昨日の時点では誰もこの部屋の存在に気付かなかったのでしょうか？』

「当然よ、だってこの部屋を出現させるにはいくつか条件があったんだもの。一階層を特

定のルートで一周するとその軌道を辿《たど》るみたいに魔法陣が描かれて、そこで決まったスキルを使うと案内役の使い魔が召喚されて……ってね。《残留不可制限》のせいで時々二階層に避難しなきゃいけなくて、その度に進行状況がリセットされるからほんとに大変だったわ。断章だって全部揃《そろ》ってたわけじゃないし……」

「へえ……じゃあ、残りは想像で補ったのか。さすが彩園寺《さいおんじ》」

「？　やけに素直じゃない篠原《しのはら》。ふふん、ようやくあたしの凄《すご》さに気付いたのかしら？」

「いや、ドヤ顔が」

「うっ……い、いいじゃないちょっとくらい自慢したって！　頑張ったんだから！」

ぷくっと頬《ほお》を膨らませながら拗《す》ねたように文句を言う彩園寺。……もちろん、俺だって彼女の凄さは分かっているのだが、いざ褒めようとすると急激な照れに襲われるため、どうしても茶化《ちゃか》すような方向へ持っていってしまう。複雑な心理、というやつだ。

そんな俺の内心を知ってか知らずか、彩園寺は胸元で腕を組みながら言葉を継ぐ。

「大体、このクエストだって本当ならあたしたち——あたしと美咲《みさき》でクリアするはずだったのよ。でも、こういう指定だから……強制開放できるほどのEXP《エクスポイント》もないから、仕方なくあんたを誘ってあげたってこと。図に乗らないで欲しいわ」

「分かってるよ。っていうか、そのために姫路《ひめじ》にも来てもらったんだろ？　俺だけじゃお前の足を引っ張ってグダグダになりそうだけど、姫路がいてくれればどうにかなる」

『そうですね。ご主人様がそれほど使えないお方だとは思っていませんが、リナと比べると霞《かす》んでしまうのも無理はありません。わたしも全力でサポートさせていただきます』

「ふふん、分かってるならいいわ。……でもね、篠原」

豪奢《ごうしゃ》な長髪を右手で払いながらそう言って、彩園寺はこつっと俺に近付いてきた。彼女は伸ばした指先をとんっと俺の胸元に触れさせると、不敵な笑顔でこう続ける。

「これだけは覚えておきなさい。普通のプレイヤーじゃ、ユキのサポートを受けたところで《女帝《あたし》》には到底付いてこられない。あたしが背中を預けるってことは、そう……あんたのことは、それなりに信用してるってことなんだから」

「――プレッシャーかよ、おい」

真《ま》っ直《す》ぐにこちらを覗《のぞ》き込《こ》んでくる紅玉の瞳が眩《まぶ》しくて。

俺は、茶化すように口元を緩めながら視線を逸《そ》らすことにした。

＃

【――クエストクリア】

【プレイヤー彩園寺更紗《さらさ》に〝破邪のタリスマン〟を進呈します――】

それから、およそ二時間後。

どうにか時間内にクエストをクリアした俺と姫路と彩園寺の三人は、開放された扉のすぐ先でまっさらな床に身体《からだ》を投げ出していた。

攻略難度EX――〝EX〟というのがどのくらいの難易度なのかは知らないが、とんでもなく苦労させられたことだけは確かだ。次から次へと遷移する状況に、間断なく現れる敵モンスター。一度でも対処を誤れば即アウトなため否《いや》が応《おう》でも精神力は削られる。

「…………疲れた」

『はい……わたしも、へとへとです』

俺の隣で珍しく憔悴《しょうすい》した様子を見せているのは姫路白雪《ひめじしらゆき》だ。アバターという最も激しく動き回る立場だったこともあり、今は正座を崩したような格好で座っている。俺との距離はほんの数センチ。寄り添うような寄り添わないような、何とも絶妙な距離感だ。

そこで、同じく床に座り込んでいた彩園寺《さいおんじ》が赤髪を払いながら口を開いた。

「一応感謝しておいてあげるわ、篠原《しのはら》。あんたのおかげでそこそこ効率よく立ち回れたもの。特に中盤以降の発想が良かったわね。あらゆる攻撃を跳ね返す敵を反射装置としてあたしたちの前に置いたり、クールタイムの短い〝氷の雨〟と〝豪火球〟を連発して姿を晦《くら》ませる霧を作ったり……うん、篠原らしい卑怯《ひきょう》で爽快な勝ち方ね」

「……卑怯で、ってのは余計だよ」

褒めているつもりなのかもしれないが、相変わらず引っ掛かる言い方をするやつだ。

まあ、とにもかくにも――今のクエストをクリアしたことにより、《伝承の塔》を脱出するための条件のうち二つ目までが手に入った。囚《とら》われの少女〝水上摩理《みなかみまり》〟と、キーアイテム〝破邪のタリスマン〟。そして、残る一つは天使陣営が持っている……となれば、やはり最後は佐伯薫との一騎打ち、ということになるだろう。

「上の階層を攻略してるのは他でもない霧谷《きりがや》と深弦《みつる》のペアだから、一階層から最上階までの道は完全に開通したと思っていいはずだ。これで、最低限の準備は整った」

「ええ。でも、問題はその先よ。仮に追い付いたとしても、結局は交戦で勝たなきゃ意味がないもの。阿久津《あくつ》さんのアバターと正面から戦って勝負になるものかしら？」

「いや、多分無理だな。阿久津のアビリティ――《制御暴走》は〝自傷型〟だ。極限まで安全性を捨ててその代わり性能をめちゃくちゃ高めてるから、水上の《一点突破》があっても正面から倒すのはかなり難しい。奇跡でも起こらなきゃ不可能だ」

『わたしもそう思います。おそらく佐伯薫《さえきかおる》の色付き星《ユニークスター》も絡んでいるでしょうし……』

手袋に包まれた指先をそっと頬《ほお》に当てて呟《つぶや》く姫路。彩園寺も微《かす》かに赤髪を揺らす。

「じゃあ……やっぱり、勝つのは無理ってことじゃない」

「ま、普通に戦ったらそうだな。だから、俺たちは〝不正〟であいつらを倒す」

「っ……何言ってるの、篠原？　そんなことしたら《ヘキサグラム》の思う壺《つぼ》だわ」

「違うよ、今回は俺が不正をするわけじゃない――あいつらに不正をさせるんだ。チートせざるを得ない状況に引きずり込んで、《決闘》の外から制裁を食らわせる」

——そう。おそらく、それが唯一の勝ち筋になる。

阿久津《あくつ》のアバターが強すぎることは承知の上だ。どんなに策を巡らせても、正攻法では決して勝てない……なら、ある程度は邪道で攻める必要がある。

「英明《こっち》でも色々と調べてるところだけど、《ヘキサグラム》はこれまでも相当悪辣なことをやってきてる。それでもあいつらの地位が揺らいでないのは、決定的な一線を越えてないから——つまり、ギリギリでルールの範囲内にいるからだ。そのバランスを取ってるのはどう考えても佐伯《さえき》じゃない。十中八九、阿久津の方だ」

「……同感ね。だって、佐伯薫《かおる》がそこまで繊細な舵《かじ》取りをするとは思えないもの」

俺の推測に、彩園寺《さいおんじ》がこくりと頷《うなず》いて同意する。

そう——《ヘキサグラム》のリーダーは確かに佐伯薫だが、実際に仕切っているのは阿久津雅《みやび》である可能性が非常に高い。正義の組織を機能させている生命線。逆に言えば、阿久津さえ排除することが出来れば俺たちにも勝機がある、ということになる。

「けど、そのためには〝死神〟を奪い取るしかないんだよな。佐伯にあの能力をどうにか使わせて、こっち側の誰かを新しい死神にするしかない。それで阿久津を塔から追放できれば、佐伯は追い詰められて不正に手を出す——はずだ」

「ん……でも、佐伯薫よ？　他にもカオス値を稼ぐ手段を用意してるかもしれないわ」

「ああ。だから、こっちも死神《それ》を消費させる手を準備しておくんだ。例えば……」

「…………なるほどね」

俺の話を最後まで聞いて、微《かす》かに口元を緩ませる彩園寺。

「悪くないわ。ただ、あんたにしてはちょっと乱暴な作戦ね？　確かに筋道は通っているけれど、あたしとかユキとか水上《みなかみ》さんとか……かなり仲間に頼った計画じゃない」

「うっ……し、仕方ないだろ。ただでさえいつもの不正が通用しないんだ、どこかでカバーしなきゃいけない。それに……大丈夫だって思ったんだよ。姫路《ひめじ》だけじゃなく、彩園寺の力が借りられるなら――いつもはどうしても敵対しなきゃいけないお前と表立って協力できるなら、これくらいの相手は余裕だろって」

「!!!!!!」

俺がそこまで話し終えた瞬間、彩園寺は赤の長髪を散らすようにしてがばっと自身の膝の間に顔を埋《うず》めた。直後、何やら唸《うな》るような声が漏れ聞こえてくる。

そんな姿を見つめながら、感心したように姫路が一言――。

『ご主人様は……意外と、そういうところがありますね』

「……何が？」

『いいえ、こればかりは教えて差し上げません』

柔らかな笑みを零《こぼ》しながら、何故《なぜ》か機嫌よさげに白銀の髪をさらりと揺らす姫路。

「～～～～～～ああもうっ！」

そうして直後、しばらく悶絶《もんぜつ》していた彩園寺《さいおんじ》が真っ赤な顔のまま立ち上がった。眩《まぶ》しい太ももが目の前に来て俺の呼吸が止まる中、彼女は人差し指を俺に突き付ける。

「ふん、だ。分かってるじゃない、篠原《しのはら》――あたしたちが組んだからには、最強よ。これだけのメンバーが揃《そろ》って出来ないことなんか学園島《アカデミー》には存在しないんだから！」

断言するようにそう言って、彩園寺は爛々《らんらん》と輝く紅玉の瞳を俺と姫路《ひめじ》に向けてみせた。

♯♯

二日目、深夜――。

《エクストラターン》が終わった後《のち》、地下に戻った俺は姫路と向かい合って座っていた。

『――礼を言うぞ、篠原。おかげで〝告発者〟は相当数が出揃《でそろ》った』

涼しげな声音でそんなことを言う姫路。……が、もちろん彼女自身の言葉というわけではなく、榎本《えのもと》から届いているメッセージをリアルタイムで朗読してくれているだけだ。姫路を介してしか塔の外と連絡が取れないため、不本意だがこういう形になっている。

『篠原の報告通り、《ヘキサグラム》の監視はまだ部分的に生きていたようだ。だが、事前に情報を貰《もら》っていたからな。さほど手こずりはしなかった』

「そうか。さすがだな、榎本」

『だから敬語を使え、篠原。……まあ、今回ばかりは許してやってもいいが』

「……そりゃどうも」

言われ慣れている台詞《セリフ》だが、姫路の声で囁《ささや》かれると何というかゾクゾクしてしまう。

とにもかくにも、姫路は——否、榎本進司《しんじ》は平然とした口調で続ける。

『先ほど言っていた〝阿久津雅《あくつみやび》が鍵《キー》〟だという説もかなり濃厚だ。《ヘキサグラム》の情報を管理するサーバーにも潜り込んでみたのだが、重要なファイルは全て阿久津雅が管理者となっていた。あの女さえ落とせば、おそらく《ヘキサグラム》は瓦解する』

「ああ、分かってるよ。その辺は今も作戦を練ってるとこだ」

『頼んだぞ、篠原。佐伯《さえき》が決定的な不正を犯してくれれば、こちらはすぐにでも動くことが出来る。水上《みなかみ》の姉だけでなく、古賀恵哉《こがけいや》——《ヘキサグラム》に追放された英明《えいめい》の元エースも管理部への働きかけに協力してくれているからな。総力戦の名に偽りはない』

「……そうかよ。英明の生徒会長様は相変わらず心強い限りだな」

『それが僕の務めだからな。ともかく、あとは勝ってこい篠原——徹底的にな』

そう言って、メッセージを締める榎本。姫路が『以上のようです』と呟《つぶや》いてからもしばらくの間、俺は——後ろで眠っている水上の寝息をBGMに——思考を回し続ける。

佐伯薫《かおる》を倒すためには、阿久津雅を墜《お》とすためには……どうするか。

《伝承の塔》二日目の夜は、刻一刻と更けていった——。

【《SFIA《スフィア》》最終決戦《ファイナル》《伝承の塔》——途中経過（二日目終了時点）】
【天使陣営】——阿久津雅《あくつみやび》／佐伯薫《さえきかおる》／藤代慶也《ふじしろけいや》／枢木千梨《くるるぎせんり》（現在地：？？？）
【悪魔陣営】——不破深弦《ふわみつる》／久我崎晴嵐《くがさきせいらん》（五階層—九階層）
【王国陣営】——彩園寺更紗《さいおんじさらさ》／結川奏《ゆいかわかなで》／夢野美咲《ゆめのみさき》（二階層—八階層）
【革命陣営】——篠原緋呂斗《しのはらひろと》／水上摩理《みなかみまり》／霧谷凍夜《きりがやとうや》／皆実雫《みなみしずく》（一階層—八階層）

♭

《決闘《ゲーム》》三日目。《SFIA》最終決戦《伝承の塔》——最上階。

開始から一時間と経《た》たずに塔中央の直通エレベーターを起動し、一足どころか何足も飛ばして塔の最奥へと辿《たど》り着《つ》いたのは、他でもない天使陣営の面々だった。

「ほう……どうやら、本当に最上階のようだな」

端末の表示に目を落としてそんなことを言ったのは、十六番区栗花落《つゆり》女子学園二年・枢木千梨だ。腰に差した木刀が特徴的な《鬼神の巫女《みこ》》は、警戒交じりにそう呟《つぶや》く。

それに笑顔で言葉を返すのは、《ヘキサグラム》リーダー——佐伯薫。

「……あは。もしかして、まだ疑ってました？　僕って意外に信用がないんですね」

「当然だ、痴《し》れ者《もの》め。陣営が違うとはいえ、勝利のために仲間二人をあっさり切り捨てられる人間の言うことなどそう簡単に信じられるものか」

「？　それなら、狩りの時に悪魔陣営にでも移ってしまえばよかったじゃないですか」

「む……いや、それは出来ない相談だ。私にとって、そして栗花落にとって、イベントの勝敗は非常に重要なものだからな。桜花《おうか》や彗星《すいせい》のように高みで争っている者からすれば物笑いの種かもしれないが、下位には下位の意地があるんだ。貴様のような外道でも、勝利に近付くのであれば利用するさ」

「なるほど、素晴らしい考え方ですね。彗星に欲しいくらいの人材です」

「……冗談でも言っていいことと悪いことがある」

嫌そうな顔で首を横に振る枢木。傍《はた》で見ている藤代は特に何も言ってこない。それを受けて、というわけではないだろうが、佐伯は微《かす》かに口元を緩めてみせた。

「ともかく、です——ご覧の通り、僕たちは誰よりも早く《伝承の塔》の最上階まで辿り着きました。このフロアの昇降機を動かすためには三つの条件を揃《そろ》える必要があるそうです。ですが、僕たちはそれを集めていませんし、集める予定もありません」

「EXP《エクスポイント》を投入して無理やり動かすから、か……まあ、それしかないだろうが」

眉を顰《ひそ》めながらそう言って、枢木は微かに黒髪を揺らす。

「足りるのか？　……こういった《決闘《ゲーム》》の例に漏れず、《伝承の塔》にもインフレは存在する。最上階の昇降機など塔内で最も高額に設定されているはずだ。だというのに、私たちはろくに探索もせずショートカットをしてきた……EXP《リソース》が足りるとは思えない」

「あは、良《い》い質問ですね枢木《くるるぎ》さん。もちろん、その辺りも対策はしていますよ」

そんな枢木の問いに対し、佐伯《さえき》は全く焦《あせ》ることなく静かに首を振ってみせた。そのままゆっくりと枢木に歩を寄せると、穏やかな仕草でポンっと彼女の肩に右手を乗せる。

——その瞬間、だった。

【十六番区栗花落《つゆり》女子学園／二年／５ツ星／天使陣営——枢木千梨《せんり》。ステータス：脱落】
【脱落要因：《カウントダウン》／禁止行動は〝異性に肩を叩かれること〟／カウント1】

「…………は？」

「これが、先ほどの質問に対する答えです。実はですね、《カウントダウン》の効果には続きがありまして——このアビリティがプレイヤーを脱落させればさせるだけ、そしてそのプレイヤーのカオス値が高ければ高いだけ、大量のＥＸＰを獲得できるんです。枢木千梨さん、君からもらったＥＸＰ《リソース》は僕たちの勝利の糧《かて》にさせていただきますよ」

「きっ……さま……」

呆然《ぼうぜん》と言葉を紡ぐ枢木。……だが〝既に《決闘《ゲーム》》から脱落している〟というのは紛《まぎ》れもない事実のようだ。いつか蹴落とされると分かっていたのに、その警戒を躱《かわ》された。

そして……次の瞬間、ブゥンと低い振動音がフロア内に響き渡った。もはや聞き間違えるはずもない昇降機の駆動音。枢木が咄嗟《とっさ》に後ろを振り返れば、そこにはよく見知った人物が——胸元に六角形の徽章《きしょう》を輝かせた天使陣営の最後の一人が立っている。

「待たせたわね、薫《かおる》」

——二番区彗星《すいせい》学園の6ツ星プレイヤー・阿久津雅《あくつみやび》。

冷酷な雰囲気の中に微《かす》かな妖艶さを纏《まと》わせながら、彼女はコツコツと一定の歩調で佐伯の前へと足を進めた。そうして、銀灰色の髪をふわりと掻《か》き上《あ》げて続ける。

「昨日の夜に発動された〝時間外行動〟……思った通り、その間に色々と小細工が施されていたようね。ここに繋《つな》がる道は出来るだけ潰してきたつもりだけど、もしかしたら追い付かれるかもしれないわ。どうやらまだ負けを認めたくないみたい」

「ああ、やっぱりですか。なかなか諦めの悪い人たちですね」

「本当ね。《SFIA《スフィア》》の勝者は薫だって、ずっと前から決まっているのに」

くすりと笑う阿久津。その恍惚《こうこつ》の表情は、普段から佐伯薫にしか見せないものだ。

「さあ、薫……くだらない前戯は終わったわ。あとは貴方《あなた》が頂点に立つだけ。貴方が正義を示すだけ。もうすぐ、世界は私と薫だけのものになる……」

「あは……いいですね、とても魅力的な響きです」

阿久津の囁《ささや》きに満足げな頷《うなず》きを返した佐伯は、もはや枢木になんて一瞥《いちべつ》もくれることなく踵《きびす》を返した。視線の先にあるのは外へと続く昇降機だ。一歩、また一歩と彼は勝利に近付いていく。阿久津の妨害が功を奏しているのか、九階層へ繋がる昇降機が重低音を奏でるようなことはない————が、その時。

「……おや」

穏やかな笑みを浮かべたまま勝利に手を掛けようとする佐伯《さえき》の目の前に、一人の男が立ち塞がった。桜花《おうか》の6ツ星にして最終兵器・藤代慶也。くすんだ金髪の彼は、ポケットに手を突っ込んだまま面倒くさそうに佐伯と阿久津《あくつ》の進路を潰している。

「藤代《ふじしろ》くん。……一体、何のつもりですか？」

「何のつもりでもねェ……立ってるだけだ、見りゃ分かんだろ」

「なるほど。なら訊《き》き方を変えましょう、どうして僕の邪魔を？　僕についてきてくれれば桜花は《ＳＦＩＡ《スフィア》》の勝者になれます。学校ランキングでは上位を維持できますし、君の評価も当然上がる。妨害する理由がどこにあるというのでしょうか？」

「さァな。ただ、オレは評価にこだわる柄《ガラ》じゃねェ。動くならもっと個人的な理由でだ」

そこまで言って、彼はちらりと傍《かたわ》らの枢木《くるるぎ》に視線を遣《や》る。そうして一言、

「頼まれてんだ、チーズケーキの恩人に。五分でいいから佐伯《テメェ》を足止めしてくれって」

「チーズケーキ……？」

「！　ま、まさか藤代殿、それは——」

「断っとくが、別にオレはそこまで義理堅い人間じゃねェ。《決闘《ゲーム》》には勝ちてェし、私情で負けを選ぶなんてのは馬鹿のすることだ。だが、今回は条件が違う。オレが勝っても《女帝》が勝っても桜花の勝ちだ——なら、オレはテメェじゃなくて篠原に乗る」

そんな藤代の宣言に一瞬だけ「っ……」と唇を噛《か》み締める佐伯。

けれど、それでも彼は、すぐに相好を崩してみせた。

「あは……そうですか。分かりました、君もあまり賢くはなかったようですね。退《ど》いていただけないなら強制的に〝排除〟するまでです。死神の力を思い知らせて――――っ」

「――三分十二秒、か。早《はえ》ェなおい」

佐伯と藤代の発言に被《かぶ》せるように、ブゥン……と響く昇降機の駆動音。

直後、佐伯たち天使陣営の前に現れたのは、彼らの脳裏に過《よぎ》った通り篠原緋呂斗の一行だった――いや、想像通りというと少し違うか。正確にはその数倍だ。相変わらず眠たげな皆実雫《みなみしずく》に軽薄な態度の霧谷凍夜《きりがやとうや》、加えて爽やかニヒルな結川奏《ゆいかわかなで》。眠れなかったのか目元のクマが酷《ひど》いことになっている不破深弦《ふわみつる》に、そんな彼の肩を小突くように支えている久我《くが》崎晴嵐《さきせいらん》。逆に元気満点の夢野美咲《ゆめのみさき》と、いつも通り余裕の表情を浮かべた彩園寺更紗《さいおんじさらさ》。そして覚悟を決めた様子の水上摩理《みなかみまり》と、不敵な笑みを湛《たた》えた篠原緋呂斗《しのはらひろと》――。

都合九人。

《伝承の塔》に残っている、天使陣営を除く全プレイヤー。

そんなメンバーを率いるかの如《ごと》く先頭に立つ男は……篠原緋呂斗は、その視線を真《ま》っ直《す》ぐ佐伯に向けたまま静かに端末を掲げてみせた。それに応じて召喚されるのは美しい魔女のアバターだ。三角帽子《ぼうし》にちょこんと触れて礼をする少女・姫路白雪《ひめじしらゆき》と共に、彼は一歩だ

け前に進み出る。そうして、まるでクライマックスを告げるような口調で——一言、

「追い付いたぜ、佐伯薫《さえきかおる》。——さあ、後悔と懺悔の準備は出来てるか？」

＃

《ＳＦＩＡ《スフィア》》最終決戦《ファイナル》《伝承の塔》三日目——最上階。

塔の最奥へと辿《たど》り着《つ》いた俺たちは、早々に佐伯薫との対面を果たしていた。

時刻は午前十時十五分だ。本来なら《決闘《ゲーム》》の再開と同時に最上階へ乗り込むつもりだったのだが、阿久津《あくつ》に機先を制された。それでもどうにか間に合ったのだから、《エクストラターン》の活用としては大成功と言っていいだろう。もちろん、時間外に動いた代償として今日の《決闘《ゲーム》》は四時間の短期決戦となってしまうが、ここまで来たら時間はあまり関係ない。だって、この交戦に勝った方が、すなわち《ＳＦＩＡ》の勝者になる。

「ん……」

そんなことを考えながら、俺は最上階の景観を改めて眺めてみることにした。七階層と同様に特殊な構造のフロアだ。全ての壁や扉が取り払われており、フロア全体に一つの部屋があるだけとなっている。そして、中央の——天使陣営が使用したのであろう全階直通エレベーターを除けば昇降機は二種類だ。ついさっき俺たちが乗ってきた九階層へ繋《つな》がるそれと、今まさに佐伯が乗り込もうとしていた〝外〟へと続く唯一の道。

ただし――既に交戦申請が通っている以上、天使陣営《かれら》に勝ち逃げなど許されない。

「せっかく《決闘《ゲーム》》を終わらせようとしてたところ悪いけど、その前に俺たちと交戦してもらうぜ。確か、そっちの使役者は阿久津だけだったはずだけど……」

言いながら、俺は目の前の光景に違和感を覚えて首を捻《ひね》る。……何だ？　藤代《ふじしろ》が昇降機を背に立っているのはまあ分かる。何せ彩園寺《さいおんじ》を通じて彼にそんな依頼をしたのはこの俺だ。けれど、少し離れた位置に立つ枢木《くるるぎ》が項垂《うなだ》れているのはよく分からない。

「――やあ、これはこれは。皆さんお揃《そろ》いでよくいらっしゃいました」

黙ってそんな様子を見つめていると、やがて佐伯が穏やかな笑みと共にこちらを振り返ってきた。彼は、薄《うす》っすらと細めた目で俺たちを見渡して続ける。

「篠原《しのはら》くんの側に立っているということは、皆さんは僕たち正義の味方《ヘキサグラム》ではなく小賢《こざか》しい違反プレイヤーの方を信じるということですか？　まさか、各学区のエースが不正を容認しているだなんて……これは由々《ゆゆ》しき事態ですよ。どう思いますか、彩園寺さん？」

「あら、私？　どうかしらね。私は不正なんて大嫌いだし、篠原のことを信じているわけでもない。でも、それ以上に貴方のやり方が気に入らないだけよ」

「……へえ？　僕たちが正義の組織だとしても、ですか？」

「そうね。だって、自分で語る正義に価値なんて全くないもの」

豪奢《ごうしゃ》な赤髪を払いつつ毅然《きぜん》とした態度で拒絶を返す彩園寺。

そんな彼女のすぐ隣に足を踏み出しながら、俺は静かに端末を掲げて口を開く。

「やっぱり、枢木《くるるぎ》が脱落してるな。……お前がやったのか、佐伯《さえき》？」

「そうですね。ただ、そんな風に恨みがましい視線を向けられる謂《いわ》れはありません。だって、この《決闘《ゲーム》》は学区対抗戦ですよね？　同じ陣営だからと言って必ずしも仲間というわけではないはずです――おかげで、雅《みやび》のアバターも随分強くなりました」

「ええ、そうね。……〝アバター召喚〟」

阿久津《あくつ》が冷たい声音でそう言った――瞬間、彼女の端末を覆うように強烈な白の閃光《せんこう》が発生し、《伝承の塔》最上階の広い室内を一つの巨大な魔法陣が埋め尽くした。そうして召喚されたのは、神々しい光を纏《まと》う天使姿のアバターだ。

【最上階攻略基準EXP《エクスポイント》：100000】

【天使陣営――アバター：阿久津雅。改変EXP総量：9、7、2、0、0、0】

（っ……おいおい、ここまで来ると笑えねえぞ……！）

提示されたEXP総量《ステータス》を眺めながら無言でぐっと唇を噛《か》む俺。七階層で見た時よりも遥《はる》かに高い数字だ。きっと、スキルの方もとんでもないことになっているんだろう。

「……ですから、僕たちとしても交戦を断る理由は特にありません」

天使のアバターの隣に並び立ち、佐伯はすっと目を細めたまま悠然と告げる。

「普通に戦っても雅が負けることなどまず有り得ませんからね。スムーズに勝てなかったのは少し残念ですが、正面から篠原《しのはら》くんを倒して終わった方がより《ヘキサグラム》の正義を強調できるというものです。が——そもそも、大事なことを忘れていませんか？」

「大事なこと……？　何の話だよ」

「この《決闘《ゲーム》》のルールに関する話ですよ。《伝承の塔》では、カオス値の最も高いプレイヤーが死神になる。そして死神は、任意のプレイヤーを脱落させることが出来る」

穏やかな笑顔でそんな言葉を口にする佐伯。

そう——もちろん、忘れてなんかいるはずがない。死神。佐伯薫《かおる》は死神だ。端末を振るうだけで目の前のプレイヤーを《決闘《ゲーム》》から追い出す力を持っている。

「知ってるよ、そんなこと。お前が脱落させたいのは俺か水上《みなかみ》のどっちかだろ？　その対策ならもう済んでる——《十人十色》の《鉄壁》効果だ。革命陣営に皆実《みなみ》がいる限り、俺たちはスキルの効果を一回だけ無効に出来る。死神の鎌だってスキルの一種だからな」

「はい、分かっていますよ。天使陣営の探索者は非常に優秀なので、皆さんの所持アビリティの概要くらいは覗《のぞ》けています。だから、せっかく取得していた罠《わな》系スキルも全てお蔵入りになっているわけですし……と、まあそれはともかく、僕が狙っているのは篠原くんではありません。彩園寺《さいおんじ》さん、貴女《あなた》ですよ」

「……また私？　貴方《あなた》、しつこいタイプって言われない？」

「いえいえ、僕だって相手は選びますから。それに……彩園寺さん、貴女が緊急回避のアビリティを採用しているというのは嘘《うそ》ですね？　これだけ探索特化の構成にしておいて回避まで入れるのはさすがに無理があります。あは、虚勢を張るのがお上手ですね」

「ふぅん？　そう思うなら私を殺してみればいいわ」

「はい、お言葉に甘えてそうさせてもらいます」

彩園寺《さいおんじ》の物騒な発言に穏やかな笑顔で応え、佐伯《さえき》は端末を持ち上げた。瞬間、それを覆うようにしてどす黒い鎌のようなエフェクトが発生する。必殺の刃《やいば》。ここで彩園寺が脱落すればその時点で俺も破滅を迎えるわけだが……それでも、俺はあえて動かない。

「お別れです、《女帝》。貴女《あなた》とは手を組めると思ったんですが……あは、残念ですね」

なぜなら、知っているからだ——このタイミングで必ず飛び出す男の名を。

「——笑止ィッ！！！！！」

佐伯が死神の鎌を振り下ろしたその瞬間、彩園寺の前に誰かが身体《からだ》を割り込ませた。そいつは捻《ね》じ伏《ふ》せるような大声と共に漆黒のマントを自身の正面に広げ、佐伯の凶刃から彩園寺を庇《かば》ってみせる。当然、一瞬後には彼の頭上に〝脱落〟を示すシステムメッセージが刻まれるが、それでも彼は——久我崎晴嵐は、ニィっと口角を上げて続けた。

「ククッ……そのような鈍《なまく》らで我が女神を墜《お》とさんと企《たくら》むとは、筆舌に尽くしがたい阿呆《あほう》だな。貴様がこの舞台に上がるのは千年早い。出直してくるがいい、雑魚が！」

「……なかなかユニークですね、久我崎《くがさき》くん。それって脱落しながら言うことですか？」

「僕の勝敗などどうでもいい。肝要なのは我が女神が勝利を掴《つか》むことだけだ」

「は、はぁ……そうですか、変わった人もいるものですね」

お手上げです、と言わんばかりに小さく肩を竦《すく》める佐伯。同時にくすっと笑った彩園寺が「ありがと、助かったわ」と久我崎にウインクを決め、それを受けた久我崎の方はまるで心臓発作でも起こしたかのように両手で胸を押さえると、震える声で「あ、あああ、女神、女神が僕に、か、感謝を……」などと呟《つぶや》きながらよろよろと壁際へ去っていった。

と、まあそれはともかく。

「これで死神の役職はお前から剥奪された。次に死神が選定されるのは三十分後——それも、確実にお前以外の誰かになる」

「そうですね。今の行動で僕のカオス値は激減してしまいましたから。つまり、篠原《しのはら》くんにとって〝死神〟の脅威はなくなった。一歩前進、というわけです」

「ああ。……でも、本当にそうか？」

「嫌ですねえ、篠原くん。そんなに疑われたらまるで僕が嘘つきみたいじゃないですか」

薄《う》っすらと目を細めながらそう言って、改めて俺たちの顔触れを見渡す佐伯。

久我崎が死神の餌食となったため、こちらの人員は残り八人だ——革命陣営から俺と水上《みなかみ》と皆実《みなみ》と霧谷《きりがや》。王国陣営から彩園寺と夢野《ゆめの》と結川《ゆいかわ》、そして悪魔陣営の生き残りは深弦《みつる》のみという構成。中でも使役者は水上、皆実、霧谷、彩園寺の四人となる。

対する天使陣営は総勢で三人——佐伯《さえき》に阿久津《あくつ》、そして藤代《ふじしろ》という物騒な面子《メンツ》。使役者は阿久津一人だが、彼女の操るアバターの性能は〝とんでもない〟の一言だ。人数差があるからといって油断できるものでは全くない。

けれど——もはや、引き下がることなんて絶対に出来ないから。

「「「交戦開始だ」」」

その声は、何重にも重なって聞こえた。

#

【《伝承の塔》最上階：天使陣営VS王国陣営＋革命陣営＋悪魔陣営：交戦開始】
【最上階攻略基準EXP《エクスポイント》：100000】
【王国陣営——彩園寺更紗《さいおんじさらさ》。アバター：彩園寺更紗。EXP総量：35000】
【革命陣営——水上摩理《みなかみまり》。アバター：姫路白雪《ひめじしらゆき》。EXP総量：67300】
【革命陣営——霧谷凍夜《きりがやとうや》。アバター：霧谷凍夜。EXP総量：84800】
【革命陣営——皆実雫《みなみしずく》。アバター：遠野此花《とおのこのはな》。EXP総量：28900】
【天使陣営——阿久津雅《みやび》。アバター：阿久津雅。改変EXP総量：972000】
【状況：天使陣営以外の全アバターは全ての行動に五秒間のラグが発生】
【条件（阿久津雅）：何らかのスキルを使用している限り一切の干渉を受けない】

【条件（その他）：相手アバターに触れることが出来ない】

《ＳＦＩＡ《スフィア》》最終決戦《ファイナル》《伝承の塔》ラストバトル――。

一斉に開示されたＥＸＰ総量《ステータス》を見て、俺たちは改めて顔を突き合わせていた。

「う……ど、どうしてあんなにＥＸＰが溜《た》まっているんでしょうか？　途中の階は飛ばしていて、最後の昇降機を起動するためのＥＸＰも温存しているはずなのに……」

『……そう、ですね』

動揺交じりの水上の問いに声を上げたのは、三角帽子《ぼうし》を被《かぶ》った姫路白雪だ。彼女は澄んだ碧《あお》の瞳をじっと対面の天使に向けつつ、少しだけ固い口調で言葉を紡ぐ。

『それだけ枢木《くるるぎ》様を倒したことによる恩恵が大きかったか……あるいは、昇降機に注《つ》ぎ込むためのＥＸＰなど残していないのかもしれません。わたしたちが確保しているアイテムを奪い取れば、正規の方法で起動条件を達成することが出来ますので』

「……なるほど」

確かにその可能性はありそうだ。……が、理屈が分かったところでどうにか出来るわけでもない。俺は無為な思考を断ち切って隣の水上に身体《からだ》を向ける。

「水上。一応訊《き》くけど、《一点突破》を使った場合のＥＸＰ総量《ステータス》はどれくらいになる？」

「えと……えと、はい。ＥＸＰ総量が約十倍になるので、《一点突破》込みで65万……くらいです。ごめんなさい先輩、全然届きません……っ！」

「……いや、違う。それはお前が謝ることじゃない」

対《ヘキサグラム》専用超強化アビリティ《一点突破》——このアビリティさえあれば充分に対抗できると思っていたのは俺の方だ。これで届かない敵なんて度を越した規格外だけだと目を逸らしていたが、残念ながら阿久津雅《あくつみやび》はその規格外だった。

「どうやら、私が先攻のようね」

そうこうしているうちに先手後手の抽選が終わり、ＥＸＰ総量で勝る阿久津が当然のように〝先攻〟——一対一ではないため厳密には〝一番手〟になるが——を獲得した。続けて彼女は、慣れた手付きで交戦スキルを選択していく。天使、王国、革命の三陣営がアバターを繰り出しているため、一ターンにつき三つのスキル選択が必要だ。

銀灰色の長髪を揺らして、阿久津は冷たい視線をこちらへ向ける。

「どうしたの？　そっちがスキルを選んでくれないと交戦が始められないのだけど……それともまさか、スキルの選び方も分からないの？　そこまで無能だったとは想定外ね」

「……そんなわけないだろ。どうすれば一番効率よく倒せるかって考えてただけだ」

「そう。楽しみね、その虚勢がいつまで続くか」

吐き捨てるような口調でそう言って、阿久津はちらりと水上《みなかみ》に視線を向ける。対する水上は「っ……」と委縮しかけていたものの、やがて振り払うように黒髪を振った。

「はい――楽しみにしていてください、雅先輩。私が……いえ、私たちが必ずお二人の目を覚まさせてあげます!!」

叩《たた》き付けるような啖呵《たんか》――それと同時、水上は端末画面に指を這《は》わせて《一点突破》を使用した。対《ヘキサグラム》専用の超強化アビリティ。これまで何度も戦況を覆《くつがえ》してきた〝秘策〟が姫路《ひめじ》の身体《からだ》に吸い込まれ、瞬く間にそのEXP総量《ステータス》を書き換える。

【革命陣営――アバター：姫路白雪《しらゆき》。改変EXP総量：67300→65400】

【状況更新：アバター姫路白雪の硬直時間が五秒から三秒へ】

「……ふぅん？」

跳ね上がった姫路のEXP総量《ステータス》を見て、阿久津の表情が微《かす》かに動いた。

「それが、《ヘキサグラム》に対してだけ効果を発揮する限定強化のアビリティ……ね」

「あは。つい先週まで〝仲間〟だったというのに、僕たちも嫌われたものですねえ。もっとも、悪に恨まれるのは正義の宿命のようなものかもしれませんが……」

「ち、違います！　《ヘキサグラム》は正義の味方なんかじゃありませんっ！」

「そうですか。……本当に思い込みの激しい方ですね、摩理《まり》さんは」

そう言って肩を竦《すく》める佐伯《さえき》。彼の表情に浮かぶのは余裕の色だけだが、まあそれも無理はないだろう。《一点突破》の効力は確かに凄《すさ》まじいが、今証明されたのは〝それでも阿久津のアバターには届かなかった〟という事実の方だ。英明《えいめい》の切り札とも言えるアビリテイが捌《さば》かれた時点で、俺たちが天使陣営を倒す未来はほぼ閉ざされた――。

（――とでも、思ってるんだろうな）

けれど俺は、そんな予想を嘲笑《あざわら》うかのように口角を持ち上げると、端末を取り出しながら水上《みなかみ》の隣に進み出ることにした。天使を墜とすための最初の一歩――まずは、数字の上だけでも〝対等〟な状況を作らなければ始まらない。

「何を余裕ぶってるんだよ、二人とも。俺たちの策がこれだけだとでも思ってるのか？」

「……違うのですか？　先ほども言ったように、僕は君たちのアビリティを大まかに把握しています。この中でＥＸＰ総量《ステータス》を書き換えられるアビリティを持っているのは《一点突破》の摩理《まり》さんと《数値管理》の皆実《みなみ》さんのみ……そして、後者による補整はこの桁数だと些細《ささい》なものです。革命陣営《そちら》のアバターが雅《みやび》に並ぶ道理はありません」

「まあそうだな。確かに俺も、単純な強化アビリティは採用してない。けど――」

ニヤリと笑って端末の画面を撫《な》でる俺。すると、先ほど水上が《一点突破》を使用した時と同じく、表示されたステータス画面に大きな変化が現れる。

【革命陣営――アバター：姫路白雪《ひめじしらゆき》。改変ＥＸＰ総量：６５４０００→９８１０００】

【状況更新：アバター姫路白雪と阿久津《あくつ》雅は対等】

【条件更新（阿久津雅）：何らかのスキルを使用している間は一切の干渉を受けない】

【条件更新（姫路白雪）：相手アバターがスキルを使用している間移動速度アップ】

「――これならどうだ？」

ついに〝対等〟にまで迫った状況を見上げながら、俺は煽《あお》るような口調でそう言った。

「水上だけにお前の相手を任せるなんて、そんな無責任なことはしねえよ。最初から最後まで、俺の目的は〝どんな状況にでも対応すること〟だ」

「……まさか、《十人十色》ですか？　それも、確実に使える英明の枠に……？」

訝《いぶか》しむように繰り出された佐伯《さえき》の答えに、俺は「大正解だ」と肯定を返す。

そう――陣営メンバーに応じて様々な効果を発揮する《十人十色》アビリティ。中でも常に発動できる〝英明《えいめい》学園〟のスロットには、基本に忠実な《強化》の能力を割り当ててもらっていた。これまで一度も使わずにいたのは単に警戒を避けるためだ。

「ちなみに、詳細はこんな感じだ。陣営の所持ＥＸＰ《エクスポイント》を１００００消費することで、一分間だけアバターのＥＸＰ《ステータス》総量を１・５倍に書き換える……もちろん最低限は通常《ノーマル》のアバター強化に回してるけど、最後の決戦に限って言えばステータスは〝底上げ〟するより〝臨時強化〟した方がお得になる。ＲＰＧの基本だぜ？」

「……なるほど。確かに、悪くない手ではありますね」

得心したように頷《うなず》く佐伯。それでも彼は、一切余裕を崩すことなく笑顔で続ける。

「ですが――それは、同時にタイムリミットの発生を意味するものでもあります。革命陣営の所持ＥＸＰは現在５００００程度、つまり《十人十色》の《強化》効果が維持できるのは五分だけです。雅《みやび》のアバターを前に、たった五分で何が出来るというんですか？」

「何も出来ないだろうな。だけど佐伯《さえき》、一つ忘れてるぜ？　この交戦は俺とお前らだけのモノじゃない——《ＳＦＩＡ》に残った全プレイヤーの総力戦だ」

俺の意味深な発言に、佐伯が微《かす》かに眉を顰《ひそ》めた……その刹那、真っ向から対峙《たいじ》する俺たちの間に、見慣れた蛍光緑のシステムメッセージが投影展開された。

【陣営移籍——皆実雫《みなみしずく》：革命陣営→悪魔陣営】
【陣営移籍——夢野美咲《ゆめのみさき》：王国陣営→悪魔陣営】
【陣営移籍——不破深弦《ふわみつる》：悪魔陣営→王国陣営】

「…………はい？」

意味が分からない、という表情で小さく首を捻《ひね》る佐伯。気持ちは分かるが、しかし俺からすれば完全に予定調和だ。天使を墜《お》とす二つ目の策。不敵な笑みと共に斜め後ろへ視線を向ければ、そこには九階層へ繋がる昇降機に乗り込んだ皆実と夢野の姿がある。

「——頼んだぜ、二人とも」

「まっかせてくださいラスボスさん！　最初に頼まれた時は『何で主人公のわたしがこんなことを……？』と小一時間悩んでしまいましたが、魔女メイドさんの掛けてくれた『お使いも主人公の大切なお仕事ですよ？』という一言でピキーンと目が覚めました！　わたし、立派な主人公になるためにお使いクエストもしっかりこなします！」

「そして、わたしはその付き添い……という名の、デートイベント。二人っきりの、大チャンス……この《決闘《ゲーム》》が終わる頃には、きっと夢野ちゃんもわたしにメロメロ」

「ひうっ!? あ、あの……あのあの！　ちなみに、メンバー交換とか――」

「ない。……じゃあ、行ってくる」

無表情のままこちらに軽く手を振って、夢野と一緒に九階層へと降りていく皆実。昇降機が見えなくなるのを待ってから、俺は改めて佐伯に身体《からだ》を向け直した。

「佐伯。お前は雑にショートカットしたから知らないだろうけど、この手のダンジョンには大抵〝稼ぎポイント〟ってのがあるんだよ。《伝承の塔》の場合は九階層だ。頭の切れるプレイヤーなら一分以内にクリア出来て、一回当たり５０００ＥＸＰ《エクスポイント》近く稼げるクエストがある。二人で挑めば一分で１００００ＥＸＰだ――リソースが尽きることはない」

不敵に笑って断言する俺。……これに関しては、完全に深弦と霧谷《きりがや》の手柄だった。もちろん皆実たちは悪魔陣営に移っているため一見すれば無意味な行為だが、実は最上階《ここ》へ来るまでに悪魔陣営には〝ＥＸＰ譲渡〟というスキルを取得してもらっている。要は、二人の入手してくれたＥＸＰは革命陣営に自動加算されるという寸法だ。

（これで、ようやく対等……いや、メインで張り合えるアバターは姫路《ひめじ》だけだけど、手数が多い分こっちの方が有利なくらいだ。このまま押し切って――）

「――やれやれ、ですね」

けれど……そこで佐伯《さえき》は、俺の思考を見透かしたように優雅に首を横に振った。

「不正とはいえ7ツ星の座にしがみついているだけあって、やはり相当にしぶといようです。ですが、無駄な足掻《あが》きですよ。正義の組織は悪に屈することなどない――雅《みやび》」

「ええ。任せて、薫《かおる》」

佐伯に声を掛けられ、すぐ隣に立つ阿久津《あくつ》が自らの端末を取り出した。彼女は銀灰色の長髪を微《かす》かに靡《なび》かせながら、突き放すように冷徹な視線をこちらへ向ける。

「私のアバターが《制御暴走》アビリティの影響下にあるのは七階層で話した通りよ。私自身はもうすぐ戦えなくなるけど、代わりに飛び抜けた強化《バフ》を実現している。そして《制御暴走》の効果が適用されるのはアバターだけじゃないわ――スキルもよ」

そこで一旦言葉を切ると、阿久津は静かに自身の端末を持ち上げた。彼女の視線が向けられたのは神々しい光と羽根を併せ持つ天使のアバターだ。規格外のEXP総量《ステータス》を持つそいつに対し、阿久津は冷徹な表情のまま告げる。

「攻撃スキル――〝熾天使《してんし》の咆哮《ほうこう》〟」

『ツッツ――――!!』

阿久津の攻撃指示が下された瞬間、天使のアバターから放たれた衝撃波のような何かが姫路《ひめじ》に向かって飛来した。何の捻《ひね》りもない一撃。避《よ》けられないと判断した水上《みなかみ》が「〝不滅の大盾〟です、白雪《しらゆき》先輩……！」と防御スキルの使用を宣言する。

が、次の瞬間――

『きゃっ……!?』

防御スキルの発動は間に合っていたにも関わらず、杖《つえ》を構えた姫路の身体《からだ》は軽々と吹き飛ばされていた。もちろんEXP総量《ステータス》が大幅に強化されているため、空中で壁を蹴ってから元の地点に復帰するくらいの余裕はある。それでも黒ローブや三角帽子《ぼうし》の端なんかはところどころ千切れてしまっているのが見て取れた。

「どう？　これが、天使陣営とその他大勢《あなたたち》の力の差。思い知ってもらえたかしら？」

「っ……ご、ごめんなさい白雪先輩っ！　お怪我《けが》はないですか!?」

『大丈夫ですよ、水上様。見た目は少々痛々しいかもしれませんが、特に痛覚がリンクしているわけではありませんので。ですが、これは……』

難しい顔でそう言って、ちらりと澄んだ碧眼《へきがん》を俺に向ける姫路。……ああ、分かっている。《制御暴走》でこんなスキルを量産されてしまったら、いくらEXP総量《ステータス》が拮抗《きっこう》していてもまともな勝負になるはずはない。状況を覆《くつがえ》す強烈な一手が必要だ。

だから、俺は。

「――来い、彩園寺」

「ええ、分かったわ。貴方《あなた》の命令に従うなんて癪《しゃく》だけれど――今だけは、乗ってあげる」

当然のようにその名を呼んだ俺に対し、同じく当然のように頷《うなず》いてくれる彩園寺《さいおんじ》。

そうして彼女は、豪奢《ごうしゃ》な赤髪を揺らしながら【陣営移籍】コマンドを使用した。移動先はもちろん革命陣営だ。陣営が変わったことにより、彼女の前に立つアバター――容姿設定はデフォルトの〝彩園寺更紗《さいおんじさらさ》〟だ――の外見もがらりと変化する。凛々《りり》しい雰囲気の女勇者から、少し明るめというかファンシーで可愛《かわい》らしい印象の魔女っ娘《こ》に。同じ革命陣営のアバターである姫路《ひめじ》とは随分違う様相だが、おそらく彩園寺の持つ〝魔女〟のイメージがそのまま反映されているということだろう。

「……ぜ、絶妙に恥ずかしいわね、これ。別の容姿を設定すればよかったわ……」

俺の隣に並び立ちながら、彩園寺は中継に拾われないくらいの声でポツリと零《こぼ》す。

そして――それとほぼ同時、この最上階《フロア》ではもう一組の【陣営移籍】も成立していた。

「ひゃはっ……せいぜいオレ様の足を引っ張るんじゃねーぞ、深弦《みつる》」

「……うん、もちろん死ぬ気で頑張るよ。やっと凍夜《とうや》さんと一緒に戦えるんだからね」

「あ？　あー……てめー、意外と鬱陶しいノリしてやがんな」

「そう？　でもボクは――」

「ようこそ僕の陣営へ、霧谷《きりがや》くん！　僕たちで佐伯《さえき》くんにぎゃふんと言わせてやろう！」

「……結川《ゆいかわ》てめー、たまに信じられねーくらい図太いな」

【陣営移籍――彩園寺更紗：王国陣営↓革命陣営】

【陣営移籍――霧谷凍夜：革命陣営↓王国陣営】

そう――。

彩園寺と入れ替わるように王国陣営へと籍を移したのは、霧谷凍夜その人だった。深弦と結川の歓待に微妙な反応をする彼の前に、今度は勇者の装束を纏《まと》った霧谷のアバターが出現する。凛々しい雰囲気というよりは、どこかアウトローな戦士といった印象だ。

「陣営の組み換え完了。これで、俺と同じ陣営に入ってるのは水上《みなかみ》と彩園寺……つまり英《えい》明《めい》と桜花《おうか》になった。《十人十色》はさっきの《強化》に加えて、相手のアビリティ一つを使用不能にする《封印》が発動してる。対象は《制御暴走》だ――既に発生してる効果は消せないけど、今後スキルやら何やらを暴走させるのは控えてもらうぜ」

「……なるほど。群れるのは弱者の証《あかし》とも言いますが、《十人十色》にとっては良《い》いこと尽《ず》くめですね。何せ、あらゆる方策に対して後出しで最適な解を選べることになる」

俺の宣言に対し、右手を顎の辺りに添えながらすっと目を細めて思考する佐伯。……そう、これが三つ目の作戦だ。全プレイヤーを引き連れて最上階へ乗り込むことで、今の俺は《十人十色》の効果をフルに活用できる状態になっている。要は手札が無限にあるようなものだ。いかに強大な相手でも対処できないということはない。

そして――ここまで戦況を進めることで、ようやく俺たちにとっての〝勝機〟が微《かす》かに見えてきた。メイン戦力となる水上・姫路ペアは現状で阿久津《あくつ》のアバターとＥＸＰ総量《ステータス》が拮抗《きっこう》しており、さらに彩園寺が革命陣営に加わったことで阿久津はこれ以上の〝壊れスキル〟を使うことが出来なくなった。彩園寺《さいおんじ》と霧谷《きりがや》の両アバターに関しても、EXP総量《ステータス》では劣るものの、補助系スキルを使って妨害を行ってくれている。皆実《みなみ》と夢野《ゆめの》が九階層で頑張ってくれている限り、こちらのEXP《リソース》が底を突くようなこともない。

(一応、追い詰めた……って言ってもいいはずだ。さあ、どう出る佐伯《さえき》……?)

「……ふむ。では、こうしましょうか」

そして、交戦二ターン目の開始直後——当の佐伯は静かに口を開くと、不意に俺たちから視線を外した。彼は優雅な笑みを湛《たた》えたまま、傍《かたわ》らの阿久津雅に向き直る。

「ねえ雅《みやび》。どうやら、僕たちも〝奥の手〟を使わなければならない時が来たようです」

「——……本気で言っているの? 薫《かおる》にそこまでの覚悟があったなんて予想外だわ」

「覚悟? 覚悟、というと……頂点に立つ心構え、ということですか? それなら、もちろんありますよ。《SFIA《スフィア》》を制するのは僕たち《ヘキサグラム》ですから」

すっと目を細める佐伯の答えに対し、長い髪を揺らして「……そう」と頷《うなず》く阿久津《あくつ》。

そんな彼女から視線を切ると、佐伯は——

「後援者専用スキル〝生贄《いけにえ》の儀式〟——発動。プレイヤー阿久津雅を脱落させます」

「————は?」

耳を疑うような発言に俺がそんな反応をした……刹那、佐伯の端末が強烈な白の光を放ち、その直後には俺たちの目の前に蛍光緑のメッセージが浮かび上がってきた。【天使陣営：阿久津雅──ステータス：脱落】。《ヘキサグラム》の幹部であり恐ろしいほどの実力と頭脳を持つ彼女が、あっさりと《ＳＦＩＡ》の舞台から降ろされた。

「っ……お前、何のつもりだ？」

「何の、というと、やはり勝利のためでしょうか。まず、雅は《輪廻転生》というアビリティを登録《セット》しています。自身が脱落した際、それまで使役していたアバターを──全ての強化を反映させたまま──誰かに託すアビリティ。これにより、雅のアバターは僕に移ります。《制御暴走》のペナルティは雅に対するものなので、僕自身には何のデメリットも発生しない。それに……お気付きですか、篠原《しのはら》くん？　そろそろ僕たちが交戦を始めてから二十五分が経過します。そうです、もうすぐ死神が戻ってくるんですよ」

「ッ……!?　じゃあお前、まさかそのために──」

「はい、そのまさかです。色々と試してみましたが、やはり〝味方殺し〟が最もカオス値を貯《た》めやすいもので。正義の味方としては少々心苦しい行為ではありますが……ご安心ください。雅の無念を晴らすためにも、僕が必ず君の不正を暴きますから」

反論を捻《ね》じ伏《ふ》せるように笑みを浮かべる佐伯。……なるほど、これが彼の描いたプランということか。阿久津の《制御暴走》を使ってアバターを超強化し、ペナルティは《輪廻転生》によって回避する。そして、不要になった彼女を脱落させることで莫大《ばくだい》なカオス値を稼ぎ、再び〝死神〟を手に入れる──相当に理詰めのロジックだ。交戦前と違って今は皆実《みなみ》が最上階《ここ》にいないから、俺たちが《鉄壁》を使用することはもう出来ない。

「改めて。……裏切り者に裁きを与える時間です」

そう言って、佐伯《さえき》はすっと両目を細めながら静かにこちらへ近付いてきた。右手の端末に宿るどす黒いエフェクトは紛《まぎ》れもなく死神の鎌――そして、その切っ先が向いているのは俺ではなく、使役者である水上だ。佐伯は穏やかな口調で続ける。

「ねえ、摩理《まり》さん。一度だけ……もう一度だけ、君にチャンスをあげましょう」

「……チャンス、ですか？」

「はい。君は正義の使者である僕たちを裏切り、あろうことか違反者である篠原《しのはら》くんの軍門に下りました。ですが、そんな不義理も一度だけなら許していいと思うんですよ。誰にだって〝間違い〟はありますからね。僕たちは悪を裁くための組織ですが、一つ間違えただけで何もかもを悪とするような短絡的な思考は持ち合わせていません」

「………………」

「なので――誓ってください、今ここで。篠原くんが違反者であることを認めると。二度と僕たちを疑わないと。そうしてくれれば、僕たちは君の復帰を歓迎します」

どす黒い光を放つ死神の鎌を水上《みなかみ》の喉元に突き付けながら、にこやかにそんな勧誘を口にする佐伯。いや、勧誘というかもはや脅迫だ。頷《うなず》けばそれだけで《ヘキサグラム》に戻ることができ、断れば即座に《伝承の塔》から追放される。全くもって天秤《てんびん》の釣り合っていない二者択一。絶対的強者の笑みが、嘲笑《あざわら》うように水上へ投げ掛けられる。

……そんな中、

「はい、薫《かおる》さん。私は……私の答えは、とっくに決まっています」

このフロアにいる全員が注目する中で――水上は、流麗な黒髪を揺らして顔を上げた。

「だって私は、偽物の正義なんかに絶対負けたりしませんから――――ッ!!!!」

「――……そう、ですか」

ぎゅっと目を瞑《つぶ》って放たれた明確な〝拒絶〟に、佐伯はこの《決闘《ゲーム》》で初めて笑みを消した。どこかつまらなそうな、冷めたような表情。そうして彼は、それ以上言葉を重ねることもなく、ほとんどノーモーションで横薙《な》ぎに鎌を振るう――が、

「――――は？」

邪悪な光を伴うエフェクトが水上の身体《からだ》に触れるや否や浄化されるようにキラキラとした粒子に変質するのを見て、佐伯は呆気《あっけ》に取られたようにポカンと口を開けた。彼からすれば有り得ない光景――だが、俺たちは全員がこの展開を知っていた。狙っていた。阿久津《あくつ》を切り捨ててまで取り戻した死神の力が水上に振るわれるのを待っていた。

何故《なぜ》なら、

「【断章2――死神の力で囚われの少女は倒せない】。……知ってるか、佐伯？　囚《とら》われの少女ってのは〝カオス値の最も低いプレイヤー〟――つまり、水上のことなんだぜ」

「なッ……!?」

露骨に顔色を変える佐伯《さえき》に大きく一歩近づきながら、俺はニヤリと笑ってそんな言葉を口にする。そう、そうだ——佐伯とは正反対に、他プレイヤーの妨害を一切することなく戦ってきた本物の〝正義〟。彼女だけが、死神の暴虐を跳《は》ね除《の》ける力を持っていた。

「——結局、さ」

交戦開始三ターン目、後手。投影映像《アバター》である姫路《ひめじ》と彩園寺《さいおんじ》と霧谷《きりがや》がそれぞれの得物を構えるのを視界の端で捉えながら、俺は微《かす》かに口角を上げて続ける。

「お前の〝正義〟は傲慢なんだよ、佐伯。正しい未来だなんだって言いながら自分の理想通りの世界しか認めてない。いや、理想を追い求めるのは別にいいぜ？　でもそんなのはお前が一人で勝手にやればいいだろ。わざわざ他人を巻き込むなよ」

「……あは。自分が優勢になった途端にお説教モードですか、篠原《しのはら》くん？　僕は君の不正を暴《あば》くための手段として《ＳＦＩＡ《スフィア》》の頂点に立とうとしているだけですよ。理想がないとは言いませんが、それが何だというんでしょう？　誰もが正しいことをして、悪人が一人もいない世界。それを望むことが何か間違っていますか？」

「だから、その善だの悪だのをお前一人が判断してる時点で歪《いびつ》だって言ってんだ。バランスを取るための《ヘキサグラム《組織》》もお前の独裁状態になっちまってるみたいだしな」

「なるほど、妄想もそこまで行くと立派なものですね。……というか」

と、そこで、しばらく顔を伏せていた佐伯がゆっくりと視線を持ち上げた。その表情に浮かぶのは怒りでも苛立《いらだ》ちでもない。相変わらず余裕に満ちた穏やかな笑みだ。

「何か勘違いしていませんか？　《伝承の塔》はまだ終わっていません。僕の理想が信じられないならそれはそれで構いませんが、何度も言っている通り、最終的な発言権を持つのはこの《決闘》に勝利した側なんですよ。僕たちの——いえ、僕の《ヘキサグラム》を下に見るのは、せめてこのアバターを倒してからにしてください!!」

そう言って、佐伯が大きく端末を振り上げた……瞬間、

『——————ッッ!!』

声にならない痛切な咆哮《ほうこう》と共に、阿久津《あくつ》と同じ容姿を持つ天使のアバターが凄《すさ》まじい光に包まれた。まるで進化でもするかのように、より大きく、より複雑な形状へと変化していく。息を呑《の》みつつ端末の表示を確認すれば、EXP総量《ステータス》はとっくに【計測不能】となっていた。そして、当然ながら状況の方もそれに応じて変わっている。

【状況更新：アバター阿久津雅《みやび》に触れたアバターは、その時点で消滅する】。

「——あは」

そんな光景を見下すようにして、佐伯は優雅に両腕を広げてみせた。

「あは……あははは、これは凄《すご》い。ここまで上手《うま》くいくとは思ってもみませんでした。どうでしょう、篠原くん？　これが君の希望を打ち砕く正義の鉄槌《てっつい》です。摩理《まり》さんのアビリ

ティ──《一点突破》でしたっけ？　僕の方も、それを参考にして〝裏切り者と敵対している時だけ超強化〟という制約付きのアビリティを作ってみました。まあ……摩理《まり》さんのアビリティと比べると、ほんの少し遠慮がないかもしれませんが」

「っ……ほんの少し？　どこがだよ、清々《すがすが》しいくらいの不正《チート》だろ」

「チート、ですか？　人聞きの悪いことを言いますね。君のような違反者を相手にするのですから、正義の組織にはこのくらいの力があって然るべきなんですよ。雅《みやび》がいると止められてしまいそうですが、そもそも普段の僕たちは少しばかり慎重すぎる。……それにしても、良《い》いですねその表情《かお》。もう打つ手はない、ということでしょうか？」

勝利を確信したような薄笑いと共に傍《かたわ》らの天使に向かって端末を掲げる佐伯《さえき》。……EX《エクスポ》P《イント》でもスキルでもアビリティでも、何を使ったところで現状の打破は不可能だ。あの天使が軽く羽根を振るうだけで、俺たちの連合軍はいとも簡単に壊滅する。

けれど──否、だからこそ俺は。

（ああ……良かった。これで、最後の条件が整った……っ！）

心の底から安堵《あんど》しながら、緩みそうになる表情を抑えて目の前の光景を見つめていた。

ここまでの流れは──戦況は、実はほとんど俺の思い描いた通りのものだ。佐伯が死神を失い、阿久津《あくつ》を失い、そして冷静さを失ってある種の〝禁忌〟に手を出した。この時点で、天使を墜とすための条件は既に達成されていると言っていいだろう。ただし、致命的な一撃を食らわせることが出来るのは、残念ながら俺じゃない。

「あは――さよならです、篠原《しのはら》くん。君の天下はここまでだ」

邪悪さを隠し切れない笑顔でそう言って。

佐伯は、傍らの天使に向かって掲げていた腕を――

【あー、あーあー。……ねえキミ、ちょっと待ってもらっていい？】

――振り下ろす、直前。ザザッと微《かす》かなノイズ交じりにそんな声が聞こえてきた。

誰かの端末から、というわけではなく、部屋全体に響き渡るような音だ。男とも女ともつかない加工音じみたその声は、何かの資料を読んでいるような雰囲気で続ける。

【キミが佐伯薫《かおる》くん？　ダメでしょ、これ。キミの周りに笑えるくらい大量のエラーログが出てる。もうね、ぐっちゃぐちゃだよ。せっかくラストバトルで盛り上がってるところ申し訳ないけど、《決闘《ゲーム》》の運営側として看過できないラインだ】

【全く、今回はちょっとした告発があったから気付けたようなものの……やけに手馴れてる感じだね。普段はもっと優秀なプレイヤーが制御してたりするのかな？】

【ま、とにかくペナルティだよ――学園島管理部の名において、キミに制裁を執行する】

言うだけ言って、プツッと途絶える通信――と、その直後、目の前の光景に大きな変化が生じた。神々しい光を纏《まと》っていたはずの天使が急激に輝きを失い、やがて宙を舞うことも出来なくなってトンっと力なく床に降り立つ。その様はまさに〝墜落〟だ。頭上に表示されているEXP総量《ステータス》も【累積EXP《エクスポイント》：45】ととんでもなく弱体化している。

「なッ……ば、馬鹿な!?　一体、何がどうなって――!?」

訳が分からない、とでも言うように取り乱している佐伯《さえき》。対する俺は、状況を一通り確認してから彼の前に進み出ると、ニヤリと不敵な笑みを浮かべて口を開く。

「気付いてなかったのか？　お前は、ちょっとやり過ぎたんだよ。《伝承の塔》のルールの外で動き過ぎた。あんなチートに手を出したら運営ストップが入るに決まってる」

「……まさか、君がそんな偶然に期待したとでも？」

「偶然？　そんなわけないだろ、ちゃんと種は蒔《ま》いてたよ――《決闘》の開始前からな」

……そう。

俺が《伝承の塔》を攻略するのと並行する形で、塔の外では榎本《えのもと》を中心とする英明《えいめい》メンバーが――密《ひそ》かに行われていた《カンパニー》の支援を受けつつ――《ヘキサグラム》の実態を知る告発者を集め、水上《みなかみ》の姉や英明の元エースといった面々の協力も通じて学園島《アカデミー》の管理部へと話を通してくれていた。その上で、俺の任務は〝天使陣営以外の全プレイヤーと協力して佐伯を追い詰めること〟だったわけだ。追い詰められた佐伯が不正に手を出してくれさえすれば、それで全ての条件が整うようになっていた。

「だから……佐伯、お前の敗因はその傲慢さだ。多分、普段は阿久津《あくつ》がお前の無茶苦茶《むちゃくちゃ》を成立させてくれてたんだろ？　ルールの範囲内に収まるよう調整してくれてた。で、お前はそれを自分の才能だって勘違いしたんだ——だから躊躇《ちゅうちょ》なく阿久津を脱落させた。死神を手に入れるっていう目先の利益だけで簡単に仲間を切り捨てて、そのせいで調整役《ストッパー》を失ったんだよ。なら、こうやってエラーが出るのなんて時間の問題だ」

俺の言葉に「ッ……！」と激しく表情を歪《ゆが》める佐伯。

そうして彼は、もはや取り繕うことも諦め、確かな怒気を孕《はら》ませながら続ける。

「うるさい……何で、だよ。どうしてみんな僕の邪魔ばかりするんだッ！　僕ならこの島を正しい方向に導いてやれる！　悪を排除して！　正しい者が報われるッ！　そんな理想の未来をくだらねえイカサマ野郎が否定してんじゃねえよ！！！」

「ハッ……ようやく素直になったな、佐伯。そっちの方が似合ってるぜ」

「黙れ！　黙れ、黙れ黙れ黙れ！　篠原緋呂斗《しのはらひろと》！　お前は、僕の正義を一体何だと思ってるんだよ!?　僕の理想を、僕の改革を何だと……!!」

「お前の正義を何だと思ってるか……ね。ああ、せっかくだから答えてやるよ」

そこまで言って、俺は一旦言葉を止めることにした。……というのも、しばらく無言のまま話の流れを見守っていた水上が、とたたっと小走りに駆け寄ってきたからだ。佐伯の前で並び立つような体勢になる俺と水上。そうして俺たちは——今までのお返しとばかりにニヤリと笑みを浮かべると——声を揃《そろ》えてこう言った。

「「——余計なお世話、だ（です）」」

「ッ……ァ、アアアアアアアアアアアアアアアアアアアアアアアアアアアアアア!!」

獣のような咆哮《ほうこう》の後、まるで電池の切れたロボットのようにその場で膝を突く佐伯《さえき》。

そこから先は、あっという間だった——管理部から下された制裁によってEXP総量《ステータス》がほぼ0になったため、天使のアバターはまともに動くことすらままならない。そんな彼女に姫路《ひめじ》が『えいっ』と杖《つえ》を押し当て、一瞬でその体力《LP》を蒸発させた。加えて、少し待機していると今度こそ死神の裏役職が佐伯から霧谷《きりがや》へと移ったため、彼はどす黒いエフェクトを纏《まと》う鎌の力で佐伯薫《かおる》を《伝承の塔》から追放してみせる。

そんなわけで……八月十日、午前十一時五十七分。

《ヘキサグラム》リーダー佐伯薫は、生まれて初めて敗北を喫することと相成った。

【《伝承の塔》最上階：天使陣営VS王国陣営＋革命陣営＋悪魔陣営：交戦終結】
【勝者——悪魔陣営／王国陣営／革命陣営】

#

天使陣営——もとい《ヘキサグラム》との交戦が幕を下ろしてしばし。
最上階に残ったプレイヤーはわずか数人だ。革命陣営の俺と水上《みなかみ》と彩園寺《さいおんじ》、それから王国陣営に属する霧谷、深弦《みつる》、結川《ゆいかわ》。佐伯薫という強敵を無事に打ち倒したことで、特に水上や深弦なんかはほっと表情を緩めている。

が……実は、今の時点ではまだ〝何もかも片が付いた〟とは言いがたい状況だった。というのも、これまで協力できていたのは天使陣営という共通の敵がいたからだ。

「難しいところね……」

俺から少し離れたところに立って、彩園寺は難しい顔で腕を組んでいる。

「学区単位で考えるとしても、ここにいるのが桜花《おうか》と英明《えいめい》と森羅《しんら》と茨《いばら》……雫《しずく》と美咲《みさき》もすぐに上がってくると思うから、そこに聖《せい》ロザリアと天音坂《あまねざか》が加わるわ。昇降機を動かす鍵になる〝囚《とら》われの少女〟は水上さんで、アイテムは革命陣営と王国陣営に分かれてる」

「……ま、話し合いってわけにはいかないだろうな」

そう──脱出条件となるアイテムの一つ〝聖戦の剣〟。佐伯が持っていたそれが移動した先は、革命陣営ではなく王国陣営の方だった。先ほど終結した交戦が全陣営参加の乱戦だった関係で、勝利報酬として奪ったアイテムがランダムで配当されてしまった形だ。よって、仮に俺たち《おれたち》が〝抜け駆け〟を試みたとしても、どの道昇降機は動かせない。素直に考えるならもう一度ぶつかるしかないのだが、《エクストラターン》の恩恵を受けていた俺と彩園寺と霧谷と深弦の四人は、あと一時間もすれば行動不能に陥ってしまう。

さてどうするか、と俺が思考に耽《ふけ》ったその瞬間、不意に端末が小刻みに振動した。

「……？　もしもし、皆実《みなみ》か？　どうした」

『！　不思議……まだ喋《しゃべ》ってないのに、なんで分かったの？　もしかして、あなたは吐息だけでわたしを識別できる能力者……つまり、音ふぇちの人？』

「違う。……じゃなくて、何の用なんだよ皆実《みなみ》。時間がないのは知ってるだろ？」

『知ってる……からこその、やつ。茶目っ気、たっぷり……』

淡々とした声音の中に少しだけ悪戯《いたずら》っぽい色を混ぜ込む皆実。彼女は続ける。

『実は、ストーカーさんに嬉《うれ》しい連絡……九階層のクエストでずっとEXP《エクスポイント》を稼いでたんだけど、この場所、なんか罠っぽい……一定以上稼ぐと、しばらく抜け出せないやつ。だから、今のわたしたちは、ぬるぬるの触手に捕まってえっちなお仕置き中……』

『ひゃんっ！　み、皆実さんどこ触ってるんですか!?　さっきから触手より皆実さんの方が……ひゃあっ！　しゅ、主人公は主人公でもちょっと違うゲームのやつですこれ!?』

「…………」

『ふふ……生唾の音が聞こえてくる。混ざりたければ、来るといい……』

「行くわけないだろ……」

『そう？　もったいない……でも、来ないなら、一つ伝言。わたしたちは、罠に嵌《は》まって動けない……だから、見捨ててもらっていい。勝者は、みんなで決めて……』

「！　……いいのか？」

『良くない。……埋め合わせは、今度して』

そこまで言って躊躇《ちゅうちょ》なくぷつっと通信を切ってしまう皆実。

彼女からの連絡を要約しつつ伝えると、水上《みなかみ》が「じゃあ……」と小さく首を傾《かし》げる。

「皆実先輩と夢野《ゆめの》さんが来ないなら、あとはここにいる六人の中から勝利陣営に入る四人を決めればいい……ということですか？」

「ま、平たく言えばそうなるわね。とりあえず〝囚《とら》われの少女〟である水上さんは脱出条件の中に含まれてるから、四人のうち一人は確定。あと三枠の取り合いね」

「だな。学区が四つだから、公平に分けるって手もあるにはあるけど……」

最上階に残っているのは英明《えいめい》、桜花《おうか》、森羅《しんら》、それから茨《いばら》の四学区。平和な終わり方も目指せるように思えるが、そうすると英明の枠は水上になるため今度は俺が勝利陣営に入れなくなってしまう。絶対に負けられない俺としては受け入れられない相談だ。

と——そんな時、

「なるほど、理解したよ。そういうことなら、僕は勝利を辞退しよう」

気障《きざ》ったらしく前髪を掻《か》き上《あ》げながら、結川奏《ゆいかわかなで》が爽やかな笑みでそう言った。

「僕は確かに茨の頂点に立つ男だけど、ただ強いだけじゃなく空気も読めるからね。レディーが困った顔をするくらいならそんな勝利は要らないよ」

「あら、なかなか粋なことを言うじゃない。……で、本音は？」

「もちろんこれが本音だとも。ただ——ただ一つ、聡明《そうめい》な僕には分かるんだ。このまま僕が勝利陣営に名を連ねた場合、ＳＴＯＣでどれだけ叩《たた》かれるか……！　そうなれば《アストラル》の時と同じく僕の評価が地に落ちる！　なら、僕はこの位置でいい!!」

ふっとニヒルな顔つきでそんなことを言う結川《ゆいかわ》。彼の場合は〝炎上が得意技〟みたいなところもあるような気がするが……まあ、本人が良《い》いならそれでいいだろう。

と――そんな宣言を聞いて、釣られるように苦笑してみせたのは不破深弦《ふわみつる》だ。

「結川さんが辞退するならちょうどいいね。実は、ボクも勝利陣営には入れないから」

「……どういうことだ？」

「《エクストラターン》の代償だよ。篠原《しのはら》くんには四時間って言ったけど、実はボク、もう少しだけ長く活動してたんだ。九階層のクエストを見つけられたのはそのおかげ。……でもその代わり、みんなより早く硬直状態になっちゃってるんだよね。《決闘《ゲーム》》に関するあらゆる行動が封じられてるから、当然【移籍申請】コマンドだって使えない」

「ひゃはっ。んだよ深弦、ざまあねーな」

「ええ……元はと言えば凍夜《とうや》さんがやれって言ったんじゃない」

「てめーが〝活躍させろ〟って騒がなきゃそんな仕事は振ってねーよ。……ま、オレ様だろうがてめーだろうが、一人勝ち残りゃ森羅《しんら》の勝ちには変わりねえ。理想とはかなり違う展開になっちまったけど、この結果なら悪くねーだろ」

ひらひらと手を振りながら、どこか満足げな口調でそんなことを言う霧谷《きりがや》。

そうして彼は、後援者の限定スキルを介して〝聖戦の剣〟を俺たち革命陣営に譲渡すると、すぐに【陣営移籍】のコマンドを使用した。対象はもちろん革命陣営だ。これにて勝利陣営の所属メンバーが最終確定となる。

「ごくん……で、では！」

そして――息を呑《の》む水上《みなかみ》を先頭に、俺と霧谷と彩園寺《さいおんじ》は順に昇降機の床を揺らすことにした。囚《とら》われの少女、聖戦の剣、破邪のタリスマン。起動条件として設定されていた三つがこの場に揃《そろ》ったことで、昇降機がブゥン……と聞き慣れた音を立て始める。

直後、ゆったりとした浮遊感が瞬く間に全身を包んで――

俺たちは、《SFIA《スフィア》》に勝利した。

【夏の大規模イベント《SFIA》――最終結果】
【総参加者：25039名（全20学区）。最終決戦《ファイナル》進出者：16名（全10学区）】
【《SFIA《スフィア》》最終決戦《ファイナル》《伝承の塔》勝利陣営：革命陣営】
【所属プレイヤー：彩園寺更紗《さいおんじさらさ》／篠原緋呂斗《ひろと》／水上摩理《みなかみまり》／霧谷凍夜】

LNN -Librarian Net News- 号外

【速報！】《ＳＦＩＡ》最終決戦――《伝承の塔》最終結果発表！

驚きの展開の連続で、思わぬ形で幕を閉じた夏の大規模イベントSFIA。その結果を速報でお伝えするニャ！　最終勝利者は彩園寺更紗（桜花学園二年・６ツ星）、篠原緋呂斗（英明学園二年・７ツ星）、水上摩理（同学一年・３ツ星）、霧谷凍夜（森羅高等学校三年・６ツ星）の革命陣営となったニャ！

篠原緋呂斗、驚異の大逆転！
《ヘキサグラム》の不正疑惑の告発で学園島中を巻き込んだ賛否に揺れた篠原緋呂斗くん。終わってみれば、数々の奇想天外な発想と周囲を巻き込むカリスマ性を発揮しながら大活躍。粘り腰の結果、最終的に最大の敵対関係にあった佐伯薫くん（彗星学園三年・6ツ星）の不正が明るみに出て、終わってみれば大勝利となったニャ！

正義の組織《ヘキサグラム》、実は悪の組織だった！？
これまで学園島の“正義の番人”として、クリーンなイメージと高い支持を集めていた《ヘキサグラム》。7ツ星との全面対決でイベントを大いに盛り上げたが、《SFIA》内での佐伯薫くんの不正が運営側の指摘で発覚し失格というまさかの結果に。非常に残念ニャ……。さらに、これまでの《ヘキサグラム》のひどい所業が被害者から集団告発されたことで、しばらくこの騒動は収まりそうにないニャ……！　佐伯薫くんと阿久津雅さん（彗星学園三年・6ツ星）はじめ関係者の今後も注目されるニャ。

夏のイベント戦で注目度が上がったプレイヤーたち
篠原緋呂斗くんと《ヘキサグラム》の争いの渦中でキーパーソンとなった水上摩理さん（英明学園一年・3ツ星）とダークホースとしてかき回した夢野美咲さん（天音坂学園一年・4ツ星）が台頭。クールな佇まいとプレイぶりで人気者となった皆実雫さん（聖ロザリア学園二年・5ツ星）も新しいスターだニャ！　さらにSNS上で「茨のゾンビ」の愛称で呼ばれ始めた結川奏くん（茨学園三年・5ツ星）も熱心なファンとアンチを獲得して注目されているニャ！。

エピローグ　静かな予兆

＃＃＃

八月中旬。真夏の祭典《SFIA《スフィア》》が幕を下ろしてから数日後。

俺は、island tube《アイ・チューブ》上で配信されている《ライブラ》の振り返り配信を見るとはなしに眺めながら、自宅のリビングで姫路《ひめじ》の入れてくれた紅茶を啜《すす》っていた。

結局——《SFIA》最終決戦《ファイナル》《伝承の塔》は、俺たち革命陣営の勝利に終わった。メンバーは俺、水上《みなかみ》、彩園寺《さいおんじ》、霧谷《きりがや》の四人。二十五万人参加の一大イベントでトップを取ったプレイヤー、ということで、今もSTOCのホットワードに上がり続けている。

ただし、報酬となる星の分配に関しては、実はまだ何も確定していない。……というのも、《SFIA》の正規報酬である〝橙《だいだい》の星〟に加えて佐伯《さえき》と不破《ふわ》兄妹《きょうだい》の二組が色付き星《ユニークスター》を所持していたこと、特に後者は〝二人で一つ〟の特別仕様であること、さらに《ヘキサグラム》の不正が確定したために〝そもそも敗者の星を没収するべきなのか〟という議論すら持ち上がっていること……などなど、状況が相当に入り組んでいるんだ。夏休み中に方針が定まってくれればいいが、その辺は運営側に任せるしかない。

「とはいえ、今回の勝利で英明《えいめい》学園がさらに躍進したのは間違いありませんね」

と……俺がそこまで思考を巡らせた辺りで、キッチンから戻ってきたメイド服姿の姫路《ひめじ》白雪《しらゆき》が、コトンとお茶菓子の皿を置きながらそんな言葉を口にした。彼女は俺の隣にそっと腰を下ろしつつ、さらりと白銀の髪を揺らして続ける。

「何しろ、四名の勝者のうち二名が英明《えいめい》学園の所属ですので。色付き星《ユニークスター》に関してはどうなることか分かりませんが、それでも高い確率でご主人様に回ってくると思います。五色所持の7ツ星――これで、もうご主人様を止められるプレイヤーはいませんね」

「ん……それは、またちょっと別の話だと思うけど」

苦笑気味にそう言って小さく首を横に振る俺。今回のイベントだって――不正《イカサマ》が封じられていたからというのもあるが――一歩間違えば脱落していた。それでも潰されずに済んだのは、姫路をはじめとする《カンパニー》の協力はもちろん、彩園寺《さいおんじ》や霧谷《きりがや》といった他学区プレイヤーとの共闘、さらには榎本《えのもと》たちの支援があってこそだろう。

「……って、そういや《ヘキサグラム》の方はどうなったんだ？」

ふと気になって声を上げる俺。

《ＳＦＩＡ《スフィア》》を通じて明かされた組織としての実態と、最後の最後で露《あら》わになった佐伯《さえき》の本性。そういった諸々《もろもろ》が積み重なって、《ヘキサグラム》の評判は地に落ちた。《決闘《ゲーム》》が終結してからも、佐伯薫《かおる》は一度として公の場に姿を現していない。

ティーカップにそっと唇を触れさせてから、姫路が澄んだ声音で答える。

「そうですね。《伝承の塔》の裏で行われていた盤外戦……榎本様の主導で管理部に持ち込まれた告発により、《ヘキサグラム》の悪事はほぼ全て明らかになりました。現在も事実確認が進められており、佐伯薫やその他のメンバーは個別で聴取を受けているようです」

「なるほど……水上《みなかみ》のやつ、大丈夫かな」

「はい、と断言までは出来ませんが……水上様は《ヘキサグラム》の黒い部分をほとんど知りませんので、心配する必要はないと思いますよ？　あれのこともありますし」

ほんの少しだけ悪戯《いたずら》っぽい表情でそんなことを言う姫路。

あれ、というのは、先日行われた勝者インタビューで水上摩理《まり》がかました全力謝罪のことだ。俺が止める隙もなく、彼女は自身の経歴を洗いざらい話して頭を下げた。それも数万人の視聴者が画面越しに見守っている中で、だ。元々《伝承の塔》を通じて水上のファンが大量に生まれていたこともあり、彼女を責めるような風潮はほとんど見られない。

ただ――と、姫路はそこでほんの少しだけ表情を曇らせた。

「一つ気になるのは、やはり阿久津様ですね。榎本様から《ヘキサグラム》のメンバーリストを見せていただきましたが、その中に〝阿久津雅〟の名前はありませんでした。現在も、イベントが終わるなりどこかへ姿を晦《くら》ませています」

「……そうなんだよな」

確かに《ヘキサグラム》は不正を暴《あば》かれて壊滅した。が、そんな中、佐伯に次ぐ中枢人物と目されていた阿久津《あくつ》だけが行方不明になっているんだ。気にならないはずはない。

「ですが、仮に阿久津様が再び動きを見せるにしても、それは《ヘキサグラム》としてではありません。今回は完全勝利と言っていいでしょう――お疲れ様でした、ご主人様」

「ああ。……ありがとな、姫路《ひめじ》」

ふわりと優しい笑顔で労《ねぎら》ってくれる姫路に対し、俺は素直な感謝を口にする。……七月の後半から約二週間に渡って繰り広げられた大型イベントもこれにて終幕だ。ずっと張り詰めていた緊張の糸が今になってようやく解けていくような感覚がある。

そんな俺の表情を見て、姫路はいつも以上にリラックスした声音で言葉を継いだ。

「これで、ようやく夏休み……次の学校行事《イベント》は二学期にある修学旅行ですね。しばらくはゆっくり羽を伸ばしていいかと思いますよ？」

「修学旅行、か……四月に転校してきたばっかりだから何か変な感じだけど、もうそんな時期なんだな。まあ、この島のことだし単なる旅行ってわけじゃないんだろうけど」

「ご明察です、ご主人様。そして……実は、それに関することで一つ問題がありまして」

さらりと白銀の髪を揺らしつつ、何とも言えない表情で俺の目を覗《のぞ》き込《こ》む姫路。

「既に予想は付いているかと思いますが、学園島《アカデミー》における修学旅行というのは〝学区対抗型の《決闘《ゲーム》》イベント〟を兼ねたものです。さらに、修学旅行という行事の性質上、参加できるのは高校二年生のみとなります」

「ああ、まあそりゃそうだよな。……って、それだと何かマズいのか？」

「はい。……よく考えてみてください、ご主人様。榎本《えのもと》様、浅宮《あさみや》様、秋月《あきづき》様は三名ともに三年生。水上《みなかみ》様は今年入学したばかりの一年生。そして、紬《つむぎ》さんに至っては中学生――そうです。英明《えいめい》学園の主力には、わたしたち以外の二年生が一人もいないのです」

「……ぁ」

「ええと、その………どう、しましょうか？」

困ったような表情を浮かべる姫路に対し、無言でさぁっと顔を青褪《あおざ》めさせる俺。

一つのイベントが終わった直後に、早くも次なる懸念が生まれた瞬間だった――。

♭♭♭

『――修学旅行、＊＊＊なんだね！　うん、わたしもすっごく楽しみ』

『こういうの、普通に行けるなんて思ってなかったから……リナに感謝しなきゃ』

『え？　……ち、違う、違うの！　今のは、ちょっと言い間違っただけ！』

『うん、そうだよ。だって――』

『わたしは、天才でもお嬢様でも何でもない、どこにでもいる普通の高校生だもん』

あとがき

こんにちは、もしくはこんばんは。久追遥希《くおうはるき》です。

この度は『ライアー・ライアー7　嘘《うそ》つき転校生は偽りの正義に逆襲します。』をお手に取っていただきまして、誠にありがとうございます！

いかがでしたでしょうか……!?　夏の祭典《SFIA《スフィア》》の最終決戦《ファイナル》ということで、これまでに登場した各学区のエース級やとびっきり強かったり凶悪だったり不穏だったりする新キャラたちがバチバチにぶつかり合う展開になりました。意外なキャラの活躍もあるかも？？　めちゃめちゃ気合い入れて書きましたのでお楽しみいただければ幸いです！

続きまして、謝辞です。

今回も最ッ高のイラストを描いてくださったkonomi（きのこのみ）先生。新キャラたちのデザインも超々良かったです！　感動で悶《もだ》えるレベルでした……！

担当編集様、並びにMF文庫J編集部の皆様。今巻も大変お世話になりました！　お手数かけてばかりですが今後ともよろしくお願いいたします！

そして最後に、この本を読んでくださった読者の皆様に最大限の感謝を。

次巻もめちゃくちゃ頑張りますので、期待してお待ちいただけると嬉《うれ》しいですっ!!

久追遥希

ライアー・ライアー
絶対に負けられない
学園頭脳ゲーム&ラブコメ、
堂々のコミカライズ!
漫画：幸奈ふな
原作：久追遥希
キャラクター原案：konomi（きのこのみ）
MFコミックス アライブシリーズ
ライアー・ライアー1巻&2巻
大好評発売中!
月刊コミックアライブで好評連載中！
Comic Walker & ニコニコ静画でも
好評連載中！

MF文庫J

ライアー・ライアー 7
嘘つき転校生は偽りの正義に逆襲します。

2021 年 3 月 25 日　初版発行
2023 年 6 月 20 日　6 版発行

著者　久追遥希

発行者　山下直久

発行　株式会社 KADOKAWA
〒 102-8177 東京都千代田区富士見 2-13-3
0570-002-301（ナビダイヤル）

印刷　株式会社 KADOKAWA

製本　株式会社 KADOKAWA

Printed in Japan　ISBN 978-4-04-680329-0 C0193

●お問い合わせ
https://www.kadokawa.co.jp/（「お問い合わせ」へお進みください）
※内容によっては、お答えできない場合があります。
※サポートは日本国内のみとさせていただきます。
※Japanese text only

◆◇◇

【 ファンレター、作品のご感想をお待ちしています 】
〒102-0071 東京都千代田区富士見2-13-12
株式会社KADOKAWA　MF文庫J編集部気付「久追遥希先生」係「konomi（きのこのみ）先生」係